当代中国文学书库

爱上了这座城

王玉祥 ◎ 主编

中国文联出版社

图书在版编目（CIP）数据

爱上了这座城 / 王玉祥主编 . -- 北京：中国文联出版社，2023.3

ISBN 978 - 7 - 5190 - 5109 - 9

Ⅰ.①爱… Ⅱ.①王… Ⅲ.①散文集—中国—当代

Ⅳ.①I267

中国国家版本馆 CIP 数据核字（2023）第 034548 号

主　编　王玉祥
责任编辑　贺　希
责任校对　李　晶
装帧设计　中联华文

出版发行　中国文联出版社有限公司
地　　址　北京市朝阳区农展馆南里 10 号　　　　邮编　100125
电　　话　010 - 85923025（发行部）　　　　85923091（总编室）
经　　销　全国新华书店等
印　　刷　三河市华东印刷有限公司

开　　本　710 毫米×1000 毫米　　1/16
印　　张　17.5
字　　数　286 千字
版　　次　2023 年 9 月第 1 版第 1 次印刷
定　　价　85.00 元

编委会

（按姓氏笔画排序）

主　　编：王玉祥

编　　委：王玉祥　宁家瑞　许　评

　　　　　钟　芳　蒋祖逸

序

在中国文学之苑里，诗与文是并蒂双莲的关系，在漫长的中华文明史中，诗与文的创作质量往往决定了中国文学的高度与亮度。

诗与文的源头是人们的生产、服役、婚恋、别离等生活场景。所以，从它们产生之初，便是歌咏与描写世事人生的，其主要人物、事件、情感都是真实的，这便是诗与文的真实性特点。"窈窕淑女，君子好逑"是指男子慕恋女子，"防民之口，甚于防川"那是召公对厉王的进谏……于是，诗与文，就记录和再现了中华文明史。

秉承这一光辉的传统，《盐田文艺》五年精选本之《散文卷》真实地反映了作者在这个波澜壮阔的时代里的亲身感受与思考，真实地反映了盐田从建设"品质盐田"到"两区两城"的跨越与变迁，如《致我们的青春》是对如诗的青春、如歌的岁月的致敬，《走进盐田》是对盐田发展的热情讴歌，《大梅沙眺望》是咏作者"在海上捡拾日光"，如《故乡的芬芳》《日思夜想葫芦头》《当时只道是寻常》等写的是魂牵梦绕的故乡，《天意深深高难测》写的是对舞台越剧《甄嬛传》的唯美感受，《羞谈理想》写的是作者成为自由撰稿人前后的心路历程；《浓雾之春》写的是雾中的盐田美景，《山里的世界》《湾畔生活》写的是盐田居民幸福的绿色的生活。因此，所选的这些美文，就记录和再现了盐田的发展史。另外，这些散文还体现出作者们深入生活、把握时代脉动的创作理念，从中我们隐约能听到时代的足音，能呼吸到时代的空气，能尽力让自己的心合着时代的节奏一起跳动。这无疑很好！

是为序。

深圳市盐田区委常委、宣传部长　董秀

目 录
CONTENTS

盐田的声音

蒋子龙①

　　近年来有个很火爆的电视节目，叫"中国好声音"。其实"好声音"不一定非要唱出来、吼出来，更多的是说出来乃至做出来的。往大了说每个国家都想在国际舞台上发出自己的声音，并希望被全世界认为是"好声音"，但这非常困难。能在地球村发出声音的国家原就有限，而"好声音"更是见仁见智，难得一闻。同样的道理在国内也如此，每个地方都应该有自己的声音，只要既能传达时代的脉搏，又能卓然自立地发出自己的声音，这个声音窃以为这就是"好声音"。

　　比如盐田，古称"百越地"。现在是深圳的一个区，地方不大，却是个好地方。这里傍山临海，无论在哪个角度都能"抬头看山，低头见海"，连养老院都可以建在山顶上。这个好地方的核心部位是大梅沙，在一大片黄灿灿的海滩边上，矗立着一面"声音墙"，上面记载着近几十年来从这儿发出的声音，读者诸公看一看这里面是不是有些耳熟能详、曾在全国风靡一时的强音？1981年放言"时间就是金钱，效率就是生命"；1992年发声"敢为天下先"；2000年说出"实现市民文化权利，是文化发展的根本"；2006年宣称"没有方言的城市，来了盐田就是深圳人"……那么，最近从盐田发出的"好声音"是什么？我可以从亲耳听到的诸多惊人之语中，挑选一句大家都喜欢听的话："健康可以管理！"——这是从总部坐落于盐田的华大基因的灵魂人物汪建口中发出的。

　　发出"好声音"要有一个相应的舞台，华大基因拥有全球最大的基因库，其科研项目惠及50多个国家，具备世界领先的科研成果和技术力量。汪建出场

---

① 蒋子龙：中国作家协会名誉副主席，原中国作家协会副主席，他创作的《乔厂长上任记》已被公认为新时期中国文学的一个里程碑。

像"托塔天王"一样手里捧着个半尺多高的水晶盒,落座后他向我们介绍这个神秘的宝贝:"这个盒子里存放着我的基因,你们看外面刻着 1954—2074,这是我的寿命,要活 120 岁。过不了二十年,人类的生命状态将大变,生老病死在很大程度上能自己掌握。"这令人想起 2015 年 1 月 20 日,奥巴马在白宫发表让人们期待已久的总统国情咨文,在讲台左侧,也立着一个神秘而精致的彩色 DNA 双螺旋模型,实在令人惊异,这是美国总统纵览天下在陈述国情咨文,还是一个自然科学家在作学术报告?

随后奥巴马的一段话,被认为是国情咨文的一项重点内容,得到了美国两党、各国政要与国际媒体的普遍关注,同时也获得了科学界不同流派的一致支持。这段话是:"我们曾消灭了小儿麻痹症,并初步解读了人类基因组。我希望,我们的国家能引领医学的新时代——这一时代将在合适的时间给疾病以合适的治疗。对那些患有囊泡纤维化的病人,我们能将他们转危为安,这个病在过去是不能逆转的。今天晚上,我要启动一个新的'精准医学计划'。这一计划将使我们向着治愈诸如癌症和糖尿病这些顽症的目标迈进一步,并使我们所有人,都能获得自己的个体化信息。我们需要这些信息,使我们自己、我们的家人更加健康。"

奥巴马与汪建发出了相近的声音,并都跟基因有关。而国内关于转基因却吵闹得沸沸扬扬、莫衷一是,我向汪建提出了自己的困惑。他说:"我这儿是民营企业,不能参与争论,如果公开表态说不定哪天办公楼就被人砸了。但谁若告诉我有人吃转基因出了问题,我一头撞死!"这比一直挑战转基因的崔永元更决绝。他虽然没有正面回答我的问题,却实实在在地化解了我心中的疑问。

汪建的口头禅是"活在明天,对前天、昨天的事情没有兴趣,从不留恋"。盐田给我的印象也是超前的、尖端的,诸多国际领先的企业或机构云集于此,端的是"与世界没有距离"。能说到做到,做了再说,这才是"好声音"。

最美的海岸

蒋子龙

《中国地理》杂志曾评选出全国"最美的八大海岸"，其中一条在盐田。好海才有好岸，难得一见这里的连天洪波，还保持着大海原有的湛蓝，水花晶莹，浪涌清透。盐田位于大鹏湾西岸，水域面积 250 平方公里，是陆地面积的四倍。海陆之间绿荫作带，掩映着一条长长的木板栈道，行走其上，起伏摇荡，脚下浪吻奇石，风带潮声，真是飘飘然如仙人云中漫步。栈道似一条彩带，穿起了"梧桐烟雨""梅沙踏浪"等诸多大美之处，不得不惊叹这确是一条"最美的海岸"！

岸上也别有天地，陆与海相辅相成，相得益彰。除去华南首个"国家生态区"、东部华侨城、国家森林公园等著名景观外，还有诸多名街名店名牌企业。由南端依次说来，譬如沙头角的中英街，这条长不足 500 米，宽不足 7 米的街道，却成了天下独一无二的奇观。一百年来，它经历了世界历史上罕见的"一街分制""一街两制"；1997 年香港回归后，它又成了"一国两制"的窗口。"旺季"的时候，这条小街每天要接纳 10 万游客，而这个一年四季都很温暖的地方，什么时候是淡季呢？计算一下，近 30 多年来有十几亿人到过中英街，平均每个中国人至少来过一次。这真是一条实实在在、活色生香的时光隧道、历史大街。

这条最美的海岸线，还让人觉得像一条珍珠项链围护着盐田区。那是因为在岸边上还有珠宝巨擘周大福总部、神秘而尖端的华大基因总部……人类的命运和时尚，似乎在很大程度上要听命于从盐田这儿发出的指令。而大鹏湾边若论气势宏大，当数国际一流的盐田港，拥有深水泊位近 7000 米，是世界最大的集装箱码头。数月前世界上曾响起一片强烈的嘈杂之声，说香港首富李嘉诚"从中国全面撤资外逃"。我到了盐田才知道，即便他从中国其他地方抽资而去，也没有想离开盐田港的意思。早在几十年前的第一、第二期建港工程中他投资70%，前不久为即将开始的第三期工程又投资65%，一位港口员工对我说："我们倒希望他走。"这是在"李嘉诚撤资"的噪音中，我听到的最有底气的一句话。

有一条这么好的海岸，谁不向往？盐田区常住人口20多万，基本是沿海而居。岸边不光有明星机构，还有一片片住宅区和一座座宾馆、酒楼。那么问题来了，世界上最厉害的污染源是人类自身，既然盐田烟火鼎盛，又如何保持"最美的海岸"？"地沟油"曾连续多次被选为"年度流行语"，我对此却一直没有具体的印象，常心生疑惑，地沟里能有多少油？在盐田采访了几家酒楼的厨房，着实吃一惊，盐田每家餐馆的厨房外面都装有泔水处理器，将其中的油、水、杂质分解开来，分别送入不同的管道去处理。大酒楼里的储油槽浮浮漾漾，一周下来"地沟油"就有几百斤。让我真真切切地意识到，我们中餐用油实在是太费了！

我没有想到的是，处理地沟油竟然归城管负责。城管这个行当，近年来负面消息不少，而盐田的城管却让人有新鲜感。他们除去管所有饭店地沟油的处理，还管各住宅区的垃圾分类。每栋楼的分类垃圾桶旁边，都有一个塑钢小屋，里面存放着两个月后可自行分解的环保垃圾袋，供居民免费自取。一位姓叶的城管，执着而热诚地领着我跑了一个小区又一个小区，无论新楼老楼，每个小区都很干净，盐田人真是过着绅士般的生活。小叶滔滔不绝地讲解他的想法和计划，对自己的工作充满热情和自信，我从心里对他有了敬意，便改称他为"垃圾大王"。

更令我羡慕的还有盐田人每年能享受295天优良的空气，PM2.5的日均浓度为25微克/立方米，达到欧盟的标准。而中国的标准是75微克/立方米。我生活在北方，入冬以来经常呼吸的是每立方米PM2.5在三五百微克以上，门窗紧闭的房间里还有一百多。政治上有"一国两制"，同是地球人竟然连呼吸的标准也不一样，而且反差如此之大。可人不能不喘气，真应了那句老话："人跟人比得死"！

欢腾的澳洲

张笑天①

　　澳大利亚的国歌绝不像我们国歌那么庄严沉重、那么刻意激发民族奋进。你听，开头就是："欢腾吧，幸运的澳大利亚人。"轻松而自在，他们活得有点儿懒洋洋，与北欧差不多，大概这是高福利国家所共有的特征。以中部拔地而起的以"爱尔斯巨岩"为标志的澳大利亚，被冠以"骑在羊背上的国家"。新西兰也有同样的称谓。澳大利亚还多了一个名称："坐在矿车上的国家"，可见矿产之丰富。

　　"澳大利亚"是拉丁语，意为"南方的土地"。最早发现澳大利亚的是荷兰人、葡萄牙人，但真正的占领者并把米字旗插在澳大利亚岛的是英国的库克船长。为了不刺激荷兰、葡萄牙的航海先驱，英国占领者干脆也不用英文命名这块土地，折中，选用了拉丁语。至今墨尔本还保留着库克船长小屋供人们瞻仰。

　　从地理概念上说，澳洲包括新西兰。但生活中，在那里，澳洲似乎约定俗成地成了澳大利亚专有，而新西兰被称为纽西兰，货币不称"新币"，而叫"纽币"。

　　这两个国家靠近南极，与北半球众多人类冬夏颠倒。他们不似我们崇尚北斗，他们的国旗上都缀有四颗星代表"南十字星座"，所不同的是，澳大利亚是六角星，新西兰是五角星。

　　这两个国家都崇尚国宝。澳大利亚的国树是桉树。桉树值得一提。在中国华南一带，桉树是不成材的，而澳大利亚的桉树竟有500多种，质地最硬的一种，锯都锯不断。想砍伐它，必须先在树干钻眼，埋进炸药，才能炸断。据说

---

　　① 张笑天：中国作家协会主席团成员，原中国电影文学会副会长、吉林省文联主席、吉林省作家协会主席。电影《创业》《开国大典》的编剧。

人民币里就有桉树成分。桉树叶可以提炼麻醉剂。有一种黑蜂喜欢在桉树上筑巢，澳大利亚人从中提取黑蜂胶，有很好的消炎杀菌作用。桉树夏季在阳光的强烈照射下，含酒精的油脂渗出树表，会自燃，常引起森林大火。这让政府很头痛，迄今无法解决。

澳大利亚的国花是金合欢。我们到访的月份正是路边的金合欢怒放时节，金灿灿地耀人眼目。他们也选出国鸟，叫琴鸟，样子有点儿像野鸡，常在陆地行走。雄鸟有一条华美绝伦的七弦琴式长尾，大概由此得名。国兽不用猜，当然是袋鼠了，连国徽里也有袋鼠图案。国徽右边则是这里独有的鸸鹋，一兽一鸟围着一个盾。土著人称袋鼠为康古鲁，意思是"不知道"。以不知道它们是什么东西而命名，这也够奇特了。考拉则直接命名为国宝。最不可思议的是，澳大利亚居然还有国草：苦剂草，这怕是世界上绝无仅有的吧？这些国宝在澳币上都有图案显示。

新西兰也把动物恭奉进国徽里，不过是羊和无翼鸟。新西兰的国树是史前时代的活化石银蕨，国鸟是无翼鸟，毛利人称几维鸟。因殖民者过度捕杀，无翼鸟数量已很少。这种鸟无翅膀又无尾巴，是不会飞的鸟。它下的蛋特别大，相当于体重的三分之一。新西兰没设国花、国兽，却有国石——绿宝石，实际是绿玉。如果不仔细看，很像翡翠，只是颜色稍重，透明度差些。

这两个国家同是英联邦成员，英国女王是他们的共同元首，并派出总督管理。但这只是相沿下来的形式，实际执掌权柄的是民选总理。澳大利亚国土面积有 768 万平方公里，居世界第六，而人口却只有 2100 万人，难怪除了悉尼、墨尔本这样的大城市，你几乎看不到几个人。澳大利亚和新西兰都是四面环海的国家。因为周围没有邻国，也就不存在领海主权的争议。新西兰的领海竟是陆地面积的 15 倍。新西兰气候条件比澳大利亚更优越，常年温润潮湿，一年降雨可达 1200 毫米，日照长达 2500 小时。

澳大利亚的生物技术、生物医学仅稍逊德国，居世界第二。他们还有一项骄人的贡献——青霉素是澳大利亚人发现的。

悉尼，恐怕是澳洲最驰名、最大的城市了。一个悉尼歌剧院，并以一票之差击败中国赢得 2000 年奥运会主办权的城市。我们到达悉尼这一天，正是世界青年节开幕的日子，旅馆爆满，满大街涌动着吹萨克斯、演奏风笛的人群。中国人居然不知道有这个节日。也难怪，发起者竟是梵蒂冈教皇。他第二天将莅临悉尼。他一统天下教会，中国当然不会看这位宗教领袖的眼色安排国内的主教，交恶是自然的。

早在殖民者到来之前，就有叫卡的哥的原住民居住在悉尼一带，自从 1770 年英国海军上尉詹姆斯·库克发现了植物学湾后，英国对澳洲大感兴趣，随后派遣亚瑟·菲利浦于 1788 年在杰克森港的悉尼湾建立了罪犯流放地，并以当年英国内政大臣汤马斯·汤森·悉尼勋爵命名该地，以褒奖悉尼勋爵。随后发布宪章，批准他在这里建立犯人流放地。次年，一场可怕的瘟疫（据传是天花）夺去原住民很多生命，再加上殖民者的屠杀，到了 1820 年，悉尼地区的原著民由八千人锐减到几百人，这正好顺应了麦觉理总督"开化、基督教化原著民"的本意。悉尼是殖民者的肇始地。

奥克兰是新西兰最大的都会。新西兰首任总督威廉·霍布森以印度总督奥克兰的名字命名了这座城市。有趣的是一种巧合，在毛利语中，奥克兰是"纯洁的少女和一百个情人"的意思。奥克兰拥有五十多个小岛，一半是陆地一半是海边城镇，使奥克兰成为一个多元化的水世界。它集中了全国四分之一的人口，排在世界最佳居住城市的第五位（2007 年），素有帆船之都美誉。帆船赛场址，海面上千帆林立，白帆朵朵点缀在海与天的交接处，确实赏心悦目。1999 年美洲杯帆船赛在这里拉开帷幕，新西兰成功卫冕。帆船成了新西兰的骄傲和象征。

登临海拔 220 米的奥克兰伊甸山，可以俯瞰全城。伊甸山成了奶牛的天然草场。因为经历过火山爆发，这里土地肥沃，牧草茂盛，人工剪草成本太高，人们便想了个一举两得的妙招，养一批奶牛，让它们把青草吃得短一些，这不是异曲同工嘛！

远眺奥克兰，海港大桥和海港外的恋基托托岛尽收眼底。整个城市庞大而无序。除了市中心几幢拥挤的高楼外，都是花园式平房。这里有的是土地，无须向空中伸展，住得舒服是第一位的。奥克兰恐怕是世界上公园最多的城市，居然有 360 多座。

澳大利亚的原住民是红种人，棕色皮肤，灰白色头发。据史家考证，美国独立战争后，英国派遣 11 艘舰船，1485 名官兵来开发澳大利亚，拟将首批男女犯人送上这片陌生的土地。经过五个月的航行于 1789 年 1 月 26 日登陆。这一天就成了澳大利亚的国庆日。英国殖民者为灭绝土著人，采用了惨无人道的卑劣手段，将土著人的孩子偷走，养在白人家，从小对其灌输另一种文化，使他们失去民族根基。他们文化不高，脱离母语，因肤色而受人歧视。这一代人长大后，成为迷茫的一群，被称为"偷窃的一代"。时代毕竟在进步，20 世纪 50 年代当局才承认土著民有选举权与被选举权。很多有识之士呼吁政府当局为这种灭绝人性的行为向原住民道歉，但多少届政府都拒绝道歉。骆克文总理上台后，正式代表政府向土著人道歉。这虽只是个形式，却是对人权的尊重，是一大飞跃，很得民心。这一天，成为载入历史的"道歉日"。土著人欢呼雀跃，他们又多了个节日。

为了安抚原住民，政府给每人每周补贴 700 元。但原住民和美国、加拿大的印第安人一样又面对新的困窘：他们衣食不愁，却难改嗜酒嗜赌的本性；他们多数人不愿劳动，不愿工作，虽然子女上学全免费，仍然甘当文盲。他们寿命短，平均寿命比白人短 15 到 20 年。他们靠政府救济和多生孩子的补贴过日子，倒也优哉。

新西兰的毛利人来自于太平洋上的波利尼西亚群岛。公元 1350 年，毛利人从太平洋波利尼西亚群岛上的库克岛出发，在库珀酋长带领下，剜木为舟，南下寻天堂之地。传说他们临行前举着火把彻夜狂欢，祭祀海神。被感动了的海神特派神鱼领航、护航，才使他们安然横渡 3200 公里的波涛，来到长嘴无翼鸟的故乡，成为新西兰最古老的土著居民。他们在船上养了很多老鼠，用它当鱼饵。在海上的日子靠钓鱼果腹，钓不到鱼就吃老鼠。他们怕迷失方向，白天停船晚上走，晚上可凭借南十字星座指引，一直向南。

直到现在，奥克兰郊外火山冈丘山仍残留着早期毛利人堡垒式遗址。在奥克兰主街女皇大街上，矗立着一尊铜像，是手握大棒的毛力勇士。这大概是殖民者对屠杀对象的一点纪念吧。不过，如今毛利人聚居地是在罗托鲁瓦。这是因为他们当年在罗托鲁瓦湖找到了淡水，定居下来。此后又有许多毛利人会聚而来。他们多聚居在罗托鲁瓦一带，有三四万人。起初，低下的生产力不能让他们填饱肚子。为了面子，在见到别的部落人时，喜欢挺圆了肚皮，表示吃得很饱。如今，他们雕出来的毛力勇士像，依然是鼓肚皮的造型，形同孕妇。

1640 年，以贩卖黑奴为生的荷兰船长爱博塔斯曼在南太平洋迷了路，无意中发现了新西兰，并将这里命名为塔斯曼海峡。他派四个水手上岸。毛利人放一片银蕨叶在他们面前，意在试验他们善良与否。但他们不明白，被毛利人视为恶魔，捆绑回去，煮着吃了。爱博塔斯曼等了几天不见动静，不得不离去。1769 年到 1777 年，库克船长先后五次造访新西兰北鸟。他发现了毛利人，因语言不通，就到斐济岛找来一个土人当翻译，终于得到了毛利人的首肯。1840 年南岛发现金矿，吸引了法国人、意大利人，中国人也有来淘金的。殖民者用欺骗手段与毛利人签订购买土地协议，后英国女王宣布新西兰作为英国皇家牧场，砍树种草。女王对毛利人说，把牛羊赐予你们。

　　新西兰1910年独立，1947年建国。如今，在奥克兰格雷夫顿大街上的战争纪念馆里，还保留着毛利人作战用的刀、叉。我不知道，这是在纪念毛利人部落间的厮杀，还是在记录英国殖民者种族清洗的历史。

　　也许是心理的补偿吧，当今的新西兰政府对毛利人的各种福利多达37种，四大类，包括教育、医疗、住房和生活保障。毛利人同样懒惰，生殖崇拜，生孩子多，生得越多在部落中越有地位。生孩子成为赚钱手段。

　　毛利人聚居地因火山湖得名。罗托鲁瓦在毛利语中意为"第二个湖"。按顺序，是他们祖辈登陆新西兰北岛后发现的第二个湖。这个城市还有个诨号：臭鸡蛋镇。从早到晚，你都会饱尝类似臭鸡蛋的二硫化氢味，很难想象毛利人世世代代是怎样忍受的。迄今每小时都有二百公升的硫黄泉水从湖底喷射而出，湖里浅滩处都在冒泡，形成炽热的灰色泥浆池，间歇性温泉可喷出十多米高，温度可达80度，扔进去的鸡蛋，顷刻间就熟了。

　　毛利人在新西兰的地位似乎比澳大利亚的土著人高些。毛利人触犯同样的刑律，判得轻。这也是一种忏悔式的"优待"。在罗托鲁瓦，还有一座毛利女王宫。现在女王死了，她无女儿继位，权力移交给儿子。这座宫殿原是英国女王的行宫，花花绿绿的，木结构，像安徒生童话世界里的道具。

　　澳大利亚80%人口属于中产阶级，税收不重，收入的前6000澳元（相当人民币四万多）免税。新西兰税收更低，银行利息也低，消费水平也低于澳大利亚。澳大利亚也好，新西兰也好，建筑样式朴素大方而又各有千秋，令人赏心悦目。居民盖住宅，不得超过两层，高了挡别人风景，邻居会投诉。盖房子也不能随心所欲，样子不能太难看，又不能与别人重样。这与中国人的从众、跟风心理截然相反。

　　在这里，不用担心食品卫生，不必害怕垃圾油。华人餐馆和麦当劳是用油大户。政府规定，炸过一次春卷、薯条的食用油，当天晚上必须倒进回收桶里，绝不可以第二次使用。20澳元一桶食用油，用过后回收价是10元，经处理改作生物油。

　　这两个国家有近似的产业，都是以畜牧业为主。新西兰才400多万人口，却有3200万头牛，5000万只羊，属于美丽奴优质羊。还有驼羊200万只，驼羊样子虽像羊，却与羊毫无血缘关系。驼羊的脸、脖子像骆驼，身子像羊，其实不是羊的同宗。驼羊毛只有羊毛的四十分之一细，且是空心的，绝对不沾灰，号称"软黄金"。驼羊毛出口新西兰占世界第一，是这里的支柱产业。

　　澳洲大陆本来没有羊，英国人当年驾三桅帆向澳洲迁移时，带了些羊养在船上，本准备随时宰杀吃鲜羊肉的。后来把吃剩下的羊带上岸养了起来。由于这里土壤、水质好，羊毛又长又软，第一任总督便下令从英国本土大批运羊过来。过去是手工剪羊毛，这工艺现在只在公园里表演才可见到，连机器剪毛也废弃了，改用药物。给羊注射一支脱毛药，再给它穿上"小衣服"，几天后，羊毛便全脱落在小衣服里了。用这种办法得到的羊毛长短一样，只是注射过药的羊肉就不能食用了，宰杀后可当生物肥料。为了保证羊毛的质量。国家有强制性规定，一年只准剪一次毛。优质的1.6微米细的羊毛曾创造过奇迹，在国际市场上居然卖到23.5万澳元一公斤。

澳大利亚和新西兰人之间并不像想象的那么和谐。他们互相看不起。新西兰人认为澳大利亚人是当年英伦三岛流放犯的后代，而新西兰人则是远涉重洋开辟新乐园的贵族后裔。澳大利亚从幅员地域上看是世界第六大国，经济跻身于"八强"，也不把新西兰当回事儿。

游历澳洲，你会有一个突出的印象，虽然是冬季，到处是碧绿的草场，几乎看不到在哪里种庄稼。当然，袋鼠、考拉是他们的国宝，可牛羊却主宰着这里的一切。

澳洲是福地，没有大的自然灾害，无台风，无地震。但新西兰的火山可不少，大部分被辟为公园，仅奥克兰城里就有休眠火山、死火山56座，其中还有一座活火山。我们开玩笑说，风光虽美、生活虽悠闲，可坐在火山口上心情不会太好吧？

新西兰由北岛和南岛组成，相距不远，构成迥异。北岛多丘陵，是火山爆发后从海底冒出来的，地热温泉多；而南岛是冰川，是从南极洲分离出来的大陆。新西兰没有大型哺乳动物，发现过恐龙化石，属食草类，到处可见的银蕨树，羊齿状，就是恐龙的食物。如今恐龙灭绝，银蕨仍在，被称为活化石。

在路上，常常看到这样的奇观，由一头牛率领，几百头牛排成一列纵队，纹丝不乱地沿着草场向挤牛奶的房子迈进。没有牧者看管照料，却极有秩序；没有"加塞"拥堵现象，比人还文明。它们去干什么？原来它们到了该挤奶的时间，就会自动到牛奶场去挤奶"卸载"。在奶站，头牛先进去，有自动消毒仪器为其屁股、奶头清洗、消毒，然后套上挤奶器。挤完后仪器会产生红外线使奶头发热，奶牛会本能地蹬掉挤奶器。一次挤奶30公升。第一头牛走出去，排在第二位的进来，井然有序，令人称奇。牛奶自会有牛奶公司来取。新西兰政府规定，刚产崽的初牛乳，在48小时以内的，政府强制性回收，做成奶粉派发给婴儿和老人。

如今，养鹿也成了新西兰畜牧业的重要组成部分。中国梅花鹿、德国赤鹿、北欧麋鹿都有，数量有 200 多万头，半野生放牧，小型牧场用猎狗牧放，大鹿场则用直升机驱赶。新西兰规定，必须有七年以上养牛、羊的记录，才可申请养鹿。这里是销往欧盟的第二大鹿肉出口国。

无论澳大利亚还是新西兰，他们的牧场上只见牛羊不见人，也无牧羊犬。蓝天下，绿草中，一群群牛羊在低头吃草，却不见牛栏、羊舍在哪里。竟然没有！无论风天雨天，它们都露宿草场，这一块草吃完了，会有牧场主派出放牧人把它们赶到另一块草场。草场实行轮休制，草场管理和察看种群时常会开直升机作业。这样的牧场既"原始粗放"，又具现代色彩，更是何等到家的"回归自然"。

说出来你可能不信，在新西兰，牛奶比矿泉水便宜。在超市货架上，牛奶标价每公升 2.4 元，矿泉水每公升是 2.6 元。

澳洲自古没有狮、虎、豹这样的食肉猛兽，因此不必担心牛羊的安全。有同行者不免杞人忧天，牛羊不会被偷吗？这是我们的思维逻辑定式。

牛、羊、驼羊给澳大利亚、新西兰人的馈赠太丰厚了。驼羊毛被、羊毛被又轻又暖。经过处理，羊毛完全脱脂后，再经碳化处理，绝无羊臊味。上等驼羊被一床要卖到人民币三四千元，一床驼羊皮床垫要卖到上万元。还有剪羊毛后从空心毛管里刮出来的绵羊油，加上芦荟、羊胎盘素，制出来护肤用的绵羊油，也很畅销。

澳大利亚人自己总结，这里有四多四少。

一是苍蝇多（当然指牧场），人走路时要不停地挥手，戏称这是"澳大利亚式敬礼"。消灭苍蝇，喷洒药物不就行了吗？但是他们绝不用杀虫剂，怕污染环境，于是宁愿保留"澳大利亚式敬礼"，给苍蝇以自由。

二是胖子多，这里的肥人不比美国、俄罗斯逊色，不过看起来要灵活得多。胖却不影响工作，合理的解释是：血脂不高。据说这与多饮牛奶有关。

三是酒鬼多。他们是周四发工资（周薪），有了钱，此后两天休假日便泡酒吧，聚众酗酒，一般只喝红酒、啤酒，很少喝烈性酒。他们嗜酒，但通常酒量不大。我在悉尼的情人港酒吧前看见排长队，等待酒吧座位，那正是周四澳大利亚人囊中鼓胀时。澳大利亚新南威尔士州出台一项法令，后半夜二时起，酒吧里只准出不准进，否则酒徒们会以酒吧为家。那儿的法律规定，酒后可以驾车。这一定为中国的酒友们艳羡。不过也没见交通事故频发。我们在澳大利亚、新西兰半个月，还从来没看见过一起车祸。这可能与管理严格有关。如果乘客在行驶的公共汽车里站立或走动，司机将被罚款 4500 元，罚乘客 500 元。澳大利亚、新西兰警察少，连交通警都很少见到，大街上几乎看不见。不像中国，交通警察遍地都是。他们的旅游车必须像飞机一样装上黑匣子才可上路。黑匣子有三根指针，记录时速、开停时间等。司机行车，最多开两个小时必须中间休息，以免因疲劳驾驶出事故。司机必须填本子，填写各种表格、数据。当黑匣子打开时，警察要比对，错一处罚 175 元。他们绝不敢超速行驶。

四是情人多。澳大利亚、新西兰人都不愿结婚，男女双方同居几十年，孩子都独立生活了，仍不办结婚手续的司空见惯。共同生活阶段，男女双方财产各自所有，所有开销是 AA 制，谁也不想占别人便宜，女方也不会索要"青春损失费"。

四少中最突出的是孩子少。一般来说，澳大利亚、新西兰的青年人到 35 岁以后才会考虑结婚。政府为人口增长慢甚至停顿、负增长而发愁，在澳洲，最贵的是人工。一位导游说，他家忽然蹿进去一条蛇，惊吓之余，打电话四处求救，最后政府机构联系到一个有专业捕蛇资质的人上门来，玩儿似的捉走了蛇。几秒钟，你要付 96 澳元，相当六七百元人民币。澳大利亚、新西兰任何行业都缺人，难怪至今还在大量移民。澳大利亚、新西兰是典型的移民国家，除了少数土著，你在大街上可以看到各种语言各种肤色的人。有一天晚上我们在悉尼幸运塔附近闹市区闲逛，居然觉得像到了中国香港、新加坡，黑头发的中国人比肩接踵！

近几十年，中国移民、留学生潮水般涌入南太平洋的两个岛国。据统计，澳大利亚现有华人 68 万，悉尼就有 38 万。华人在澳洲秉承了中华民族的骨气、情操，多数不靠政府救济，宁可去餐馆洗盘子，也不靠多生孩子领补助金。华人子弟的聪颖好学尤其值得大书一笔，获得奖学金的华人子弟占澳大利亚的一半，令人高看一眼。在华人中流传着这样几句话：一等移民靠钱、靠权。有钱人出 35 万即可得到永久居留权，十年后一半资金连本带利偿还，但不能领失业救济金（每人每月 256 元）。权在海外也有用吗？我想是指贪官子女，他们大多不到 18 岁，就开奔驰、宝马，住别墅豪宅，花天酒地，让外国人都瞪圆了眼睛惊呼：中国人太有钱了！第二等移民靠技术。开初，计算机等专业人才最抢手，现在相对不缺了，而奇缺的反倒是理发师、厨师。第三等是巧取，或嫁老外，或娶洋妞，立刻成了"洋人"而不费吹灰之力。第四等移民却叫人鄙夷了。没钱的却走旁门左道，受雇于法轮功组织，举着牌子、捧着报纸专门向国内游人宣传，一天能挣几十元，且可向移民局申请"政治避难"。

相比其他发达国家，澳大利亚的移民政策是最宽松的，中国留学生在澳大利亚大学毕业，只要你愿意，用不了半年，即可申请技术移民。拿到永久居留权后，还可申请父母出来，不过要排队，排上几年也都没准。澳大利亚政府不出一分钱，白捡人才何乐不为？

正因为闹"人荒"，澳大利亚对人口数字特别敏感。在环岛一号高速公路旁，凡出城的地方，都可见到标明当天人口数字的标示牌，精确到个位。澳大利亚每年新移民达 30 万，每年额度都在增长。有同伴担心会人满为患，哪里会？以这个速度，再过 4000 年还达不到中国的人口密度。为鼓励人口增长，澳大利亚、新西兰政府都出台了很多鼓励生育的政策。如澳大利亚规定，孩子出生便给 5000 澳元的补贴；从第一周起，就发放牛奶金；上学（12 年）免费，看病免费。最有趣的是，丈夫和产妇一样，有法定的"产假"。在悉尼、堪培拉街头，你常会看到推婴儿车的男子，那是在休产假。澳大利亚、新西兰的女人不娇贵，没有坐月子当月婆一说，生孩子当天医生就叫你下床走动，产后 3 天就提着婴儿篮子去逛超市了。

尽管如此，青年人还是不愿意生孩子。他们很自我。你问他，他说工作的目的是改善自己的生活，他们没有赡养老人的公民义务，最多在圣诞节、父母生日时送上一束康乃馨花。"我爱你"天天挂在嘴边，口惠而实不至。不像中国人，父母不但要管子女升学、就业、嫁娶、买房，甚至连第三代也得负责到底。这里人不养老，也有道理，既然父母为国家纳了税，国家理所当然地应当养他们老。孩子 18 岁成人后，父母也不再管孩子。事实上，政府也果真认账，老年人从衣食住行到医疗，全由国家包了。新西兰也一样，55 岁以后才可以拿养老金。人老了把房子向政府一卖，住到政府的老人公寓里去。卖房钱，政府先给首付，之后按月打入账户。这钱绝不会给子女，留给老人旅游或其他消费。

这是不是他们无须要子女的原因？养儿防老的观念在这里被彻底颠覆！

澳大利亚的医疗福利无微不至。生病住院，医疗、药品、食宿由政府全包，吃水果都不花钱，连陪护人的伙食都由公家报销，按菜单自选。澳大利亚护士奇缺，一个长春女孩在日本已经念过大学了，却又来澳大利亚学护士，而且学制最长，五年！这里的护士不打针。打针是医生的事。护士担当护理工的部分职责，包括每天帮病人换衣服、洗澡、换床单、被罩，所以护士工资极高。

新西兰也差不多，医疗福利设施很完善。公立医院看病不要钱，但环境、效率和服务相对差些；私立医院的医生能让你满意，不过你得先付 20% 的现金费用，其余的才由政府出。如果你没绿卡，就得买保险，ACC 是意外伤害福利，你买了，有病自己只承担 20%，ACC 会根据你交税记录估算你每星期的收入，把应补给你的部分打入你的账户。如果你不交税，证明你没有收入、没有劳动，ACC 不会贴补你钱，养老金也取决于税收。

新西兰的失业者每月可领到 250 到 300 元的救济金，毛利人还可多得 50 元。即使你是身强体壮的青年，你失业，也照样可以领取失业金，只不过他们会不断地给你介绍工作，这个干不来，换下一个。你总不能一律拒绝，永远吃闲饭吧？

新西兰的住房福利也很有特点。对低收入者每月补房租，建有政府公寓，租给无房户。对那些不愿租房者，政府还造一些"政府别墅"，给不愿租房者居住。只不过与个人别墅有别，个人别墅可以围栅栏，政府别墅不准围，土地不属于你。

澳大利亚遍地是高尔夫球场，光悉尼就有一百多个。打高尔夫球在这里可不是富人的特权，属纯粹的平民运动。这可能与澳洲地广人稀有关，买一张高尔夫门票才 15 元。

澳大利亚和新西兰的土地都没经过战争的破坏，是两次世界大战留下的"和平死角"。

这里的口号是自由、民主、平等和宽容。澳大利亚国会大厦的四根柱子，就分别代表着自由、民主、平等和宽容。

澳大利亚的自由程度绝对超常发挥，且到了极致。你知道悉尼的四大自由是什么吗？性交自由、赌博自由、同性恋自由，这已够叫人惊讶的了，还要加上一个吸毒自由，真正的匪夷所思！各洲法律不一样。布里斯班的妓院是"一楼一凤"制，即不准两个妓女同处一室接客；而墨尔本的妓院居然还可以上市；悉尼专设红灯区，三百米长街，橱窗林立，政府发放营业执照，必须强制戴安全套，整个红灯区由政府统一管理，其规模程度，仅次于阿姆斯特丹。至于同性恋，则是 1957 年承认合法的，他们可以结婚、领养孩子，离婚时正常分割财产，不受歧视。

平等，也平等到了一定水平。在悉尼歌剧院，不管什么演出，不管多么高贵的人光临，都一样，到点就关门开演，绝不会为等一个大人物而延时。曾经有两任总理因迟到被关在剧场外，只能在休息大厅里观看转播。对于迟到者没人同情，也没有可能通融，只能在中场休息时再悄然进入剧场。这对他们来说绝对是丢面子的事，岂敢发脾气？

澳大利亚的民主也民主到一定程度了。议会开会，不要说国人，就是外国游客都可以进去旁听，实况向全国公众直播。澳大利亚三年大选一次，领导人的承诺不到位，就面临下台危险。自由党领袖霍华德一次次许愿、一次次欺骗选民，最后连他自己的阵地、支持他长达32年的选区都抛弃了他。最终败给了工党的骆克文。

宽容则包含婚前宽容和婚后宽容。婚前宽容尚可理解。每当周五晚上，姑娘们都穿上晚礼服，打扮得花枝招展，到酒吧里去碰运气，寻找自己的白马王子。喝两杯酒，聊天，聊得投机，便相偕而去，开房同居。如果感觉好，就继续来往；反之，则各走各的，谁也不认识谁。这种普遍性的婚前性行为并不会受到责备。如果一个女人结婚时还是处女，反倒要叫人惊讶，引起怀疑，你从来没被人爱过，证明你不可爱。这种放纵，也常常传出佳话。有一年，塔斯马尼亚州的一个姑娘到悉尼旅游，在酒吧里邂逅了一个丹麦小伙子。谈得很投机，小伙子便邀请姑娘陪他走完澳大利亚全程，之后又邀她去荷兰、丹麦游玩。在哥本哈根一下飞机，那堂皇的皇家迎接气势让姑娘倒吸了一口气，原来她的男朋友竟是丹麦王子，她后来成了玛丽王妃。

这大概就是婚前宽容的趣谈。我不知道，如果婚后宽容还要宽容到哪里去？据当地人讲，夫妻在一起时间久了，厌倦了，澳大利亚乃有"换妻俱乐部"应运而生。男人进入俱乐部，开个房间，让妻子在里面等待，自己则来到酒吧，把房间钥匙扔进帽子式木桶里，别人也扔。喝过酒后，每人在帽子式木桶里搅拌一下，随便抓取一把钥匙，不管是哪个女人的房间，你就可以合法地、大摇大摆地开门进去，去享受一夜情的欢娱。也有"不幸"的，抓到手的依然是自己老婆的房间钥匙。

最不能接受的是吸毒自由。法律规定，随身携带5克以上海洛因算贩毒，有罪；携带大麻超过25克算贩毒。但吸毒者无罪，政府还专设毒品注射室，凡遇犯毒瘾者，把他（她）请进去，帮他注射一支海洛因，以缓解其痛苦，还是免费的。据说这也叫"人道"。

澳大利亚为何有这等"自由"，回答者均语焉不详。我想，也许因为当初的开发者都是囚犯的缘故，失去自由的人当然知道自由的珍贵。

澳洲人没有攒钱的习惯。他们买烟不会像中国人那样一买一条，而是一包一包地买。澳大利亚人称周一是"迷茫的一天"，周末的酒精还在血液中发酵，上班迷迷糊糊，效率高不了。星期二称为"期待的一天"，盼望快到周四发薪日。上周的工资经过双休日的挥霍，早已囊空如洗，只好节衣缩食。周三是"最坏最穷的一天"，彻底没钱了，有人连买三明治都得去借钱，甚至到教堂去混一餐施舍给流浪者的饭。周四终于来了，钱包鼓了，开车到超市，把一周的吃喝全买回来。这是不至挨饿的底线。周五就是狂欢、喝酒的天堂了。周六是海滩游泳。周日是教堂祈祷。

西方人公认澳大利亚、新西兰人慵懒。澳大利亚的种种制度培养了懒人。他们不会崇尚"玩命儿干"，十分看重休息日。你叫他们假日加班，没门，给三倍工资也不干。这一点很像智利人，在他们看来，加班挣了钱，不能消费无意义。他们从不委屈自己。他们活得自在，没有精神压力，没有心理负担。心广则体胖，心宽则长寿，澳大利亚是长寿国，平均寿命达到80.6岁，仅次于日本，世界排名第二。

新西兰也一样，他们自谴道：好山、好水、好无聊！像奥克兰这样的大都会，晚上七点所有商铺关门歇业，摊大饼式的城市静悄悄，行人稀少，只有发工资的周四和周末，购物人多，商店关门稍晚。新西兰土地私有，但火山和没开发的土地属国家所有，买了地，花100元领牌照即可经营。

新西兰的教育很完善，甚至可以说是福利教育。不妨从头道来——一岁到五岁，孩子每星期有180到220元补助金，这是奶粉和尿布钱。六岁上学，老师先给你买个蛋糕祝贺你生日，然后发一个书包，文具一应俱全。新西兰是12年义务教育，就近入学，无须考，学杂费、书本费、校服费全免。不提供营养午餐，饭自带，学校备热饭的微波炉。考大学不难，进易出难，想混文凭不容易。大学收费，一年在1.4到1.5万元之间。有些家庭一年收入在3万元左右，当然供不起。但国家不会因为家境差而让学生流失，可申请无息助学贷款，包括生活贷款，只需有房东证明你有固定住所就行了。大学共有24个小科目，读完也就毕业了。从大学毕业找到工作以后才让你还贷。如果你年薪收入达不到3.3万，你仍不用还账。每年政府将支出27亿纽币贷给学生，而每年收回贷款不到10%。官员不在乎，议会感到头痛。因为贷了款的学生大多没把还贷放在心上。他们毕了业，并不急于找到相对稳定的职业，而热衷于打工，挣它几千元，买个大旅行背包，开始环球旅游。他们被称为"背包族"。

小小的新西兰，没有几所大学，近年来却吸引了数以万计的中国留学生。我百思不解，孩子的父母相中这里的什么了？须知，每一年学费都不会少于二十万！

世人皆知，澳大利亚是与袋鼠、考拉紧密相连的。这是他们的国宝。我们去墨尔本，车子必经"袋鼠谷"。路旁草场里成群地游走跳跃着灰袋鼠或红袋鼠，也偶尔有落单的，踽踽独行。据说那是与其他公袋鼠较量后战败，不得不让出"妻女"落荒而走者。

袋鼠群居，善奔跑，时速可达60公里，可连续奔突100公里不用休息，耐力出奇。应当说，袋鼠的生存环境是恶劣的，澳洲中部干旱，有时几年滴雨不落，难怪墨尔本人家里从不备雨伞。事也凑巧，那天我们从墨尔本乘车去南方企鹅岛观看夜里小企鹅归巢时就赶上一场中雨。当地人说雨是我们带来的，给他们带来了好运。

为了生存、繁衍后代，袋鼠的适应力和生殖力惊人。公袋鼠是唯一单睾丸动物，精子量却是牛的几十倍，一昼夜间，袋鼠能交配24次，母袋鼠一年中可生育四次。从怀孕起，小袋鼠三十天即可出生，无眼睛，会顺妈妈尾巴爬到育儿袋中，爬不进去便自动夭折。头几个月吃母袋鼠四个乳头中高脂乳的一个，等下一个小袋鼠出世，它必须改吸低脂乳头。由于生存环境差，袋鼠还有一奇异功能，如果适逢雨水充沛、草木茂盛之时，它就多生、快生；如遇灾年，袋鼠居然可以控制出生时间，中止发育，不生下来，直到外界条件有利出生时为止。也许是这种适者生存物竞天择的法则起了作用，号称"长跑冠军"的袋鼠也有成为公害的一天，现在居然繁殖到6000万只，与牛羊争食。前些年，还对袋鼠刻意保护，袋鼠出没地的公路两侧都有画着袋鼠的牌子，提醒过往司机减速、瞭望、勿伤袋鼠；现在却大伤脑筋，政府不得不下达指标，组织猎户捕杀，每年完成消灭60万头袋鼠的指标，有时甚至不得不动用军队去"围剿"。不如此袋鼠将泛滥成灾，无法保持生态平衡。

野兔的疯狂繁殖也到了恼人程度。200年前，英国农场主为了打发无聊时光，从本土随船带来13只兔子，玩腻了便放归自然，没想到现在竟繁衍到1200万只之多。人们打野兔的兴趣不高，澳洲人嫌野兔骨头多，这里人只喜欢吃大块无骨牛羊肉，不喜欢啃骨头。于是野兔就肆无忌惮地繁殖下去。野骆驼的情况也差不多，当年为修澳大利亚铁路，从英国本土运来一些骆驼，用来驮运器材、铁轨、枕木。后来铁路修成了，骆驼没用了，便放到山里，任其自生自灭。骆驼的生命力也很可观，仅从现在存活的野骆驼种群数量就知道了——250万头！

现在市场上流行袋鼠皮制品，皮包、皮带很抢手，餐桌上有袋鼠肉和肉干，肉里蛋白质含量高，比牛肉好吃。药店里有用袋鼠睾丸制成的可促进性功能的袋鼠精。也有用蓝角鲨的肝脏制成的护肝药。这种蓝角鲨在近海出没，异常凶猛，在黄金海岸，号称"冲浪者天堂"，那么迷人的浴场里，也时有鲨鱼伤人，不得不建拦鲨网防护。

比袋鼠更珍贵的是考拉。考拉是土著语，意思是"不喝水"，从来没人见过考拉喝水，也许它吃的桉树叶里水分够用。考拉一天有20个小时在睡觉。据研究，那是因为桉树叶里含有麻醉剂，它被麻醉的结果。考拉怀孕，哪怕快分娩了，也看不出来，生下来的只是个基因组织，才三克重，只有一张嘴。考拉妈妈把它轻轻地置于袋中，让它的嘴对准奶头。它在育儿袋里方能进行二次发育。几个月后，小考拉还不能吃桉树叶，它靠吃母亲的粪便获取营养，直到半年后才能吃桉树叶。幸亏澳大利亚桉树品种多，因为考拉每顿饭不会单吃一种桉树叶，有30多种它喜欢吃的桉树叶供调剂。

澳大利亚很怪，有袋动物竟有128种之多！

被奉为澳大利亚国草的苦剂草，土著人称牛奶草，他们用来泡水喝，如同饮茶。据导游说，土著人很少有得肝癌的，政府经过多年研究，包括对土著人遗体的生理解剖，发现了这与他们长期饮苦剂茶有关，也确实从苦剂草里提炼出抗肝癌药物成分，于是政府大量采集苦剂草并制成汤药，发给中小学生喝。还有从蓝角鲨肝中提炼的"角肝精"，也免费提供给学生吃。我很疑惑，觉得这是炒作，意在卖药。如果世上有这么神奇的抗癌护肝药，为什么迄今全球都没推广？

企鹅岛原名菲利浦岛，距墨尔本有124公里，面积有105平方公里，如今辟为自然保护区。从这里到南极大陆，不到一千公里。我们冒雨沿巴斯海峡向企鹅岛行进。据说，这里有储藏量相当可观的石油资源，可与中东媲美。但澳大利亚政府却不想开发，维多利亚州立法，规定五十年内不得开采，理由是怕造成工业污染。我看还是因为他们有钱，先买别人的，留下自己的待价而沽。

雨在淅淅沥沥地下，天气阴冷，我把加厚羊绒衫都穿上了。在邻近小镇一家中餐馆吃过可口的热饭菜，沿着夹岸的黄金柏木栈桥走到海边。这里搭建了几十级体育馆式的看台。座位湿漉漉的，我们都站着。风很大，风推浪涌，白涛一层层席卷而来。天已黑透，遥望巨浪起伏的苍茫海上企鹅归来的身影。忽然有人喊：回来了！

只见一排排海浪中，闪现出神仙小企鹅的身影。它们比帝企鹅小得多，和鸭子大小相仿。神仙企鹅时而浮上浪峰，时而被打入浪谷，小小的身影顽强挣扎着，好像已经精疲力竭了。每次被巨浪打散，它们都会重新排好队。所有的人都觉得这小生灵好可怜！它们从太阳一出就下海去觅食，回来喂幼小企鹅，一去要游出一百多海里，日暮后才能回巢，说不定有多少只嗷嗷待哺的小企鹅送走了妈妈，就再也不见归来，因为它们随时可能累死或葬身海豹之腹！它们的生存环境真让人感到有点悲壮。

人类是神仙企鹅的朋友，澳大利亚人为它们在栈桥墩下的草丛里修筑了好多洞式巢穴，供它们安身立命，繁衍后代。连大家观赏它们归巢都显得很庄严、神圣，大气不敢出，生怕惊扰了它们那疲惫的身心。

人与动物的和谐共存，在这里找到了范本。

如今中国取代日本，成为澳大利亚第一大贸易伙伴。澳大利亚也许离不开中国。中国每年到澳大利亚、新西兰的观光客居世界第三位，仅次于英国和日本。中国人有购物爱好，所到之处大把大把掏钱，疯狂采购澳大利亚羊毛被、澳洲宝石、新西兰驼羊毛毯、新西兰绿宝石。中国人的富有和一掷千金的劲头，让洋人嫉妒。

澳大利亚矿产丰富，墨尔本出金矿，当年就叫"新金山"。中国宝钢的优质铁矿砂几乎全部仰赖澳大利亚进口。澳大利亚铁矿是含铁27%的富矿，且不含硫，冶炼过程无二氧化硫污染。尽管澳大利亚铁矿砂一再涨价，中国仍舍不得放弃。

澳大利亚政府崇尚节俭，绝对不可以随意追加预算。中国某省一高级公务团访问澳大利亚，人家只请他们喝了一杯咖啡，我们的官员们便大发牢骚：太小气了，他们到中国，好吃好喝招待不说，走时还送名优特产，到他们这儿来，连一顿饭都不请！

全澳洲（包括新西兰）无核电站，因岛上没有大川大河，也无水力发电，只有火电厂。墨尔本曾是临时首都，当年开发金矿，储备了资本，建国200年来，经济发展始终在前列。它是澳洲最冷的城市，居南纬38°，昼夜温差大。墨尔本有一奇观，有轨电车四通八达，从第一代隆隆作响的老爷车，到第五代超流线型子弹头式、电脑自控的电器机车，都在各司其职，行驶在150年历史的铁轨上，仿佛是一座活动的交通博物馆。有轨电车无人检票，可从商店购票，不以站点的里程计费，而是计时，根据上车时间计算，不超时即可。最低票价（两小时）才3.2元，但也有逃票的。一旦被人查出，代价沉重，不但重罚，而且会给你的综合信誉永远涂了黑。一些留学生逃票有术，欺查票者多为胖子，让他们追得气喘吁吁也追不上。有轨电车是私人经营，亏损严重，政府虽给补贴，也不能扭亏为盈，但依然运营着。它对这个350万人口的城市是个缓解剂。我一直不明白，中国为什么先是拆掉了有轨电车，后来又让环保的无轨电车也在大城市绝迹，全数代之以喷吐黑烟的汽车？

墨尔本对人类的最大贡献还在于，它是全世界第一个提出8小时工作制并付诸施行的城市。为了纪念这一功勋，至今在市内高塔上还镶嵌着三个巨大的"8"字。

悉尼市中心下面竟有三层隧道，火车居然在地底下行驶。这虽然加大了成本，却减少了麻烦。澳大利亚、新西兰是土地私有制，占用个人地皮，只要他本人不答应，政府也毫无办法，打官司一打几年，不如挖地道，因为澳大利亚法律规定，地皮虽私有，8米以下属于国家。这就不像智利，买一块地，连地下矿藏都属于个人了。澳大利亚历史短，在这里，超过几百年的房子就算文物，绝对不准随意拆毁、改造。

申办2000年奥运会悉尼以多一票胜出，他们在28公里外的郊区一个百年垃圾场修建奥运村和体育场馆，这倒很经济。他们当时的口号就是"环保奥运、绿色奥运"。他们安装的太阳能是一大特色。如今26个奥运灯塔依然耸立，它们各自代表一个曾经举办过奥运会的城市。澳大利亚的游泳是强项，游泳健将索普一人就替东道主夺得五块游泳金牌。这可能与索普脚大有关系。他穿52码鞋，称"大脚索普"。除了脚大击水有力，他取胜也许还借助于他那套价值12万澳元的游泳衣，是用蓝角鲨鱼皮做的，据说阻力小。大脚索普着实让澳大利亚风光了一回。赛后唯一不赔钱的只有游泳馆。

不过，索普已因伤退役，奥运村也人去楼空，阒无人迹。为了引人回忆当年盛况，主场馆门外大屏幕上不停反复地播放开幕式和颁奖片断。除了新闻中心改成酒店，其余的建筑都荒芜在那里派不上用场，唯一值得称赞的是主场馆门前立了许多金属标志柱子，上面按英文字母顺序排列，把参加本届奥运会的运动员、教练员、领队，甚至志愿者的名字都刻在上面，以期永志。

澳大利亚首都堪培拉，新西兰首都惠灵顿，都是不起眼儿的小城。堪培拉土著语是聚会之意，一半城市用地是国家公园和保留地。莫朗格河从这个大村寨一样的首都流过，注入马兰比及河。原本是牧羊地的堪培拉因为悉尼和墨尔本旷日持久的争作首都而"渔人得利"。堪培拉是世界上第一座先规划后建设的城市。澳大利亚向全世界建筑师公开征集方案，最后芝加哥的格力登中标。该城1924年建成，当年设计常住人口为2.5万，未免过于保守，现在人口已超过32万，不过仍不显得拥挤。堪培拉有"花园之都"的美誉，它甚至不像一座城市，绿地占总面积60%，每人平均拥有绿地达70平方米，仅次于华沙，位居全球第二，但华沙远没有堪培拉这么幽静。你看，每户宅院都如同小小的花园，市中心也没有车水马龙的喧闹。

除了作为政治中心，堪培拉并无任何优势，小小的机场连起降大型客机都不能，总理只能到悉尼去迎接来访的各国政要，这样算下来他一年倒有大半时间待在悉尼。

新西兰的情况也很相似，奥克兰和罗托鲁瓦也在争作首都，最后惠灵顿这匹"黑马"跳了出来。

争当首都的"马拉松赛"悉尼算是输了，墨尔本毕竟在新首都落成前当过临时行政中心。从那以后，悉尼和墨尔本仿佛结了仇一般，事事都争个死去活来。澳洲网球公开赛，悉尼又输给了墨尔本。1956年的奥运会，墨尔本又胜出。每一任悉尼市长都苦恼至极，却想不出改变命运的办法。20世纪60年代末，一位悉尼市长去中国西藏访问，忽受转经轮的启发，回来建了308米高的幸运塔，造型很像转经轮。从此，风水转过来，在各种较量中，墨尔本再也没赢过，包括2000年的跨世纪奥运会，悉尼都占了上风。外国元首到悉尼，都必登幸运塔，以求把幸运带回去。连赌徒也肯花钱买票上去转上一圈，希望能赢钱。

十五年来，悉尼竟十三次被评为世界最佳旅游城市，美国《环球》杂志评全球五大美景城市，三大夜景城市，悉尼都排在榜首。这里四季温润，气候宜人，气温从来不到冰点。我去的时候正是相当于中国一月份的节气，却是一片翠绿。

世界美丽的城市比比皆是，悉尼独领风骚，也许这要归功于"另类"的悉尼歌剧院。

我说悉尼得益于悉尼歌剧院，也是有依据的。有多少来自世界各地的游人都是冲着橘子瓣造型的悉尼歌剧院而来呀！它的名气太大了，该剧院落成时，这座获得过世界建筑最高奖普林普德奖的设计师约恩·乌特松居然拒绝澳大利亚的邀请，迄今没有踏上这座有五个音乐厅的圣殿台阶一步，更没进入音乐大厅看过一场演出。

这里有一段离奇而辛酸的故事。

当年，丹麦人约恩·乌特松得知悉尼歌剧院向全球建筑师征集设计方案，便也交了一份草图。悉尼歌剧院的评审小组从众多设计方案里遴选出二十多份，提供给专家评委确认。这二十几件居然全没看中，都落选了。失望之余，负责遴选的人想起约恩·乌特松的草图很超前、很新颖，留有深刻印象，就试探性地找出来请专家过目。没想到，八个评委同时喝彩，一致赞成并敲定了约恩·乌特松的设计方案。

有趣的是，约恩·乌特松虽是学建筑的，也有建筑师的资质，可他此前没有成功设计过一幢建筑，仅属纸上谈兵而已。他准备投标悉尼歌剧院设计时画了很多草图，都不中意，俱付之一炬。在他已决定放弃的时候，女儿给他端来一盘切好的橘子，那些摆放在盘子里错落有致的橘子瓣令他眼睛一亮，心为所动。他忘了吃橘子，就用橘子瓣在盘子里反复组合摆放，这就是悉尼歌剧院的雏形。

约恩·乌特松胜出，他远涉重洋亲临现场指导修建。最初澳大利亚政府拨款 700 万澳元建悉尼歌剧院。当时 700 万已是天价，那时一栋很像样的别墅才卖五千元。没想到，实际承建才发现，约恩·乌特松的设计虽好看，却漏洞百出，无任何章法，也不符合力学原理。为此，他本人受到业内人士质疑，说约恩·乌特松是骗子，并且派出调查人员前往丹麦，意在戳穿约恩·乌特松的骗局，好给人们一个说法。

调查发现约恩·乌特松确是个有资质的建筑师，澳大利亚奈何不得他，只好摸索着接着建，不断追加投资，一直追加到一个多亿，叫苦不迭。澳大利亚也彻底得罪了丹麦这位很有个性的建筑师。约恩·乌特松一怒之下离开澳大利亚，并发誓：永远不再踏上澳大利亚的土地！

这座耗时 16 年斥巨资建造的悉尼歌剧院终于落成了。人们直到这时才不得不承认，它是人类建筑史上的杰作，它是约恩·乌特松的开山之作，也是他的关门之作。此后大半生，约恩·乌特松连一个鸡舍狗窝也没设计过。

2000 年悉尼奥运会前夕，澳大利亚奥委会主席和国际奥委会主席萨马兰奇对约恩·乌特松发出热情的联合邀请，希望他在这难得的机会光临悉尼，一睹悉尼歌剧院的风采。

约恩·乌特松又一次婉拒，还好给了一点面子，派他女儿代表他前来。他女儿围着悉尼歌剧院这走走、那看看，只说了这么一句：都说它是建筑史上的奇迹，但这里却连我父亲的任何纪念物都看不见。

澳大利亚接受了她的提醒，她走后，人们把约恩·乌特松的设计模型摆了出来。

为了给奥运会增光，政府出资八百万给悉尼歌剧院装饰了华美的霓虹灯。出于尊重，他们也不忘写信给约恩·乌特松征求意见，实际是"告知"。

这个倔老头在回信里只说了这么一句：还是原来的样子好。

无奈，奥运会一过，灯饰全拆，八百万打了水漂。八百万换来尊重名人、敬畏功臣的名声，也值。

当新加坡航空公司的波音 777 飞机载着我腾上万米高空渐行渐远，机翼下的澳洲大陆变得一片模糊时，我突然有一种感慨，澳洲虽然不处在当今世界的闹市区，却得以过自己宁静恬淡的日子。没有战争，不用为军备竞赛绞尽脑汁，不用争当超级大国，这是地域造成的"边缘化"，还是自愿被"边缘化"？我不得而知。试问，远离喧嚣的好处有谁知？

这也是澳洲欢腾的理由吗？

商业的力量

朱秀海①

薄云蓝天，午后的中英街仍旧熙熙攘攘。

人不像想象中那样拥挤，但也不少，呈现出一种这个时间段一般商业小街难得见到的繁荣与热闹。孙霄先生站在这条只有 250 米长小街的街头等待我们，展开的姿态给了我一种中英街自己将要开口讲述她那长达一百余年长江大河般历史的奇妙印象。孙先生是中英街历史博物馆的馆长，更是一位中英街历史的寻觅者和书写者。我们在孙先生的引领和解说中走进小街，听到了记忆中已经熟悉更多则完全陌生的故事，也一并浏览了小街的今日风光。

短短的旅行颠覆了三十余年来我对她一以贯之的想象与憧憬，这可是那个高峰时日接待十万来客，全国人民无不以到此一游一购而感觉幸运与自豪的小街啊。没有意想中竖立于街心的高不可攀的中西阻隔之"墙"，没有一边繁华无边一边萧条颓败的建筑和拥挤的购物人潮，更没有姓"社"和姓"资"的两个世界剑拔弩张的对峙气氛，有的只是一座南方商业小镇常见的喧闹与和平。不错，是和平。——当然依旧保存着一街两制的形式，但在我的眼里，连这一点也很淡了。我有了一点失望，但更多的是讶异。

小街尽头是孙馆长为之付出巨大心血的中英街历史博物馆，旁边耸立着关于中英街历史的警世之钟。这是中英街的另一番景观，也是游客们在小街浏览采买之后的驻足流连之所。匆匆参观后分别时孙先生将他的大作《中英街的历史和变迁》馈赠予我，使我得以在以后的旅途中，可以从另一个起始点——另外一个中英街的街头——时间和历史的街头——重新走进中英街。我开始不时

---

① 朱秀海：中国人民解放军海军政治部创作室主任。电视剧《乔家大院》的作者、编剧。中国作家协会全委会委员，中国作家协会军事文学委员会委员。

地废书而叹：当1899年3月16日，中英因为《展拓香港界址专条》的签署与施行要把古老的沙头角一分为二时，这里突然被一道完全陌生的边境界线所分割，带给当地百姓是一种莫大的苦痛，那是亲人、家族被生生切割的苦痛，这种苦痛一定还会因为分割就是永远的分割，再也不可能团聚的认知而加剧。

我顺着这条时光和历史之廊前行，看到了分割之后当地人民因为海关等种种新机构的设置遭遇的盘剥与欺凌，是被分割后的亲人在咫尺天涯的边"墙"两边的隔绝与呼喊——是真的而不是意念中的呼喊，当时被称之为"喊墙"。但也正在这时，中英街诞生了，最初不过是被分割的乡亲们在一条作为分界线的干河床上摆摊设点，交流一些两边的乡亲急需的生活必需品，当然也是骨肉亲人的团聚之所，然而渐渐地就有了商业的模样，最后竟然越来越成其气候，诞生和发展成了一条商业街。而一旦进入商业渠道的小街似乎就有了永远不可能被消灭的生命力，这条小街不仅蹒跚地走过了时聚时散、赶了就跑的香港早期英据时期，后来的日据时期，日据后的后英据时期，接下来又经历了长期的一街两治的意识形态对峙，经历了改革开放后直至香港回归前的畸形繁荣，以及香港回归后由一街两治向一国两制、一街两制的转变。再就是今天了，还是一街两制，当年的旧界碑仍在，香港警察和内地武警仍然坚守在小边两边各自的岗位上，但这一切似乎突然就变得不重要了，重要的仍然是这条小街，小街仍在，虽然没有了20世纪80年代的极度繁华，但仍然以一种南国商业重镇应有的繁荣迎接着来自祖国大地的百万旅客。变的是历史而不是她，历史成了过眼云烟，小街却似乎成了永存，这一刻，你会不会觉得这本身就是一个奇迹呢？

一百多年来中华民族的仁人志士，全民族的英勇奋斗，迎来了香港回归，中英街也结束了一街两治的历史而走进今天的时代，但是没有另外的一种力量——我说的是商业的力量——作为最本质的力量的加入，能说明中英街的全部历史和她存在和繁华至今的理由吗？中英街连同她所在的古镇沙头角，沙头角所在的深圳盐田，都是中国的一隅，无法逃脱大环境大力量的角斗与大历史的沧桑变迁，而操纵百余年来历史沧桑的恰恰是商业的力量。当亚当·斯密以一种今天看来特别简陋的经济学理论——投资、生产商品出售、获得和积累利润，再生产更多的商品卖掉获得更多的利润，实现积累以至无限反复最终达到国富兵强——使得工业革命的英国有力量用坚船利炮打破老大中国的国门，就连沙头角这样一块南国海边的弹丸之地也难能幸免时，商业的力量就已经开始作为主导大历史的力量改变了世界，也在这块海角天涯之地催生了中英街，包括她后来的繁华，这看似意外的果实，但却是必然的果实。

　　而当这同一种力量彻底改变中国，让古老的神州大地以一种近代从没有过的强大与富裕改写了自己的历史，走向一条全新的发展道路时，中英街仍然幸运地在同一种力量的推动下继续自己的繁华。商业的力量归根结底是一种创造更多财富、让天下人活得更富裕更幸福更健康的力量，没有商业的力量，中国割让香港，割让新界，让中英街两侧的亲人隔"墙"呼喊对方的名字，在中华人民共和国诞生后几十年内仍然一次次发生大规模的青年逃港事件；有了商业的力量，中国收回香港，收回澳门，中英街那边的香港同胞开始过街购买更便宜的商品，从日用品到房产；街这边的人再过到那边去，购买已经是奢侈品和像奶粉一样有利于后人健康成长的绿色食品。

　　写这篇短文时我又想起了徜徉在中英街的那个下午。临别时对中英街的最后一瞥是一位街头闲坐的老人。他的神态、目光平静而且安详。就在他的身边，小街两侧的商业活动正红红火火地进行。这幅如同清明上河图般的世俗风情画曾在一瞬间深深地打动了我的心。从这位一定也阅尽了人间沧桑的老人的目光中，你根本看不到小街和小街两侧发生过那么多充满眼泪与欢笑、分割与团聚、逃亡与回归的故事。这时我想到中英街的历史其实不是一条街的历史，而是这样一些生活在其间的人的历史，正是这样的一个个在小街出生、长大、老去的人的历史构成了中英街的中国史。

　　中英街尽头耸立的警世钟，日日都在对五湖四海的游人诉说，当年中国人是如何遭受外人的践踏与蹂躏，但是今天站在这口硕大的警钟前，你会想到它同时也在回响着另外一种声音。商业的力量，归根结底是一种道路的选择，才让此处发生了曾经有过的沧桑巨变，如今仍然让它继续安享着富足、安宁与尊严。这是中英街的历史对全体中国人的昭示，也是中国通过中英街对于历史、现实和未来的昭示。

　　这个意义上，中英街本身就是一座巨大的警世钟。

生命与海滩

邵振国①

　　盐田区，在深圳市以东，只有 70 余平方公里。它却是华南地区首个"国家生态区"，最适于人口居住的地方。这里会让我的鼻息充满负氧离子的气味。我随《香港商报》组织的"品鉴岭南——中国著名作家广东采风行"代表团走访了盐田港集团，还有华大基因——民营科技企业集团。

　　闲暇时我在大梅沙海滩散步，携着我采访的印象。盐田区虽小，而该区在 2014 年的 GDP 已达 450 亿元！而今它正在热烈研发所谓的"GEP"，也就是加入生态价值的绿色 GDP。

　　我在想是什么使这里的 DNA 如此活跃，放射出超常能量光芒，是它的空气质量、丰富的负氧离子吗？我望着脚下被海浪拍击的崖礁，远处岛屿错落，蒙着黛色。我的目光穿越那蓝色海湾的遮蔽，顿时有一种"深入"感，好像我不是在深圳，而是走到祖国疆域的边界，南海，曾母暗沙！那样辽阔而深远。我想三十年前，这里是一片只会依靠天然的海洋资源生存的渔村吗？

　　我知道盐田区以北比邻的龙岗区，那里有规模更大的民营通信企业巨头华为，年销售量 2400 亿元，名列世界五百强；华为身边即是新能源汽车大亨、锂电池和 IT 零部件制造商比亚迪，在全球建立了 22 个生产基地，在美国设立分公司。盐田区西边不远的南山区，即是另一著名企业中兴，2008 年即入选全球 IT 企业 100 强，连续多年荣获国家科技进步奖，及国际组织和美国、法国颁发的各种行业成就奖项。

　　我在眺望辽阔的南海，似在寻觅物质的边界，及人的生命基因可能抵达的范围！是的，这里的确具有适于人居的生态环境、空气给养，亦如大海的自由

---

① 邵振国：甘肃省作家协会主席。代表作：《月牙泉》《麦客》。

涌动，冲刷着崖礁和沙滩。

深圳的企业大多具有两个特点：一是高科技创新取向，二是具有国际化的规模。我以为这两点都是生命的自由标志！换句话说，是三十年前的特区开放政策，才给予深圳这样一块凸显的"高地"！

我们坐在华大基因总部的会议室里座谈，我有幸见到它的前执行总裁王俊先生，还有它的现任董事长汪建，及华大基因科学研究院的杨焕明博士。这些让我记起二十多年前，那个"孔雀东南飞"的年代。他们之所以飞到这里，是因为这里宜于人居，及探究生命奥秘的意愿驱使。杨焕明原先就职于中国科学院，却做了这里的创始人之一、基因研究院的首席研究员；王俊先生原为丹麦哥本哈根大学生物系教授，却来这里建设一家民营的基因组测试中心。汪建董事长尚在美国留学时就已结识了他们。他们的经历，亦如海潮的流动，如今这里已是中国最大的基因组测序和分析服务的提供商之一了。王俊先生讲话很朴素，他不会说到自己年仅 36 岁就已入选英国顶端科学杂志《自然》评定的"2012 年科学界十大人物"，也没有说华大基因所有研究员发表于《自然》和美国《科学》的论文，排名中国前 5，仅次于中科院、中国科技大、清华和北大。但我知道，这些民营企业家，已不是那个"渔村"的村民了！

我认真拜读过王俊、汪建、杨焕明等先生的介绍基因的文章，写得非常有文采。王俊说："所有的这些 DNA，对于人来讲，是 30 亿个碱基字母，这 30 亿个字母，蕴藏着人的所有的、未来的、各种各样的可能性。"是的，我看到的是深圳这块"高地"所蕴藏的可能性！恰如他说："基因组的程序告诉你，在一个生活的环境里面，它会怎样去反应。"

杨焕明博士向我们介绍了世界各发达国家在这一领域的研究现状。我只能记住一些对于我很陌生的概念："大数据时代的个人健康革命"和"数字化人体"，美国麻省理工学院的葛洛庞帝教授说："信息的 DNA"正在迅速取代原子而成为人类生活中的基本交换物。美国总统奥巴马，则在 2015 年 1 月 20 日发表国情咨文，也把基因研究作为报告的重点，身边即摆着个彩色的 DNA 双螺旋模型，并说"精准医学的愿景"，"使我们所有人，都能获得自己的个体化信息。"是的，我所能理喻的"个体化信息"更多是在人的精神建构的人文层面！

华大基因，它的基因组学测序的成就和强势，不仅表现在医学、农业领域，或许还可能探向未来的人文学科领域。

2014 年 10 月，华大基因把一项技术（"无创产前基因检测"）以 456 万欧元转让给意大利，成为少数中国基因技术输出案例；2015 年 12 月，华大基因与美国农业技术公司（Arcadia）合作共建全球水稻非转基因遗传资料源数据库，对这家公司自有的 5000 个高密度变异籼稻突变株系进行基因排序。这种业绩成就，怎能说不是通向人之精神建设的桥梁？它让中国位居世界国家合作指数的第五名，紧跟在美、德、英、法之后。它的业务也已覆盖全球 55 个国家，在多国设有分支机构。正像汪建董事长说的："国际化一直是华大基因的 DNA。"

我更感兴趣的还有一个研究机构，即深圳的"光启研究院"。这个机构据说属于"民办非企业的新型科研机构"。该院院长刘若鹏，在机构挂牌时年仅 26 岁。毕业于美国杜克大学电子与计算机工程系。他 25 岁时与哈佛博士季春霖合作撰写了关于"超材料"的研究论文，2009 年 1 月发表于《科学》杂志上，引起国内乃至世界的轰动。迄今他率领他的团队专门研究"隐身衣"（即研制可引导微波"转向"的超材料，而防止物体被发现），在世界核心刊物和国际会议上发表论文 120 余篇，并将其尖端技术应用于工业、医学、生物、环境等领域，为我国占领国际新兴交叉科技领域的制高点，具有重大意义。在超材料领域，光启的专利数量排名世界第一，美国波音位居第二，丰田居三。"光启科学"在香港上市，获取市值 300 亿。其超材料研制的飞行器"云端号"，在 20~100 公里的平流层放飞，成功拍摄了 1080P 高清晰影像，可向 8000 公里的地面发射 Wi-Fi 信号。

噢，我在海滩散步，望极南海，曾母暗沙！想到人的生命之可能的抵达！是的，我把这些都做了人文学科的理喻。我望着这蓝色的海湾，再次记起光启所说的："光启研究院的运作模式就是给予人更多自由发展的空间"，即"让创新的 DNA 自由生长。"

盐田抒怀

阿　成①

从冰天雪地的东北，来到北回归线以南的盐田，温润的气候让我这个东北佬宛若进入了春的故乡。深圳辖下的盐田，海天的风景在椰风与暖金色调的沙滩烘托之下，让人之心胸豁然开朗，似乎又有了年轻时的充沛。如果说，深圳是全国最年轻、最富朝气，也最有魅力的城市，那么，盐田区便是这座风情万种的都市中最迷人，也最有生气的一域了。天气真好呵，蓝蓝的，似乎可以将人的肉体融化掉，让灵魂也变得透明起来。是啊，人与环境如是一首好歌的词与曲，总是让人受之心醉。

之于深圳，我是有期待的，或有一种重返故里的别样感觉。在 21 世纪初，我曾来过深圳，我原以为哈尔滨是全国最年轻的城市，当踏上这片新开拓的城市后，方才知道她还要年轻，还要前沿。她的步伐是引领者的步伐，她的追求是引领者的追求。深圳不仅走在全国发展路径的最前沿，而且，她的步伐也在影响着中国前行的速度。深圳的想法，深圳的激情，深圳的世界眼光，深圳的梦，让国人深感震撼并深受鼓舞。冒昧地说，我也是读过几页书的人，可我却极少看到一座城市对整个国家，甚至对世界发生如此之大的影响。

驱车于盐田，与海天同在，与海鸥竞行。只只船影绰约在海面上，让人心旌摇曳。我辈此行还将穿过一个又一个悠长的隧道，掠过一座又一座野冬花怒放的山峦去看盐田。

盐田在深圳的东部，词条上说，她东起大鹏湾背仔角和龙岗区相接，西至梧桐山与罗湖区相邻，南连香港新界。说这屏山傍海的盐田哟，全区海岸线竟

---

① 阿成：现为中国作家协会全委会委员。黑龙江作家协会副主席，哈尔滨市作家协会主席。国务院专家津贴专家、编审。代表作：短篇小说《赵一曼女士》《白狼镇》等。

长达 19.5 公里，这沿海莞尔的仙境被《中国国家地理》评为"中国最美的八大海岸"之一，可谓是一条"黄金海岸线"。

但是，身于美景中的我却已然记不得先前是否来过盐田了。这除去年长者的忘性之外，怕是与今之盐田发生了巨大的改变有关的吧。然而我之既来，何尝不想知道今日的盐田是又一种怎样的状态呢？穿过一个隧道，又是一个新的隧道，过了一片大海又是一片新的海景，这自然的连接，亲切的沟通，与海岸的蜿蜒，错落的岛屿，构成了万种风情，怕是不是诗人也要吟上几句了。

据说盐田的环境空气，优良天气达 295 天之多，优良率高达 97%。PM2.5，日均浓度仅为 25 微克/平方米。可与欧盟的标准比肩而立。据说自 2007 年起，旅游景点年接待游客量岁岁年年均超过千万人次，为此，东部华侨城、京基喜来登酒店、大梅沙湾游艇会、奥特莱斯购物村等一大批高端旅游也相继运营。还成功地举办了黄金海岸旅游节。全年接待游客高达 200 万人次。人均 GDP 为 49.42 万元。真的是人人幸福，家家小康啊！

还有赫赫有名的盐田港，在与同行者乘船出海御风而行时，回望这个以最短时间创造了世界港口发展新纪录的港湾，这个开通了近百条国际航线的现代化港区时我顿生感佩：巨轮牵连，却靠离井然；货柜山叠，却吊运自如；货车如链，却次第有序。是啊，这不仅是一条观光之路，旅游之路，文化之路，更是一条经济之路，发展之路。一切都变喽，眼前的盐田变得那样成熟，那样沉稳，又是那样的幽静，在绿树的簇拥下，在大海的怀抱里，在青山的环绕中，这是怎样的一座有魅力，有诗意，有情感，有气质，有风度的城市哟。

之于期待中的中英街，我是有一点小目的的，是想给小外孙买一点有趣的东西，以博嘎嘎一乐。先前我是来过中英街的，我还记得当年世旭弟指着邓小平同志的塑像说，就是这个人改变了我们的生活。他说这话时眼睛里充满了赞赏与崇拜，我一样感同身受。在这条商铺林立，鳞次栉比的小街上，我当然知道它的商品价值远没有它的政治品质更加令人肃然起敬。

我注意到在这短街上竖立着不止一个石碑，这无疑是旧中国贫困落后，清王朝腐朽没落和帝国主义疯狂侵略中国的历史见证。自然也知道我今天走的这条路，几百年来曾有无数的人走过，其中有英国人、日本人，连同各国的淘金者，然而，这儿的主人恰恰是岭南人和来自内地的客家人，千百年来他们在这里繁衍生息，生生不息。吴氏宗祠、天后宫和盐田街道的那棵有 500 多年树龄的"深圳树王"古樟树，都是这一历史的形象证明。是啊，尽管这条街短短的，但她完全是中国式的布局、中国式的笑脸，甚至是中国式的讨价还价。所以哟，要从容踱过，细细品咂，如此才能从中掂量出她的沉重、她的屈辱、她的坚忍和她的自信。

……

是啊，十余年的发展，盐田已从昔日的边陲小镇，迅速崛起为一座产业特色鲜明，经济初具规模，社会安定祥和，居民安居乐业，生态环境优美的现代化海滨区了。日月更迭，深圳在变，盐田在变，目标也在变，而且前行的目标变得愈来愈坚实、愈来愈科学、愈来愈牢固、愈来愈宏伟、也愈来愈远大了。的确，没有任何时候像现在这样让盐田人离奋力追求的目标愈来愈近了。

红轮西坠，海水已被夕照染成了绚丽的彩色，世界变得像油画一样的美。是啊，深圳顺天时进入了冬天，这是冬天里的春风呵。正是这别样且别致的冬才更能凸显深圳的特色、盐田的特色和海岛的特色的啊。别了，深圳，别了，盐田。你赋予我的是希望，是思考，是永久的惦念；但更多的是对善良、智慧、勤劳和勇于进取的盐田人，以及建设与发展美丽盐田的领导者的赞赏与敬重。

从此好好过日子

任芙康①

  20 岁那年，我调到坦克团新闻报道组。组长面相普通，张嘴却与众不同，令人折服之至。他上来就指教我，写稿要有数字意识，一串数字甩出去，就等于你掌握了可丁可卯的证据。等熟悉之后，他又改了教诲，轻易不要迷信数字，愈是模样认真的数字，愈可能只是一种游戏。这句话如一枚钢钉，楔入我良莠混杂的常识。

  随年岁渐长，常识被分化，一部分获得巩固，一部分受到修正。比如数字一说，就需一分为二，虽有时兑水，有时枯笔，有时留白，但偶尔也是可以信赖的。

  聊举一例。1988 年 4 月，我平生初赴深圳，并幸运进入沙头角。中英街全长 250 米，日均流量 10 万人次。这两个数字的组合，看似不可思议，而我深信不疑。半华里长的街道，已是亲脚走过；人潮推涌的煎熬，已是亲身受过；10 万人次的进出，已由边检记录在册。

  是次南下深圳，为办一桩私事，因过程出奇顺利，便欲乘兴北归。主人挽留说，不去一趟沙头角，岂不白来深圳了。

  我虽孤陋寡闻，但沙头角镇上，"一街两治"的中英街，早就如雷贯耳。放眼国中，实乃别无分号的所在，不少熟人已捷足先登。他们说此地是万花筒，能见识到那边花花世界的稀奇；他们说此地是试金石，能测量出这边悠悠岁月的苦寒；他们说沙头角等同商界名校，哪怕你从小到大缺心眼儿，浸泡半日，能顿时开窍成赚钱精英；他们说中英街等同购物天堂，天堂的货品带回尘世，

---

  ① 任芙康：天津市文学会会长、天津市文艺评论家协会主席；鲁迅文学奖、郁达夫小说奖评委及第七届、第九届茅盾文学奖评委。

更能映衬出神界的非凡。概而言之，沙头角福地一块，中英街圣境一重。所有的信息，全是致富的捷报。而失手、失算的噩耗，几乎从无耳闻。

前边说到自己进入中英街，用了"幸运"二字，实情如此，并非夸张。彼时香港尚未回归，沙头角堪属边关重地。凡无"沙头角禁区通行证"者，即或抵近关闸，仍是咫尺天涯，唯有望关兴叹。而拿到由公安机关签发的路条，需付出超常的体力和毅力，历经长蛇阵的昼夜排队。这种耗费时日的耽搁，于我这种过客而言，断然奢侈不起。而自己的"幸运"颇有含量，照应我出关入关的，正是边检人员。

记得那日，刚刚移步街口，一股咄咄逼人的热浪，让阳春天气瞬间转化为酷暑季节。陪同的朋友，见我面露难色，未待说出鼓劲之辞，彼此已被人浪吞没。几番踮脚四望，已无熟脸可寻，只好依照约定，各行方便，两小时后关前会合。

接下去的影像，迄无真切的细节，只觉全街摇荡，相互缠绕成一团虚幻的乱麻。毫无主见的我，被裹挟进一间又一间铺面。南腔北调的男男女女，忙乱得不可开交。拖着、抱着、提着、扛着，个个举步维艰，却掩不住赴汤蹈火的豪迈。事后慢慢回想，对中英街五花八门的商品，可列出一张大致的清单：香皂、布料、雨伞、丝袜、味精、香烟、糖果、相机、太阳镜、电子表、剃须刀、化妆品、中成药、保健品、金首饰……无不价廉，无不物美，无不犹如冰水溅进沸油，鼓动人们淋漓尽致地放纵出贪婪，挥洒出欲望。市声盈耳，叫出去的卖价，是不假思索的；还回来的买价，是一言九鼎的。众人似乎都讨厌拖泥带水，往往一个回合成交，沾着唾沫点钱。更有破釜沉舟之人，除留出几文回家的盘缠，腰包里不剩下一枚多余的硬币。

热汗蒸腾中的丰富和繁荣，叫人发懵。又因我此趟本非趸货之旅，眼前一应货色，皆变得无可无不可。初初一看，似乎样样都是难以割舍的珍品；细细一想，又似乎件件都属无甚大用的鸡肋。茫茫然不知所措中，约定的时辰已到，遂毫无斩获，慌不择路而归。到得关前，朋友已在等候，见我两手空空，别无身外之物，大感惊诧，呼为异类。对方说，不论是吝啬钱财，还是清心寡欲，像你这般中英街兜一圈，分文未花的，拉出上万人，怕是找不出第二个。

返回北方数月之久，沙头角仍萦绕于心，不可理喻的是，我竟然杞人忧天，怀上了一丝莫名的忧虑。沙头角像一架隆隆前行的战车，何时能够稍稍停顿？过年热闹固然不错，但一年四季，天天过年，过年的人受得了吗？许多外地客对沙头角的喜爱，可能恰恰在于，他们可以从这里索取，而同时又可以不在这里定居。我的猜测，后来得到验证。认识几位原本窘迫之徒，他们靠吮吸中英街的乳汁发达起来，却以祖传富豪自居，说出些负义、不屑的蠢话。

日月如梭，转眼 28 年穿过，深圳已成我常来常往的地方，而沙头角却无缘重返。但我心里，始终牵念着这里，当年的如火如荼，已烙下忘不掉的斑痕。我亦多次揣想，时势弄人，沙头角得宠、失宠之间，备尝盛衰荣辱。而跌跌撞撞走过的岁月，终归胜过绝大多数边地的死水微澜，幻化出独一无二的景致。

两月前，深圳朋友邀我南下，专程巡礼沙头角。当时的喜悦，无法言表，恰如彩迷中奖，尽管我此生不曾买过半张彩票。对方知晓我早年的沙头角观感，今见爽快应约，夸我"不计前嫌"，重情重义。我赶紧申明，惦着睡觉，你便递上枕头，感激还来不及哩。

久违的沙头角，今日已演变为"一街两制"，虽仍有边检，然已无森严。中巴载着我们，经由旁门通途，直驱中英街内。依旧先行移步街口，但将近 30 年的记忆，居然消散一尽。入耳的，触目的，皆让人疑惑，立足的这个地方，怎会如此井井有条，有序到完全陌生？

街前醒目的石质界碑，刻有"光绪二十四年中英地界"的字样，屈指算算，刨除木质界碑的年头儿，耸立于此，亦已百年之上。而自诩来过沙头角的我，竟毫无印象，足以证实上次行旅的潦草。

说来也实在怪不得我。当众人成为人群，人群成为人流，人流成为洪流，洪流波涛滚滚，涌入中英街狭窄的河床，哪怕一条顶天立地的壮汉，淹没其中，亦不过像是微不足道的一片枝叶、一粒沙砾。老家小城方方正正，让我少年的方向感无师自通，故而一直恍惚觉得，我曾沿着中英街，从东走到西。这回天地清爽，让人视野无碍，一眼分辨出自己的记忆，大谬至可笑，该街实为南北走向耳。

愈往前行，愈觉生疏，店铺里安安静静候客的商人，街沿上聚精会神砌石的民工，老榕下追逐戏耍的幼童，古井旁探身比画的游客，甚至，犬随主人亦步亦趋的溜达，鸟栖骑楼喜事临门的鸣叫……处处闲散，处处安详，与库存中的影像全不相符。

同行中数位，几度来过，又个个有忆旧的嗜好，行走中不住地指东点西，不住地摇头叹息，仿佛是在演讲竞赛，观点一定要与众不同。概而言之，来一次悔一次，繁华不再，大煞风景也。他们的痛心，当然只是表演，话题游移，不停转换，东一榔头，西一棒子，心不在焉，云山雾罩，早与沙头角风马牛不相及。道不同，不相为谋，体现于观光这类小事，莫不如此，马虎不得，勉强不得。另一位心有灵犀之君，向我使使眼色，遂悄然脱队而去。

250米的主街走完，道向左弯，迎面一座造型独特的钟亭。踏上台阶，凑近钟身，默念钟铭。铭文精短，似在二三百字之间。勾画历史脉络，字字凝练："一街之兴衰，关乎国势；百年之宠辱，窥于一斑。"颂扬世道清明，句句素朴："沙头角，近水楼台，先得风气；中英街，向阳花木，早沐春光。"读到落款，竟生意外惊喜，"警世钟"铭文，居然出自老友侯军之手。此刻仿佛贤弟就在身旁，与人言及，自感脸上添光。

扭身跨进十米开外的历史博物馆，更见新鲜。五层小楼，因布展专业，展品的谨严性，文物的稀缺性，功能的现代性，令人逐一看过，兴致盎然，不想遗漏。机缘巧合，最后一间展室中，幸会馆长孙霄先生。这位古都长安长大的西北汉子，历经20余载扎根，已然成为沙头角研究权威。听他介绍，"中国民间艺术之乡"，深圳只此一家。四邻八乡，民系纷繁，客家最众，祖辈以海当家，捕捞为生。流传千年的渔灯舞，展示先民皆非等闲之辈，岸上走赛似水上的飘逸，水上行强过岸上的稳健。他随手给我们看一本《客家山歌》，字字含情，句句灵动，该悲凉处悲凉得很有力，该调皮处调皮得很有趣。与君一席话，相见却恨晚。分手之际，又赠我一部他撰写的中英街专著。洋洋30万言，沉甸甸一本大书。仅仅浏览目录，其钩沉翔实，观照宽阔，开掘别异的气象，让人喜欢，称谢不已。

馆长送出楼外，推荐我们朝北、左拐，去瞻仰一座祠堂。他边说边掏出手机，联络那头的接应。

不消几步，便到得一座老宅。院落两丈见方，不大，但世俗而真切，端庄且谨严。院门上方，悬挂"吴氏宗祠"四枚汉字匾。迎候我们的男子，乃吴氏嫡系后裔。这位老吴快人快语，熟稔族谱，对先民一往情深。通过其款款叙述，我们得知，为避世道险恶，吴氏祖先拖家携口，出陕过豫，穿鲁进闽，回环往复，历时千年之久，直至300多年前，一副崭新的人世风情出现眼前，方终止迁徙，最终落脚南粤大鹏湾。先民都是翘楚，男儿有侠骨，女子有柔肠；反看亦一样，柔肠百结男子心，侠骨千层女儿身。老吴轻车熟路，谈及吴氏来龙去脉，有依有据，无半句附会之辞。而小巧、完备得叫人惊叹的祠堂，存世200余年，老而不古。然身世飘零，思物感怀，老吴热泪盈眶。祠堂建了毁，毁了建。有道是，古往今来的灾祸，凶险居多，却也总是羣不过人。说到如今祠堂香火旺盛，他难掩喜色。单论香港新界北部，大小村落的吴氏后人，每到祭祀的良辰吉日，无不呼朋引类，越境而来，将寻常日子的安常处顺，升温为节日典礼的额手相庆。说话间，院内又陆续走进几拨新客。老吴不便怠慢，向我们赔笑致歉。这坛民俗的老酒，殷勤周到，供人免费畅饮，与旧日印象中的沙头角，已是全新章法了。

深圳每一天的朝阳，最早升起的地方就是沙头角，与深圳的每一轮夕阳最后谢幕的蛇口，并列为鹏城一对可人的双胞胎。二者都曾经轰轰烈烈地，当过一回举世瞩目的花瓶；而今，又都开始洗心革面地，要做上一回与众不同的自己。四处开花的自贸区、免税区，并非对沙头角的挤压，而护卫出沙头角的新生。好比庇佑一位浮艳褪尽的佳人，从好戏连台中解脱出来，从身心俱疲中解脱出来，从悲喜交集中解脱出来。

今夕何年，鼎沸业已平息，余音尚有袅袅。渐入佳境的沙头角，动静相宜，一切恰好，恰好到一种福气，恰好到不忍辜负，恰好到与性灵相连，无须再追寻一个更有财富的梦想，无须再向往一处更有金钱的远方。谨祝丰衣足食众乡亲，心平气和，细水长流，从此好好过日子。

生活在未来——盐田印象

陈世旭[1]

"我们生活在未来。"

这是我在深圳盐田华大基因总部听老总汪建的介绍时，印象最深的一句话。

盐田，屏山傍海，中国最美的八大海岸之一，深圳乃至广东的黄金海岸。作为世界四大深水中转港之一，盐田开港十八年，吞吐量突破一亿标箱。

海洋抚摸着青山，青山呼吸着海洋。山与海之间，人们创造着未来。

展开巨大翅膀的天使跳跃在广阔无边的大鹏湾；钢铁的大钟塔指向三维以外的空间；充满现代感的城市雕塑跟大树一起参天耸立；海岸栈道绵延逶迤似乎没有尽头，柔软的黄金沙滩，花花绿绿的数十万之众跟浪花一起喧腾。奇思妙想无处不在：先前杳无人迹的云端山岭，一比一复制了千万里之外的异国城镇；无数条皱褶般的深谷，流淌着豪华的别墅庭院；制造金银珠宝的私家工坊像巍峨宏伟的宫殿；探究生命奥秘的科研行营更像隐没在世外的神窟。

"生活在未来"，不是一种口号，不是一种自诩，而是一种引领。在盐田，你会时时刻刻想到"前瞻""前卫""前沿"这一类词，同时你也会实实在在地领略到精妙、惬意、优质的生活方式。

盐田居民年人均可支配收入将近四万元，超过盐田区生产总值增幅。但最打动我的是这里的街道洁净如洗，一尘不染。这个全国首个"国家旅游服务标准化示范区"、华南地区首个"国家生态区"，有一种典雅的唯美的气息，让我的每一个毛孔充满了清新和喜悦。以最短时间创造了世界港口发展最新纪录的

---

① 陈世旭：中国作家协会主席团成员。代表作《惊涛》《马车》《镇长之死》获全国文学大奖及鲁迅文学奖，近年所作《八大山人传》是史上唯一一部书写清初画圣八大山人的长篇传记作品，在传记文学作品中具有独特的文学品位。

盐田港，港口清澈如蓝宝石；这里的空气和水质，被全天候智能化监控与警示；这里的社区和企业废弃物一概被居民和员工自觉分类处理；餐饮一条街的厨余垃圾当天就油水分离，油直接用作机械的动力，渣滓则与草木的碎屑混合被制成燃烧棒，没有任何残余；这里许多企业的员工六层楼以内不乘电梯成为一种制度要求。保持健康的饮食、保持良好的体形、保持必要的教养，是企业文化的重要内容；这里的社区服务，让社区像一个和睦的大家庭。盐田模式社区治理体制改革获得中国地方政府创新奖，城市街区 24 小时自助图书馆覆盖率居深圳之首；这里全部学校达到绿色学校水平。先前最为薄弱的学校被投入巨资改造成为环境最优美的学校。这里户籍幼儿入园率达百分百、非户籍幼儿入园率达百分之九十以上，适龄儿童入学、小学毕业升初中入学率百分之百，义务教育巩固率百分之百；与此同时，这里的客家、广府两大民系的风俗传承不绝，那只是现代生活必要的记忆。作为一道历史的伤疤，陈旧的中英街早已失去了往日的神秘，蜷伏在气势磅礴的崭新楼群脚下，暗淡而辛酸。

大规模开发，吸引了大规模的人口流动。无数品质优异的男女，放弃了他们在内地的田园或城市，走进这片令他们新鲜、好奇、兴奋而又紧张的新天地，凭着各自的才能，攀登各自人生的顶峰。飞扬激荡的革新潮流荡涤整个社会，千百万人在封闭的传统和思想迅速消失的环境中成长起来，组成一个生气蓬勃的社会，在短短几年里，完成了许多令人难以置信的事业，当最初的移民还健在的时候，这地方就已经成了中国繁华的都市之一了。

在深圳市民选出的深圳改革开放以来影响最大的十大口号中，最有鼓动性的，我以为是"来了，就是深圳人"。一个富于传奇色彩和浪漫气息的纯移民城市，活力四射，又充满包容，成为一个人才聚集的高地，一个创造力聚集的高地。而这种巨大的聚集效应的迸发，使它比所有的城市都离未来近。

我们生活中的一切都在比之前任何时代都要迅猛疾速地进化，数字产品在迅猛疾速地更新换代，生活产品在迅猛疾速地创意百出，我们的思想也在迅猛疾速地从旧到新。前行是历史和自然的规律。未来会有什么，人们不断地得到又不断地期待一个又一个答案。而盐田的现实，给予我们的是一种令人鼓舞的启示。

"生活在未来"，是一种精神。一种力求变化的精神，一种不断追求的精神，一种勇敢创造的精神。而这，正是盐田的精神，深圳的精神，正在变化、追求、创造中惊人地崛起和复兴的中华民族的精神。

盐田散记

水运宪①

　　前些日子，应香港商报之邀，前往深圳市盐田区参观访问。那是一个刚刚建制不到二十年的新区，如一名浓眉大眼的青年男子，肌体健壮，雄心勃勃，显现出一股征战天下的豪迈之气。

　　其实这个区域于我并不陌生。以前曾经游玩过的大梅沙、小梅沙，数次绕海岸线行走过的大鹏湾，尤其是改革开放初期就闻风猎奇，后来为了淘点"洋货"而再三往返的沙头角中英街，都属于故地重游。只是不知道这些美妙的地方，如今已经全部归属于盐田区管辖。那天盐田区好些领导与我们座谈，领头人是一位女书记。见到她的时候，在场的朋友不禁眼前一亮。那位女书记气质大方、仪态端庄，举手投足自然而然，且充满了自信。我觉得她真的有理由意得志满。天时地利人和，盐田区几乎占尽，他们绝对是有底气的。

　　深圳是中国最早建立的四个经济特区之一，领潮流于前，得风气之先，屈指一算，也差不多近四十年了。改革开放初期，特区政策格外有优势，于是这个地方遍地都是机遇。天时加机遇，那就叫时机。时机跟时间是两个概念，时间天天有，永远有，而机遇却并不常有，因而时机才是最为宝贵的。在这个意义上，深圳是时代的幸运儿。

　　所谓地利，那是国家选择深圳作为经济特区最重要的前提条件。当年的渔村小镇，与香港仅一河之隔，而当年的香港，已经成为国际金融中心。尤其在发达的国际贸易带动下，香港的轻工、电子等制造、加工行业特别适合向内地转移，于是乎与深圳全方位对接，超音速般地拉动了经济特区的起步与腾飞。

---

　　① 水运宪：中国作家协会全委会委员、湖南省作家协会副主席。电视剧《乾隆皇帝》《乌龙山剿匪记》《天不藏奸》等的编剧兼导演。

盐田区那座曾经名声大噪的沙头角小镇，与香港陆地相通，算得是最便捷的口岸。尤其他们的大鹏湾更是得天独厚，与香港的九龙半岛隔湾相望。大鹏湾西面和南面就是香港的吉澳和西贡半岛，通商之便利可想而知。

据说这个夹在深圳与香港之间的大鹏湾，是中国南方自然条件最好的天然港湾。海底深槽平坦，两侧岸坡陡直，可以建立港口的地段长达二十七公里，沿岸可以建造几十甚至上百个一万至十万吨的深水泊位。盐田港就矗立在大鹏湾东北岸，得益于优越的区位条件，盐田港已经成为一座国际商港。经过20多年发展，货物的吞吐量累计接近两亿标箱，以最短时间创造了世界港口发展的新纪录。与港口配套的铁路、高速公路已经建成通车。港区开通国际航运线达八十多条，其航线密度为华南各码头之冠。

那天我们乘坐快艇围绕盐田港观赏了一大圈，惊叹之余，忽然想起了曾经参观过的另外一座港口。那座港口天然条件似乎比这里更好，甚至还可以建造几个二十五万吨级的泊位，至今却踽踽独行，一直发展不起来。天时地利方面，深圳有的他们也有，并不缺乏同等优势。由此可见，外在的优势并不等于一切。一切的一切，应该取决于人的自身。中国有句老话：事在人为。人和者，万事可兴。

在盐田区大梅沙海滨公园，人们修建了一面巨型浮雕文化墙，上头用醒目的宋体字雕刻着深圳人的十大观念。其中很多都耳熟能详甚至家喻户晓，比如"时间就是金钱，效率就是生命"等。顺着文化墙看过去，我情不自禁地停下脚步，被面前的一句话深深吸引住了："来了，就是深圳人"。看完这句话，当时便感慨万千。在这座没有方言的城市里，每一个人都是主人翁，他们用"三天一层楼"的速度，将一个小渔村建成如今人口千万的世界级大都会，这句简单质朴的口号正是这个城市里的人们归属感的真实写照。改革开放建立特区，全国各地数以万计的专家学者、干部职工、商贩劳力，如钱塘江水一般潮涌而至，使深圳人口膨胀了数十上百倍。年轻的深圳成为了不折不扣的移民之城。全国各地的人聚集深圳，为了生存和生活，只能用一种夹杂着各地口音的普通话进行交流。当地人也是这样，于是便失去了各自的方言。

我猜想，所谓没有方言，应该看成是一个大概念。核心的意义是指一种大如苍穹的融合。特区建立了三四十年，随着城市的经济、文化高速发展，人才竞争也日趋激烈。大浪淘沙，适者生存，几经更替，去留无数。有人说，今天的深圳已经逐渐形成了一个精英社会，如果不存偏见，这话的确有一定的道理。深圳凭借着自己无可置疑的强大数据一跃而起，与北京、上海、广州相并列为中国的一线城市，所谓"北、上、广、深"，其中一个重要原因就是人的素质。这是一种启示。世间所有事物中，人的创造力是切切不可忽略的。

在盐田区小住了几天，印象最深的便是那边的生态环境了。盐田属于低山丘陵海滨地貌，背山面海，水碧天蓝。亚热带的海洋气候格外宜人，虽然日照时间长，却雨量充足，于是便令人感觉四季温和。如此优越的生态环境，一方面得益于老天的恩赐，另一方面也是当地政府以大的投入进行治理所取得的结果。有一天去他们一个环境保护监测站参观，工作人员自豪地告诉我们说，他们全区设置了数百上千个环境指标监测点，至今监测到的每期指标都远远低于国家的限制标准。有些指标比如雾霾什么的甚至还是负值。盐田人享受如此优美的生态环境，近乎奢侈，令人妒忌。记得一位朋友当时就发泄内心的羡慕说：唉，我们那儿就别说负值了，好比一位矿工下到煤窑底下，周边全是粉尘瓦斯，哪还敢指望把那儿改造成森林公园似的？一句话说得大家大笑，对盐田的环境更加称赞与向往。

有件事情让我有点出乎意料。将要离开盐田的当晚，老同学秀海想找个地方买双好点的休闲鞋，当即盐田的朋友就告诉我们说，街上有各种各样的商场，世界名牌应有尽有。果然，没走多远就看见了一家奥特莱斯品牌店。商场的规模庞大无比，购物环境极其舒适。遛了一圈，秀海果然买到了一双法国出产的休闲皮鞋。我认识那个牌子，那是世界一线品牌，一般省会城市都很少见到，在盐田区竟然就唾手可得，商业化程度之高的确令人惊叹。

深圳的现代化程度可以说是国内最高的。与国外那些首都城市相比也要远胜几筹。盐田区又有自己独特的优势，区位、港口、文化、旅游、生态环境等方面，在深圳市也可以说占据了鳌头地位。这么好的地方，真的值得人们一而再、再而三地前往分享。

盐田掠影

罗光辉①

羽翼人雕塑

大梅沙，七尊身高 18 米、色彩缤纷的羽翼人，形态各异，如大鹏展翅，给人以震撼。我的第一感觉：飞人。飞出盐田、飞往天空、飞向世界。

海滨文化，环境艺术，经意与不经意间，透露出志存高远的情怀。蓄势、向上，夸张的翅膀。憧憬，耸立在广阔的海滩上。"飘一代"，蕴藏着无限的非凡。张扬时尚文化，汇聚山海元素。一群雕塑，一片飘逸，经典当流传于世。

远处，一老者在垂钓。高垂的钓竿，抛下了岁月的分量。海面上跳动的，是沉浮不歇的思想；飞人宣读的，是盐田人积极向上的精气神。

搏风击浪的心灵艺术，谁不赞叹！

海桐居

是那位女书记的建议，让我们走进了港澳流动渔民的世界。淡黄色的楼房高耸入云，熠熠生辉。

微风徐徐，裹挟着淡淡花香，站在海桐居的楼下，仰望蓝天白云，仿佛人在画中。我也想融入这幅画里。

一朵花，拦住了我的去路。

拦路的花儿，鲜嫩，灵动，透着诉说的迫切；惬意，激动，期待聆听的

---

① 罗光辉：原中国人民解放军国际关系学院政治部主任、江苏大众文学学会散文创展中心主任，代表作：《下雪天，母亲走了》《军号与玫瑰》等。

专注。

注视中，花不语，我不言。

我去找渔民，听到的是喝了兴奋剂般的惊喜："感谢祖国，感谢深圳，感谢盐田！"看到的是爱国爱港，彪炳历史的光荣："奋勇抗日""清剿海匪""防外逃""反偷渡"。

让人感动，让人肃然起敬。

"民心工程""德政工程""德政"方能得民心！

无论从哪个角度去丈量，海桐居处处都是风景。紫气氤氲，梧桐烟雨让我们有理由憧憬；住在诗意缭绕的云雾里，听海风轻轻地吹，海浪轻轻地摇，真的，做梦都能笑到醒！

心香一瓣

灯光明亮，心儿敞亮。华大基因总部会议室，"品鉴岭南"的作家们注视着一个人，他名叫汪健，有人称他为"基因老顽童"，也有人说他是"基因大王"。这个人其貌不扬，一说起基因，他立马神采飞扬："不饿、不傻、不病、不老、不差钱，是我的人生理想；生得优、病得少、活得长、死得快活，是我的掌控理论；没有什么比生命更重要，生命的价值由健康来承载，健康的根本是基因……"

汪健一边把玩着那个他自称为"墓碑"的水晶盒，一边侃侃而谈。那个水晶盒上醒目地刻着他的生命里程：1954—2074，他要活120岁，他说他可以活到120岁。"解读生命密码，探索无限未来，生活在明天。"

洞察，思考，让生命在基因在摇篮里长成寻常。连珠妙语，使我浮想联翩。

生命在于掌控。

健康可以管理。

"我命在我不在天"。

听着这些理念，我似乎明白了一点什么，又好像什么也没明白，不过有一点非常明白：我也想活到120岁。

社区民意表达工作室

第一次见到这样的工作室。工作人员不是作家，不是书画家，也不是艺术家，而是党代表、人大代表或政协委员。这儿是基层党员群众的家。这里布置简洁，旨意非常清楚：让普通党员和广大群众有地方说话，有人听你说话，听完以后还有回话。

这是一条渠道，一条表达诉求的渠道；一条沟通感情的渠道；一条听民声、纾民怨、解民惑的渠道。

这条渠道，内容丰富，有盐田味。清新，纯净，清澈，流畅。在这儿行走，呼吸有律，飞翔自由……

中英街

一街之兴衰关乎国势，百年之荣辱窥于一斑。

一棵古榕，根在这方，叶覆那方。古老的翅膀，在天空翱翔。

八块界碑，风吹雨打，日晒雨淋。卧着，是一种姿势，起立，是一种风采。

一条街，三四米宽，250米长，承载着历史，承载着星月，承载着繁华和生动。

界桩，屈辱，辛酸，回归，活的文物，见证沧桑。

"深港合作，共创繁荣"的旗帜下，我和兰钧然心有灵犀，相约照一张相。

挺胸，抬头，挥手，炯炯有神的眼睛，朝着新的梦想，仰望……

海滨栈道

西起中英街，东至揹仔角，全长19.5公里。栈道上盐田的故事，盐田的传奇，绝对不止19.5公里。

湛蓝的海水，在阳光的照耀下，浪花像跳跃的小孩子一般淘气。我也想淘气。

住在大梅沙的那段时光，我常去栈道。我喜欢风月无边的海滨世界。

喜欢潮起潮落、惊涛拍岸，喜欢沙滩，喜欢海水，喜欢海边一切有灵气的生命。我捡起了被海浪冲到沙滩上的一枚贝壳，我在想：它是不是大海的耳朵？

走在栈道上，极目大海，一览无际，波澜壮阔。

涨潮的夜晚，陈世旭、朱秀海、水运宪、邵振国、兰钧然五位老师，还有我，六条汉子，在岩石上雀跃，在栈道上狂呼乱喊。蒙蒙的夜色里，弥散着我们的情感。

　　天长地久岩石边，栈桥上七个青春少年，四女三男，唱着《光阴的故事》，唱着《春天里》，追逐，打闹，嘻嘻哈哈。我拿起手机，想拍下这个画面。只听见"扑通，扑通，扑通"声好几个人被推进了大海。"哇呀呀，你们等等，本姑娘也来啦！"又是"扑通，扑通"。栈桥上只剩下我一人，望着海面上青春激起的片片浪花，我从心底里竖起大拇指，点赞！为青春点赞！为浪漫点赞！

　　点赞的同时，也感叹岁月。棕榈树上，月光灯光，相互辉映，犹如仙境，把眼睛闭一会吧，眼睛一闭，诗意、境界全有了。

读书日

罗烈杰①

上午参加中心图书馆水幕墙前的一个活动："4.23 世界读书日启动暨自助图书馆首期工程完工仪式"，为"今日中国"深港主题征文比赛获奖者颁奖，四部自助图书馆物流配送车从广场出发开往社区。

1995 年，联合国将每年的 4 月 23 日确定为"世界读书日"。这一天，原是西班牙加泰罗尼亚地区的"圣乔治日"，人们赠书给孩子，赠花给女子，书店售书附赠玫瑰。这一天，是大文豪莎士比亚、塞万提斯、汤显祖等人的忌辰，也是莎士比亚、纳博科夫、莫里斯的生日，这一切，足以启发和促成联合国官员将这一天定为读书日，借此向伟大著作及其作者致敬，激发人们探寻阅读的无穷乐趣。

2000 年开始，深圳这座城市将每年的 11 月定为"读书月"。首届"读书月"活动的主题是"营造书香社会，共创美好未来"。以后每届都有一个主题，并围绕主题开展一系列活动，如：请来名家大家开讲，推荐好书目，评选十大好书，举办诗文朗诵会，还有"图书漂流""诗歌人间""30 年 30 本书"等活动，很是热闹。从第六届开始，统一主题为"阅读·进步·和谐"，"读书月"已经成为深圳文化建设的一个品牌。此后全国知识工程领导小组把每年的 12 月定为"全民读书月"。全民阅读、书香社会已经成为现代文明建设的基本理念和目标。

我从小生长在穷乡僻壤，从有记忆开始，没见过像样的图书，阅读几乎是一种奢望。父亲念过私塾，家里存有《幼学琼林》等少量蒙童读本，小时候教

① 罗烈杰：大学教授、深圳市文联党组书记、主席。

我背"混沌初开，乾坤始奠……"，没过多久，就会学着父亲吟诵诗文的声调背下一大段。记得那是"大四清""破四旧"的年代，大哥敏感怕事，制止我不让诵读。上小学后除了课本，见不着课外读物，乡村小学连个图书室也没有。一年冬天到大姐家做客，在她的邻居那见到一本《林海雪原》，就和小主人一起躺在被窝里读这本书，读得入了迷，在大姐家住着一直把全书读完，才肯回家。

上中学也没有多少图书可读。有一户从县城落户到村里来的人家，带了柳青的长篇《创业史》，放在二哥的房间里。每当有空，趁着二哥下地干活，偷偷撬开门板，取出书来读，快放工了再放回原处，就这样不停地撬门取书读书，把一本长篇读完，也没被发现。那时的读书欲望和劲头，还真是可用"如饥似渴"来形容。家乡那时是用旧书报糊成一个个小纸袋来盛食品，用完就扔，在路边、房前屋后甚至垃圾堆里，我只要捡到一个，都会读读上面的文字，也不顾有些小纸袋还带着咸鱼、咸菜的味道，读完再扔。这事后来被一位中学语文老师知道，当作好学故事年复一年地讲给师弟师妹们听。我平时总会千方百计借书看，哪怕是借到一本《大众电影》，也会认真翻阅，爱不释手。这些读书阅历，刻骨铭心，受益无穷。

读书自古以来就是一种特别的精神活动。"悬梁刺股""凿壁偷光""囊萤映雪""牛角挂书""随月读书"，这些感人故事，千百年来不知激励了多少人勤奋苦读。"书中自有黄金屋，书中自有颜如玉"，在为功名忙、为利禄苦的古时候，寒窗苦读是自古华山路一条。在知识爆炸、书籍成山的今天，阅读却难免浮躁，多少"指南""宝典""速查""秘籍"之类书籍充斥书架，那些应试升学、求职就业、养生保健、投资炒股、为人处世、衣食住行、婚姻爱情的"短平快"读物，很是抢手，因为读者总是希望书中找到终南捷径，一看便知，一读就懂，一学就会。而纯文学、纯学术的象牙塔，往往曲高和寡，"书"前冷落。领悟高尔基"书籍是进步的阶梯"的著名书语，真正以书为友，为书而痴，远离功利，没有流俗，享受阅读愉悦，应该是令人羡慕、值得推崇的读书境界。

如今读书已经成为轻而易举的事情。可读的书多，书的模样也多，不仅有纸质图书，还有电子图书。随着通信网络的迅猛发展，信息载体的丰富多样，阅读的也不仅仅是书籍和报纸杂志了，网络掌中宝、手机 E-BOOK 随时随地随处随手都可阅读。日前世界数字图书馆隆重开张，它是联合国教科文组织协办的网站，网址为：www. wgl. org 。网站由美国国会图书馆和埃及亚历山大图书馆开发，有汉、英、法、俄、西、葡、阿七种文字界面，为全球网民免费提供图文音像，它很有可能成为世界上拥有最多读者的图书馆。

一位邓姓同事告诉我，她的宝贝女儿今天周岁生日。"那她长大后一定会干终身与读书有关的事业！"我对她祝福道。是啊，以阅读为荣，以读书为乐，是一种美好的人生境界和健康的生活方式，也是一件美妙无比的趣事乐事。

读书日，日读书，享受阅读，其乐无穷！

诗原在

杨　克①

2000 年，诗歌新纪元被开启了。标志性的事件是"自媒体"的出现，一夜之间，几乎解放了所有私人手稿和抽屉写作。诗歌的发表不再必须通过把持"他媒体"的编辑之手，任何人只要愿意，都可自行将所写的诗歌贴到网络上，与他人分享。哪怕刚写完仅仅几秒钟。读者也立即可以"点赞"或"拍砖"。诗歌即时性发表与"同步点评"，颠覆了五四新文学运动以来通过报刊编发、专家评论、文学评奖、写进文学史的模式。过去一个初学者从开始写稿、投稿、退稿、发稿到"成名"，几乎需要 10 年，而今只要几个月最多一两年，一个新人便可涌现并进入诗歌圈视野。

2000 年，中国诗歌的传播方式其实并没有创新，恰恰返归了古典的伟大传统，回到千百年来诗歌创作与发表的本来状态。在古代，诗歌登堂入室从来就不必经过编辑允许，诗人随手写在驿站、楼阁、长亭的墙壁上、廊柱上，口口相传、私下传抄、自行刊印。

讨论新世纪诗歌，如果漠视诗歌传播机制这一里程碑式的蜕变，那么只能说是，只知末节，无视根本。

其实可以推前 37 天，1999 年 11 月 24 日，中国大陆首家诗歌网站《界限》由人在重庆的版主李元胜创办，分散在全国各地的诗人沈方、张曙光、小海、古马、沈苇、孙磊、杨克等作为发起人积极参与筹建，并将诗歌交由版主贴到论坛上。2000 年，广东深圳的莱耳创办了《诗生活》网站，随后，诗歌论坛、网站纷纷出现。

---

① 杨克：中国第三代实力派诗人、民间立场写作代表人之一。广东省作家协会专职副主席、《作品》杂志社社长、中国作家协会诗歌委员会委员。

世纪初头几年的诗歌论坛，与"沙龙"和诗歌民间社团没有本质区别，只不过成员可以来自全国各地甚至海外。尽管论坛表面上是"自由"的，谁都可以到此贴诗。但与版主美学趣味相投的，才会有众多跟贴、提贴，而异趣者，因无人搭理，诗歌贴子很快就沉下去了。或者会被讥讽，于是反驳，相互吵架，遭到围攻，闹剧似的。为诗吵架其实也是诗人可爱的一面。久而久之，顺我者昌，逆我者亡，每个论坛留下来的"主力"都是意见相一致或者被迫一致者，美学趣味相当狭窄，在某种意义上，论坛甚至还不如主流诗刊包容。但诗歌的辨识性的确鲜明了许多，而网络相对宽松的环境，为某种流派或者写作趣味较具一致性的诗歌团体的形成提供了条件，例如"下半身""垃圾派"这一类比较惊世骇俗的表达，要是没有网络，是难以在短期内形成气候的。而"打工诗歌"等草根性作品蓬勃蔓生，依托的主要载体也是网络。

博客实现了真正的"自"媒体，如同自家一亩三分田，想种什么就种什么。我的地盘我做主，你想来看就来，不想来拉倒。想让你评论就开通、保存，不想给就关闭、删除、拉黑。那些保留了不少劣评的，完全是博主的"雅量"。博客兴盛时期点击量还算可观。但互动性大为降低，无法"联盟"，重塑"个人写作"。

微博摧毁了博客，粉丝可以转发，阅读量成几何倍数增加。诗歌大V相较其他行业，当然还是少得可怜。多为几万人，只有很少的诗人有几十万粉丝。但好的诗歌，不仅诗人转发，其他行业的大V和博友也会转发。我担任评委会主任的小学生诗歌节，王芗远《夏天到了春天还没来》有6000次转发，朱尔的《挑妈妈》有30000次转发，故而每首诗有上千万的网友能读到，远远超出了20世纪80年代文学期刊最火热时一首诗的阅读量。此外，在微博上写诗的群体也急剧上飙，仅腾讯微博上"昙花一现"的"微诗体"，两年下来就有120万首，总阅读量超过3亿。微博是继个人或群体诗歌网站、诗歌论坛、博客之后的又一网络诗歌现场。

微信是目前新兴的依然活跃的诗歌载体，主要在"朋友圈"里运转。现代诗的有声传播在微信"读屏时代"迅速开疆辟土，它借助新媒体技术的不断更新也渐趋大众，诗歌的有声传播能够在最短的时间内给低头族、刷屏族们以最直接、最强烈的感受和共鸣。微信诗歌公众号订阅量很大，无论是文字发布，还是声音传播。订阅数超过十万的不在少数，远远高于纸面诗歌刊物。至此诗歌在线传播方式绕了一圈，15年后又重新回归"他媒体"平台，因为诗歌公众号所发表的诗作，都是经过编辑选择，或听众推荐后由编辑编发的。当然，诗歌微信公众号的编辑方法与文学杂志还是有所区别。它的出发点不再是培养新人，推出力作。它必须考虑受众的需要。

法兰克福学派认为：媒介即意识形态。因传播媒介的更新导致新的文学体裁和文学形态产生古已有之。在竹简作为文学传播工具的年代，以"学富五车"形容一个人有学问，作品多，而"五车"竹简能刊载的内容在今天看来相当有限。"读书破万卷"，"破"字说明反复细读，韦编三绝。然而万卷竹简的内容，也只不过相当于当今某个文化人家庭书房藏书。所以直到汉代造"纸"，唐代出现"雕版印刷"特别是元代发明"活字印刷"后，唐诗的刊印、流传和保存才远远超越前朝，明清小说特别是长篇小说的出现也具备了条件。数字媒介带来最大变化的是小说，网络"类型小说"与纸面"纯文学"大相径庭，几乎是另一种面目。当然我们换一个角度表述，也可以说它们衔接了"三侠五义"一类小说的传统。存储空间的无限制，为"类型小说"动辄数百万字提供了刊发平台。

我有些讶异，诗歌是最古老的文体，按理说应该与当代高科技不相适应，然而诗歌语言之精练，诗歌一般意义上的"即时表达"，还有那灵感的闪存，随性而来又不失删繁就简，寓繁于简，由博返约，言简意赅，这些特性与微信、微博等数字时代容纳文字相对较少的传播媒介，反而达至新与旧的完美契合，而诗歌写作本身，也就是诗歌的生产，并没有因为传播方式的变化而改变，在网上贴一首诗歌，通过手机发布一首诗歌，与纸上写的基本无二致。诗依旧矗立在那里，诗还是诗，"采菊视频下，悠然见南山。"也许还为现代绝句新诗体的诞生提供了契机，让诗歌与手机短信、段子这些新形式发生了隐秘联系。微博、微信也可以用来读古诗，却极少有为你读小说，或者推出长篇小说的。可以说，诗歌通过数字媒介重新有效地恢复了脍炙人口的功能。省了印刷环节，数万行长诗在网络上也得以呈现。

数字传播给诗歌写作带来的内在变化是及物性，题材也更多地与日常生活有关。由于自媒体特性所致，诗歌的社会批判锋芒更为犀利，对底层的关怀也更为直接。程式化写作，也尤为彰显。而写作队伍之众和作品数量之巨大，则是前所未有的。

由于"自媒体"的出现大大降低了写作的门槛，诗歌虚假的繁荣，语言的随意性，是最显在的病灶。比如工人诗歌，不乏疼痛之作，但相类似的复制性表达比比皆是。对现实的关怀往往也流于表象。本来没有纸媒体编辑"把关"，好诗在理论上都可以呈现于公众的视野，可井喷似的诗作，反而把好诗淹没了，难以遴选出来。一些靠事件和标题吸睛的诗，反而一再被传媒放大，严重败坏公众的胃口和对好诗的期待。网络诗歌的"留存"也不容乐观，一千年前纸刊的诗作仍能读到，10年前的网站、论坛一旦消失，上面曾经发布的诗作亦烟消云散。

而数字平台之外，诗歌民刊的作用大为降低。有刊号的纸质诗刊和文学期刊在新世纪总体上依然如故，最大的问题是大都发表农业背景的诗歌，写大平原呀，高山呀，乡村呀。非热爱自然也非关心环境，而是"安全"，又显得莫名高雅，还美其名曰有"中国传统元素"。而真正的传统从《诗经》《离骚》到李杜一脉至今，是"路漫漫其修远兮，吾将上下而求索"；"长太息掩涕泪兮，哀民生之多艰"。是"为天地立心，为生民立命，为往圣继绝学，为万世开太平"。被看好的这些诗作既与当代世界各国的诗歌脱节，也与五四以来郭沫若《女神》和徐志摩"新月派"或者艾青、穆旦等为代表的"小传统"不搭界，与80年代"朦胧诗""第三代"的诗风和题材同样没有薪火传承关系，实在要找渊源，只能说与1949—1966"17年"诗歌相承接。评奖的"短板"也一直被诟病，其实之前也存在问题，只不过当初网络还不发达，没被舆论场议论。而今网络争议不可回避，中国"主流诗歌"的困扰将长期存在。

书籍将我带到另一个花开的彼岸

吴定海①

《读·海》由深圳市盐田区图书馆创办。该刊以读书、识海为宗旨，以倡导阅读、推广为己任，面向读者，服务读者，让读者从海中认识盐田、认识大海、认识世界。

我们盐田，依山傍海。绵延 19.5 公里的海岸线以其独特的魅力，成为深圳乃至全国蔚蓝生活的核心。正如歌德所说："蓝色，它既令人振奋，又让人宁静。正如我们希望追寻离我们远去的快乐事物一样，我们也喜欢凝望蓝色。"

在我记忆深处，一直珍藏着一片蔚蓝色的大海。更幸运的是，多年来我一直工作与生活在盐田。"面朝大海，春暖花开。"大海记录着我们的幸福。《读·海》以对"吾辈吾土"的热爱与执着，彰显着盐田的山海特色，以及厚德淳朴的本土文化。

我也常常向着海的最远处眺望，谁在海的那一边？泰戈尔说："人的声音飞跃河流、山峦、海洋，抵达图书馆。"是书籍将我带到另一个花开的彼岸。《读·海》中的"海洋论坛""经典连载"等栏目将呈现出一个色彩斑斓、活力无限的书的海洋。比大海更加浩瀚的是书海。

我读故我在——即使时光再纷乱快速，也都要记得在大海边、星光下，捧起一本书静读深思，这种生活方式将会影响你的明天！

开始吧，书就在这里。

---

① 吴定海：博士、深圳市委宣传部副部长、原深圳市盐田区委常委、宣传部长。

下海啰！下海啰……

何　良①

一、大海与人

蓝湛湛的大海，充满着神秘和诱惑。

这是一片令人痴迷令人流连忘返的大海。站在沙滩上，我凝神谛听汹涌澎湃的涛声，感受大海的阵阵疯狂和声声呼唤……

大海是深情的。它给每一个投入它怀抱、探索它神秘、挖掘它宝藏的人最刺激的体验、最均等的机会和最合理的回报……

你看，那些欢呼着上岸的人们，他们满载着丰收的喜悦，满脸的春风得意，浑身的"珠光宝气"，从谈吐到举止都无不彰显富有和自豪。他们回望身后那波澜壮阔的大海，他们遥望天海一线那若隐若现的小船，神情迷茫、思绪万千……

大海是神秘的。从大海里翻波逐浪而凯旋的人们与大海一样神秘，从大海里翻船呛水而漂爬回来的人们显然比大海更加神秘……

你看，那些爬着上岸的人们，他们那苍白的脸上充满着疲惫和沮丧，那一双双迷茫的眼神还带有点劫后余惊与隐隐忧伤，他们就这样连滚带爬地上了岸，他们甚至连自己是如何在一夜之间由富有变成贫穷、由成功变成失败都无法自圆其说。他们惊魂未定地呆望着大海，他们对大海心存眷恋但又无限恐惧。然而，最无法忍受的是那种浪击沙岸的涛声，它让人掩饰不住种种幻想和阵阵冲动……

---

① 何良：广东省作家协会会员、深圳市作家协会理事、深圳市诗词协会副秘书长。著有《孤独与激情》等专著。

看着他们，岸上那些跃跃欲试的人们，或胆怯，或惶恐，或激情想象……

你看，那些赶海弄潮的人们，他们一个个充满激情，他们高昂着头、吹着口哨冲向大海，顷刻间消失在翻腾的浪谷中……特别是那些刚刚爬上岸的人们，他们精神抖擞、信心十足迎风破浪，丝毫没有胆怯和惶恐……

正是那神秘的大海，激发了这些弄潮儿无边的欲望和美丽的梦想；正是那神秘的大海，吸引了原本不了解大海甚至畏惧大海的人们，愿意穷极一生来投入它的怀抱，并决意为之献身实现毕生梦想。

大海是一所大学校。那些从大海里归来的人们，他们不管是成功的还是失败的，他们无论是一夜暴富、腰缠万贯的还是血本无归、一贫如洗的，都练就了一身竞争生存的本领，都能从容应对突如其来的灾难和挑战。你看那些下海弄潮归来的人们，他们更多的是心态平和、视野开阔，他们的眼神和神情充满了历练后的坚强和实现梦想的自信，他们胸有乾坤、精神富有。他们是一个个拿得起放得下、输得起赢得来的英雄好汉！

二、沙滩与人

金灿灿的沙滩，洋溢着欢乐和幻想。

自从这片海域被开发，这条名不见经传的古老海岸便一夜之间闻名海外。盛名之下，整条海岸线一时间车水马龙、人声鼎沸。那个风景如画的避风港出现了一款款五彩缤纷的帐篷与泳装，那片绵绒而平静的沙滩变成了繁华的商市和游乐场，还有那一阵阵让人振奋、让人冲动甚至让人烦躁的声浪……

日夜喧嚷的沙滩，从此失却了远古以来的宁静。

最是那块默默地矗立了千百年的"望夫石"，也已不再那么孤独那么凄清，因为有更多的各种身份的人们也面对大海凝望遥想……今天的望夫石啊，更多的是被人们爬骑或踩踏着，人们在它的脊背和躯体上歇息、拍照甚至磨砺。它就像一个被殖民统治的孤儿，备受侵略者的蹂躏和摧残，谁都遗忘了它的历史意义和存在价值……

其实，并不是谁都能意识到这片沙滩的现实价值与真正含量。那些从四面八方会集到这片沙滩的人们，他们更多的是青春的幼稚或乌托邦的梦想。他们怀着满腔的激情和青春的梦想，甚至盲从地来到这片沙滩，他们刚完成学业便又赶来挑战事业，他们满怀信心千里迢迢赶来赴考……

这些从天南地北闹海来的人们啊，他们的心中更多的是道听途说的璀璨斑斓或乌托邦的"天堂"梦想，很多的人带着淘金的幻想盲从地来到了这个地方，从此开始谱写自己人生的悲壮篇章。

这些从天南地北闹海来的人们啊，他们"每个人都是一个宇宙"，每个人都有自己的梦想，每个人的梦想都属于自己独一无二的"天堂"。他们怀着青春的梦想和满腔的激情，他们坚信从这里出发势必走向理想的彼岸。年复一年，当他们经历了无数的事业挫败和人生磨砺之后，他们终于学会了自信与自强。

当然，在这片沙滩上，还有更多的人仍然是在久久地徘徊着。多少个炎炎烈日，他们还在凝望谛听那澎湃的涛声、那喘气的涛浪……多少个难眠之夜，他们还是在沙滩上冥思苦想、犹豫和彷徨……

诚然，他们是为下海而来的。

然而，沙滩的美妙唤醒了他们，沙滩与大海一样富有和灿烂。

下海弄潮固然可歌可泣。但未必是人生的最佳选择或唯一选择。尽管很多人毅然抛弃了几十年来的不倦追求和全部积蓄，不顾一切地从这里跳下了海，但其实更多的人来到这里后便痴迷于这片绵绒般的沙滩。他们贴近这片沙滩，培养心态，锻炼心智，随遇而安；他们依托这片沙滩，脚踏实地，戏水热身，另辟蹊径。当然，有很多人选择了一个自认为是春光明媚的日子，满怀信心地投奔了深深的海洋。但更有人从容而悠然地在美丽的港湾里找到了自己人生更美丽的"天堂"……

这是一片让人喜让人忧的美丽沙滩！这是一片让人成功也眷恋失败也眷恋的沙滩！

我们有多少梦想多少冲动产生于这片沙滩；我们有多少谋略多少决策运筹于这片沙滩；我们有多少失败多少痛苦在这片沙滩中得到抚慰，我们有多少成功多少欢乐在这片沙滩上借以发泄和释放……

我们常常是想到了大海才想起这片沙滩，我们常常是想起了这片沙滩才想起沙滩上的人们。如果说下海的人有一股敢闯敢试的劲儿，那么沙滩上的人却有一种耐得住寂寞受得了孤独而默默奉献的精神。无论在炎日寒夜、风雨飘摇的时刻，还是在纸醉金迷、荣华富贵的面前，这沙滩上的人哪，都依然固守着这片静默而纯洁的天堂，他们以一种坚守去接受海涛的嘶吼和咆哮，他们以豁达平和去面对大海的诱惑和斑斓，他们以善良和无私去理解、去抚慰爬上岸的弄潮儿，他们以诚挚、热忱和宽厚为闹海者抚慰疗伤、摇旗呐喊……

三、沙滩与大海

谁说投入大海怀抱的人，才是爱大海爱得最深沉的人？谁说坚守沙滩的人，才是最了解最痴迷沙滩的人?

你看那些沙滩上的人们,他们遥望着大海,心潮随着大海潮涨潮落、浪进浪退;他们痴迷着大海,脑海感受着大海的如雷咆哮、如丝柔情。你看那些下海的人们,他们坚守着大海、挑战着大海,但他们更是歌唱着沙滩的爱情、感恩于沙滩的无私、怀念着沙滩的浪漫。沙滩是他们理想追求的起点和终点,沙滩是他们毕生的精神寄托和终身归宿。

对于沙滩上的人来说,大海不仅仅有它的富有和机遇的诱惑,更有它的博大、深沉及其让人痴迷的神秘。大海是如此博大、深沉和神秘,以至于我们只有站在海岸上才能全方位地欣赏它、审视它;我们只有借助大自然和参照系才能感受到大海那种博大、那种深沉和那种神秘。也许这就是所谓的"距离产生美",这种由于审美方位和距离所产生的美,绝对是在大海怀抱中的人们所无法企及的,因为身在海中的直接感受往往免不了沾浸些许自然欲望或功利。

大海是神秘的,而沙滩更富于魅力。大海的神秘,需要下海弄潮的人们去发现去感受,更需要沙滩上的人们去想象去欣赏。沙滩的魅力,需要沙滩上的人们去挖掘去创造,更需要下海弄潮的人们去理解去念想。

大海和沙滩是一对孪生兄弟,大海的神秘和沙滩的魅力相依相存、相得益彰。若没有了下海弄潮的人们,大海的神秘便只是一种美丽的虚无和无边的幻象;而若没有了沙滩上的人们,沙滩也只不过是一片荒芜一片苍白与孤独。大海的涛声、大海的浪花、大海的所有美轮美奂,便也将缺少另一个角度的欣赏、赞美和喝彩。大海的神秘和魅力便也可能变成荒漠上的飞沙走石,大海便只能成为一片荒无人烟的涌动的沙漠⋯⋯

是的,我们心中都有一个梦想。只要我们的梦想中有一片自己的美丽"天堂",我们就未必都去翻波逐浪,我们可以驰骋万里沙滩,我们同样可以到达理想的彼岸。

是的,我们未必都在沙滩上去欣赏大海的绚丽璀璨和博大情怀,但我们可以为痴迷这片沙滩、坚守这片沙滩的人们予以真诚的理解和赞美。是的,我们未必都投入大海的怀抱,都去下海弄潮,但我们可以为敢于闹海弄潮的人们报以满腔热情的鼓舞与欢呼、摇旗与呐喊⋯⋯

河的记忆

王　樽[①]

　　童年时，我常到城市的护城河边去，在河边杨树的树荫下读一些印在纸上的东西。那时的我相信眼前污脏的河水是与涅瓦河、塞纳河一样的庄严而且会万古流长。我在河边阅读，都是些很枯燥的《列宁的早期革命活动》之类的读物，但我仍忍不住想到未来的人们将会怀着向往回忆起过去的年代有个少年曾在河边阅读。那时总相信自己的将来也会成为像列宁似的伟人，而伟人曾经工作和学习的地方照例该成为革命的胜地，为了留下它们早期的原貌，我甚至还用水彩把我曾或站或立过的地方画成角度不同的风景画，别人问我为什么画这片寻常风景，我只是笑而不答，心说，早晚有一天你们就会知道它们是多么不寻常。

　　实际上，这条护城河甚至不能算条河，它穿过这座尘土飞扬的北方城市，将城市切割成两半，河水是永远地深不可测的黝黑，宁静不动，盛夏时还会散发出腐败的气息。早年它的两岸是杂草丛生的土坡，后来将土坡全部砌上了石块，夏日里的蚊蝇飞舞是这个城市管理者们永远的心病。有一年，出于城市的美观需要，市里的决策者们曾郑重地讨论搭一个巨大的棚子把它遮盖起来，这个疯狂的计划最终没有实施，决策者们也幸免于没载入城市管理愚蠢大全。直到今天我也不知道它的源头在哪里，虽然河水是污水，但对于干燥缺水的北方城邦也算是聊胜于无的一点安慰。

　　年幼的我常常站在河岸，俯视那宁静的浊波，想象黄河长江的源远流长。夏日里高高的白杨树上会有不倦的蝉鸣，这让我心痒难当地惦记起从未去过的美丽江南。有段时间，是初秋时节，我在早晨的小树林中总是见到一对姐妹，

---

①　王樽：资深媒体人、著名影评家。

大约十七八岁，两个人手捧书本用英语对话，那是 1970 年，在那个年代学外文不啻是在学天外语。我知道两姐妹住在河的对岸，是河边中学的学生，姐姐是个拐子，但脸长得很漂亮，眼窝深深，像个外国人，妹妹瘦瘦高高的，穿一件橘黄底白花的裙子，她们两个的出现成了我百看不厌的晨景，我当然不明白她们为什么要学外语，但我深深被她俩吸引，觉得她们简直有些不真实，像从童话里出来的。很多年后，我读到契诃夫《带阁楼的房子》，一下便想起河边的两姐妹。大概一年以后，她们不再出现在早晨的树林里，直到我长大成人离开这个城市再也没见过她们，今天想来，她们可能是海外华侨的子女，当时学外语是为了出去后可以尽快适应国外的生活吧。

护城河的水很浅且很脏，河边郑重立着牌子写着"禁止游泳""禁止垂钓"，游泳尚可一说，垂钓简直是滑稽，因为河里压根儿就没有任何鱼虾。虽然水浅，仍然有人被淹死。一年的某个夏天早晨，有个大学的教授被人从水中捞起来，教授一头银发仰靠在光滑的岸边，他的白衬衫被污水浸透竟依然很白，他风度优雅的老婆伏在他的身上，喃喃自语，说他早晨吃罢早点把碗筷洗刷干净，还特意叮嘱老婆出门时把门锁好，谁想到从此就不回来了呢？教授是失足溺水还是自杀而亡，至今我也不清楚，即使知道定论对我也没有多少实质意义，但当时我确信他是自杀，只是不明白他为什么要在这么一条污水河里结束自己的生命。

关于河流，我童年最铭心刻骨的一次经历大概在 10 岁时，在酷热的夏日，几个比我大五六岁的邻居少年拉我去郊区的河里游泳，我不会水想学习，他们告诉我，河边水浅，只要不往深处走就保证没事。我没有离开河边，但不知道河流的底部会有深沟，还不到 10 分钟，我一脚踩空掉进了沟里，水一下没过了头顶，我拼命朝上跳，就是无法露出头，恐惧和河水一起灌进我的小肚子里，我知道我将告别这个世界了。这时，一个人把我抱了起来，将我托出了水面。在明丽的阳光下，我被那个人抱着边哭边吐。二十多年过去了，我早已远离了那些童年的伙伴，远离了那个城市，但我仍然清晰地记得那个从水中救起我的人，他叫张景明，大概比我大八岁，黑，胖，跟我住在同一个街道。关于他，后来还发生过一件轰动一时的事件，有天晚上，张景明的大哥把五四手枪放在家里出去办事去了，张景明在房间里发现了枪就拿着玩，不料一声闷响，枪走火了，他大叫一声倒在地上，家里其他人幸好都在隔壁，慌忙跑过来，立刻把他用三轮车送到附近一家小医院，三轮车隆隆驰过街道时，街道上的人们纷纷探头观望。子弹打中了他的胳膊然后穿过窗户飞到了院子里，他当然没有生命危险，很快就康复了，他在我们眼中成了传奇人物。张景明中学毕业后就下乡插队去了，据说后来返城后又到工厂当了工人，但那时我早已离开这个城市去了北京。我不能确认我溺水的河流与城里的护城河是同一条河（或者是护城河的源头），但在我的记忆中它们是一样的。

现在我在远离故乡二十多年以后，想起童年的河流，想起曾经救过我性命的张景明，我想我该深深地祝福和感谢他，因为我深知生命太脆弱了。就是那条浅浅的护城河，还淹死过我童年的另一邻居伙伴，他是独子，据说一口气可以游二百米，当时我没有长度概念，觉得那是很远的距离，我们很羡慕他，叫他"浪里白条"。他有12岁左右，瘦，高，爱笑。那天中午，在街上碰见，他拿着救生圈要去游泳，拉我一起去，我说我要看书，他悻悻地与其他伙伴一起去了，待到黄昏我从他家门前经过，就见院子里外围了很多人，一个妇人正号啕大哭，原来他已被淹死，据说是一个猛子扎进淤泥里再也出不来了。

在我上中学时，每天都要沿着护城河边上的小树林去学校，这条死水一样的黑河再也无法引起我对长江黄河的联想，我知道，早晚有一天我要远离这条河，去见识真正的河流。

1976年多难的夏季，唐山发生了大地震。当时我即将上高中，在那个惶惶不可终日的暑假，我和家人都住到了护城河附近的抗震棚里。在抗震棚居住的日子，夜夜闻见护城河黑水的潮湿而腐败的气息，河边的小树林成了与我朝夕相伴的风景。最让我难以忘怀的是邻居的抗震棚里住着一个与我年纪相仿的小姑娘，她穿着白色的连衣裙、白凉鞋，头发盘在脑后，用红纱扎着一个大蝴蝶结，额头高高，笑起来有很深的酒窝。每当她一出现，我就如痴似傻，如同野人看到了林中仙女，只要走到抗震棚边我就要四处梭巡看看她是否在那里。在那些日子里，我用水彩笔画下了抗震棚周围的风景，远远的一株小树旁，画着一个白衣小仙女，她站在那里，这是隐藏在我少年心中的忧伤而甜蜜的幻想。

两年后，我离开了这座生活了18年的城市，这条黔黑的护城河从此隐遁于少年的记忆里，没有照片和画，那些幼稚的水彩风景早消失得无影无踪了。我仍然偶尔会记起它，虽然它很脏很腐败，但它流着我青葱的少年时光。

"滨海城市的美丽缩影"

——关于深圳盐田区海滨栈道的故事

李志利①

    这是一条破解了深圳人亲海文化的栈道,这是一条将大海延伸到市民面前的栈道,这是一条诠释执政为民理念的栈道。它,既是一条路,也是一道题、一本书。

    深圳特区报创办者之一,原深圳特区报业集团社长、总编辑吴松营先生说:"世界上的海滨我去过很多,盐田区的海滨栈道,可以说是世界一流!"

    青岛日报社社长、全国副省级城市党报总编辑联席会秘书长蔡晓滨在参观了盐田区海滨栈道后说:"盐田区的海滨栈道让我深刻认识了深圳和大海的联系,它是深圳这座滨海城市的美丽缩影"。

一、海滨城市和大海该如何面对

    对于一个拥有三百多公里海岸线的城市而言,海意味着什么?在大亚湾和大鹏湾的海风吹拂下,北纬 23 度的南中国海畔的深圳滨海生活是什么?

    经过了 20 多年风雨兼程的奋进和筑城,这座新城里的人们开始欣赏自己的家园。突然发现,自己竟然生活在风情万种的海边。我们如何与大海相容相伴,如何做海的儿女,开始成为深圳人经常思考的问题。

    盐田,这座被海岸线温柔包裹的城区,同样需要破解这道题。这道题,在 2005 年初,进入了盐田区委常委会和政府常务会的议题中。

    习惯了国际视野的深圳人开始将目光投向世界上著名的海滨城市:巴塞罗那的兰布里海滨大道早已留下毕加索和达利等大师的足迹;"插入地中海的山

---

    ① 李志利:中国作家协会会员。出版《一个普通人的文字档案》等文学专著。

脉"科西嘉，靠着出生了一个拿破仑早就名利双收；19世纪的英国人在法国尼斯的海边修建了一条5公里长的堤岸，便使这里变成了亲海的度假胜地；而戛纳，虽然只有2公里长，由于有海，又有了游艇，而成就了享誉世界的电影节；意大利的那不勒斯是《我的太阳》和比萨饼的发源地，这里有意大利最大的港口，有"全世界最美丽的海湾"，也有让世界惊叹的足球……其实还是因为海，这里的海湾以岩滩为主，峭壁狰狞，那动人心魄的美是其它地方看不到的，它已经是意大利和世界的天堂；至于希腊的雅典，更不必说了，她的神话、战争、哲学、建筑都已经无数次让世界震惊，她的历史承载着整个欧洲文明的起源。而深圳，海的概念似乎与城市没什么关系，新移民们的思维还惯性地停留在陆地上。深圳特区文化研究中心主任黄世芳说："人们遗忘了深圳是拥有300多公里海岸线的滨海城市。什么是真正的海滨城市和滨海生活？要认真想想了。"

今天，我们要将背对大海的身姿转为面向大海，那样，才可以充分感受春暖花开的韵味。但，我们不能盲目、不能自卑、不能简单模仿。在盐田，上上下下达成共识：我们以市民为本。缩短横亘在市民和大海之间的距离，让大海来到市民身边。市民，就是我们的明星、我们的文化根基。

修建一条海滨栈道的决策诞生了。

二、栈道是一道题、一本书、一册画

早在1998年10月，盐田建区伊始，盐田区的主要领导就经常在各个场合赞叹盐田的海岸线，称其为"一条贯穿着颗颗珍珠的项链"。盐田的创业者也以远见和魄力，迅速改变了边防线禁锢着海岸线的状况。

2005年初，盐田提出建设海滨栈道的构想后，经反复论证，2006年开始引入国际水准的规划设计。盐田人的希望是，海滨栈道要实现百姓和大海的无缝亲近，还要使难得的滨海资源得到充分利用，打通旅游微循环，实现真正的滨海生活。

于是，现场查勘、实地考察、国际性论证、全方位听证。围绕栈道的规划建设，展开了紧张高效的工作。仅2005年到2006年1月间，盐田区与栈道有关的会议和考察勘探就进行了15次。

蓝图出来了！从沙头角中英街历史博物馆一号界碑旁起始，经雄踞在此的明斯克航母，到中国第一个保税区沙头角保税区，穿过世界第一大集装箱吞吐港盐田港，转过有千年历史的盐田圩镇，沿陡峭的绝壁蜿蜒前行，抚摸着人迹罕至的礁石群，来到亚洲第一大海滩大梅沙、小梅沙。这哪里是一条栈道，这

分明是展示中国自近代被侮辱欺凌到今天民族振兴历史的一部奇书。

在技术操作上，要像对待一块美玉一样精心雕刻：不能让海岸线上千年来形成的地形地势有任何伤害；海岸边岩石的走向就是海滨栈道线路的方向；工程选料要融入自然景观而不能生硬地叠加；以桥梁连接陡峭的岩隙，在平缓地段巧设驻足的观景台；依照各路段交通现状、山海资源、植被现状等情况，规划栈道的同时，配套进行街景提升、降噪防尘、资源整合；增设自行车道和租车点、停靠点，方便游客全线欣赏栈道风光。

面对大、小梅沙之间复杂的礁石峭壁地貌，针对设计方案组织专门的论证。来自德国的专家就海滨栈道小梅沙段的优化方案进行了详细阐释。从大梅沙到小梅沙段的犄头岭海岸线以礁石为主，陡峭而奇绝，而此前的栈道方案没有充分考虑对礁石景观和岩石的保护，可能会对自然环境造成损害。区领导多次现场勘察大、小梅沙段岩石地貌，要求充分考虑涨潮落潮的海水落差高度、施工安全、气候变暖海平面上升等因素，让这一段海滨栈道成为19.5公里海滨栈道中景观最美、自然资源最丰富的一段，让游客在欣赏大自然的同时，感受到对环境与自然的有效保护。

大海，向往你的人们要走近你的身旁了，但，是轻轻地、小心翼翼地、带着敬畏之心而来的。

三、把栈道镶嵌在岩石和海浪中

把栈道隐藏在大海的波纹里、安置在岩石的褶皱中。这是盐田海滨栈道修建的环保标准，更是建筑的美学要求。既是建设，更是艺术创作。

在盐田，这个有特殊地位和特殊经历的工程。先后经历了三任区委书记、两任区长、三任工务局长。历时6年6个月，经受了大运会的检验。规划未变、要求未变、速度未变。

2006年2月，正对着市民广场的沙头角段栈道开工。经历了解决海中打桩、安全设施、实木地板的品质和质量的结合等难题，2007年2月，漂浮在海面上的宽达3米的景观栈道正式建成：一个神话故事正式开篇了。

2007年1月，中英街和明斯克航母前的栈道顺利连接。若从中英街历史博物馆走到这里，虽然只要不到两个小时的时间，但却穿越了一百年的历史。除了看日出日落、海鱼翻飞，更令人思接千载、浮想联翩。1899年6月9日，在英帝国主义武力逼迫下，中英签订《展拓香港界址专条》，条约规定将九龙半岛及附近海域租给英国，期限为99年。次年3月16日到3月18日，中英两国的勘界人员来到了沙头角，完成了测量和勘界，沙头角被一分为二直至1997年。那张当年勘界时的照片上，英国官员洛克的趾高气扬、大清官员王存善的低头含羞、当地百姓的愤怒无奈，均被一一记录。而2000年5月来到大鹏湾的明斯克航母，既是苏联作为红色帝国的国殇，又是中国改革开放博大自信的胸怀里一位伤痕累累的特殊朋友。100年，天翻地覆。

2011年1月开始修建从盐田港东港区的正角嘴到大梅沙海滩段。其间，为了保护生态环境，无数次对设计方案进行了修改优化。在材料的选择上，大量采用了水泥地面，以防止海水对栈道的侵蚀，但在观景台、较高的地段，依然选用了俄罗斯的樟子松。这种木板经油漆保护，可以有效减少海水腐蚀以及烈日暴晒对木地板的损害。保证使用30年以上。建设者在施工过程中，将峭壁和礁石作为艺术创作的载体，利用海域天然的岩石作为部分栈道的边缘，所有外露面的混凝土柱面、板面都采用人工塑石进行美化，做到与周围岩石融为一体，打造一个自然生态与人文景观合而为一的海滨栈道。

从沿山路"滨海明珠"观景平台停车场，直下200多级的阶梯，仿佛在一瞬间，就从喧闹都市置身于海的宁静怀抱。站在依海礁形势而建的栈道上，西望盐田港成排的巨大龙门吊，东眺大小梅沙的海湾，南看香港东涌，背后是险峻奇绝的峭壁。脚下，海水在礁石中展示着挑战的野性，面前，激滟的海波上翻飞着无畏的海鸟。海水特别清澈，水底的石头和贝壳清晰可见，成群的小鱼儿不时地穿梭其间。浪花溅起的水雾，渐渐沾湿你的脸庞、衣衫。那就是大海在轻吻你了。再往前走，随着你和大海的交流，她就会亲切地将你拥抱在大小梅沙温柔的沙滩旁。

2011年6月，全长两千多米的大梅沙海滩，从最西面的月光花园、"天长地久"巨石处，到喜来登酒店的背后，一条隐现在沙滩的木栈道穿越而来。不能下海游泳的匆匆过客，可以穿着鞋，在栈道上欣赏这片迷人的海湾，而不必担心沙砾会跑进鞋子里。炎热的夏天，沙面温度达70度，穿行其中，也不必担心赤裸的脚底受不了考验。栈道穿过长长的椰林、洁白的张拉膜、整洁的小卖店和方便的冲凉区，无论你是刚品尝了大海的北国客人，还是深圳的年轻建设者，在这里，在亚热带植物气息的伴随下，你已经可以体会海、欣赏海、共同交流与海接触的奇妙体会了。月光酒吧外的风景很美，从巨大的落地窗望去是一段伸入大海的栈桥，长长的木板既怀旧又让人遐想。这是一个可以让人发呆的好去处，让你静静地与大海谈情；这里也是一个适合两个人亲密交谈的好地方，海誓山盟尽入眼前风光。

2011 年 8 月，踩着这条栈道，走来了 24 个国家和地区的一百二十多名青年运动员，参加在这里举行的世界大学生运动会沙滩排球的比赛。沙滩、海风、椰林；丛山、度假屋、山道；海鲜、海泳、海涛；友善、热情、真诚；中国、深圳、盐田。这一切，都通过栈道，传递到每个运动员、观众的心里，传递到世界的很多地方。

最后一段栈道，就是穿越大、小梅沙之间再到背仔角的一段。施工人员不畏困难，在狭长的山沟里搭起长长的施工便道，从海边的盘山公路直到海边浪花拍打的礁石，都细心地画上了各种各样精确的施工符号，以保证不破坏一块石头。这一段的礁石更多、更大，特别是墩洲角，一边是"微缩"的陡壁，一边是汹涌澎湃的大海。而从小梅沙到背仔角，悬崖的植被覆盖厚、层次多，景致天下无二！在施工中，工作人员不仅要避免在厚厚的海苔上滑倒，还要尽量保留天然的礁石和植被资源，保护好上千年形成的原始地貌。虽然费时费事，却能大大减少边坡的支护费用，让栈道结构更加合理，保障施工安全和景观效果，达到节约投资、保护环境和景观效果几个方面的有机统一。

2012 年春节前夕，这项连续 4 年被列为盐田区人民政府十大民生实事的重点项目，经过盐田人 24 个春夏秋冬的精心打造，海滨栈道全部建成。沿途设有 24.68 公里步道、6 个景观平台、4 座跨桥。在新的春天里，来自深圳和全国各地的游人，就可以在栈道上吹着海风，欣赏南中国那蓝天、碧海、椰林组成的黄金海岸的美妙风情了。

四、一条代表中国的栈道

我们曾经欣赏过那些东南亚最美的海滩，也曾经产生了无尽的向往。如今，站在自己的海滨栈道，心绪又是另一番的不同。

马尔代夫双渔岛那长达 2 公里的洁白美丽的海滩，尽管也有长长栈道，还有不计其数的海鱼供人欣赏，但论及栈道的规模和栈道带来的丰富感受，就无法与这里同日而语了。其他，无论是泰国旅游胜地普吉岛的巴东海滩，还是曾被誉为世界七大美丽沙滩之一的菲律宾阿尔坎省的长滩岛，或者是印度尼西亚的金巴兰海滩，尽管它们还是风情万种地吸引着世界各地的人们，但，都已经无法与中国盐田的这条如此绵长、如此富有内涵的栈道、海岸相比了。

2011 年 6 月，广东省文史馆的一批学者教授慕名而来，行走了海滨栈道，参加活动的女作家郑佩缘这样描写了栈道和它独特的植被环境，抒发了内心的感受：

"……不远处的海边岩石上，一丛醒目的绿吸引了我。那一丛绿正在随风飘扬。是水衫？是红树林？还是甘蔗？好一丛傲然的绿啊！"

"这种植物叫勒古头，是一种古老的物种。"著名作家洪三泰介绍说，"它特别耐旱，能在恶劣的条件下生长，有极强的生命力。特别是岭南的海滩、山麓多有生长。"

我驻足端详：勒古头一共有十数棵，甚是齐整。每棵2米多高，枝干苍劲，枝丫对生，叶似甘蔗，迎着海风，长叶婆娑，不失曼妙，颇有侏罗纪风韵。其根盘结于嶙峋的岩石间，咬定青山不放松，铮铮铁骨，傲视大海，颇有勇士之神采。粗看平凡，细看非凡，真是一幅绝妙的景物画！它古朴、珍贵；它顽强、苍翠。因为它苍翠，所以它非凡；因为它非凡，所以它历尽大自然的磨难而不枯萎。这不正是自然界的发展规律和人类社会的发展规律之奇妙吻合吗？

……这里虽然没有华山长空栈道的险峻，却有三清山栈道的画意，鼓浪屿的诗情。我漫步在栈道上，将环抱海湾的远山、点缀在群山苍翠中造型优美的现代化建筑和热火朝天的盐田港尽收眼底，一股强大的生命暖流在心底升腾着。我阅读着浩渺的大海，艳羡着抵港的万吨巨轮，聆听着水石相搏的律动，欣赏着拍岸而起的雪浪花，感悟着垂钓者的心灵，享受着大梅沙海湾的温情，思绪万千。

这位老作家的感受，既是对每一个来者的感受的集中描写，也应该是对海滨栈道的美学、环境学、生态学的深刻评价吧。

如今已经退休的中英街摄影协会的廖国强，是盐田区的"老文化"。现在，在春夏秋冬、清晨深夜，他常常会背着摄影器材和雨伞饮用水，行走着、捕捉着、陶醉着、创作着。他说，"在这里，有一辈子也拍不完的题材。在这样的美景前，你需要的，只是在不同的时间和不同的地方按下快门罢了"。今年夏天，他和他的伙伴们决定推出一个海滨栈道系列的摄影展，将栈道上的风光、故事凝聚于一幅幅永恒的画面中。

网友"独角巨龙"，情不自禁地抒发了对海滨栈道的热爱。更出于这种珍爱的情感，针对有人不够重视环保的表现，在博客上呼吁游人，要爱护这里独有的环境："建设者已经最大限度地保护了环境，我们没有理由不倍加爱惜。破坏海洋非常简单，但污染的海洋要复原就非常的困难了。"面对如此美景，谁能不动情？

海滨栈道也成了盐田一个最具价值的公共旅游项目。这不仅仅因为海滨栈道本身的魅力，更在于它蕴涵了关于旅游开发的一系列深刻哲理：对自然的足够尊重，对美的准确理解，对公众欣赏感觉的持续性地维持。当下旅游界有个鲜明的对照：现代主题公园的普遍失意和中国古典园林魅力的经久不衰。这源于主题公园文化内涵的肤浅，和古典园林以人为本、追求自然、追求意境的文化理念。著名学者叶朗先生说："旅游活动本质上是一种审美活动。"正因为这样，盐田区的这条海滨栈道以其融于自然、凸现自然之美而富有吸引力。

既然是一个旅游项目，有人"聪明地"出"思路"：从安全和管理的角度，利用天然地势，两边设门，售票开发产业。这个提案被否决了。盐田人认为，海滨栈道是继大梅沙海滨公园后，深圳市民另一个感受自然、休憩身心的难得空间。四方宾朋八方来客在此相会，他们在享受自得之乐的同时也装点着彼此的眼睛和心灵，这是自然环境与城市的和谐、他乡的朋友与深圳市民的和谐，真正体现了"深圳与世界没有距离"和"来了，就是深圳人"的美好境界。这种效应，值得在管理上的付出，也是多少经济效益换不来的。

盐田海滨栈道，基于自然、融于自然又高于自然，朴实而不失优雅，以简单空灵之态，牵起盐田海山毓秀雄峻之境，浑然一体之美得以淋漓尽致体现，是创造美感、缔结艺术之作，堪称一件中国奉献给世界的、经典的城市公共艺术精品。

五、一条属于市民的栈道

行走在坚固的木板栈道上时，脚下随时可观赏到在逡游的海洋生物。您可能在不经意之间就发现罕见的海底生物：墨鱼、蓝环章鱼、海蛾及交配中的鸳鸯鱼。甚至，你会觉得自己也是大海的一份子。

本地网民刘郑玮鸿从盐田海滨栈道回去后，难抑激动的心情，在自己的博客这样写道："我想去北京登雄伟的万里长城，想去埃及看古老的金字塔，想去巴黎欣赏埃菲尔铁塔，但我更想别人来漫步我家乡深圳沙头角美丽的海滨栈道。沿着长长的海岸线，一边是郁郁葱葱的树木，一边是蔚蓝的大海，呼吸着新鲜的空气，欣赏着无边的大海，你就会心旷神怡、流连忘返。"

小学生写作文自然也有了内容："春天，清早人们就来海滨栈道锻炼身体，小花小草在春风的吹拂下尽情地传播着春天的信息。夏天，夜晚的海滨栈道，透着明亮的灯光，三三两两的人漫步在海滨栈道，吹着凉爽的海风，听着知了的歌唱。秋天，海滨栈道的上空飘着层层叠叠、晶莹剔透的云海，人们在这里放风筝，尽情游戏。冬天，坐在海滨栈道的木凳上，听着海浪声，晒着暖洋洋的太阳，一定会让你身心舒畅。"

北京的诗人王妍丁本来是到深圳体验生活一个月，到了海滨栈道，毅然决定在盐田临时打工半年。

另一位网民"老实的兔子"写道："还是从都市频道的'第一现场'中了解到的海滨栈道。春节那几天比较冷，成天蜗居在家，终于等到初六出了太阳，老公临时给了我们一个惊喜：去大海沙段的海滨栈道走走。""这条栈道让都市忙人在家门口凭海临风，畅享滨海生活、海港印象，感受渔舟晚唱，半山观港，就像在悬崖边上散步，惊涛拍岸与休闲悠然同在。""沿途有登山道、步道、景观平台、大栈桥、石拱桥，于是我们一家三口与众多游人一起，边走边拍，美不胜收。"

这位兴奋的市民，不仅在博客上发布了30余张栈道的美丽照片，还热情地介绍了多达23条可以到达海滨栈道的线路。她多么希望每个深圳人都能早点来享受属于自己的自然呀。

立足栈道之间，每个人都成了诗人："伫立栈道，极目远眺，只见海浪拍岸、海鸥翔集，点点帆影点缀在海与天的交结处。迎着春日的细雨，可以用歌声直抒情怀，可以掬一捧海水感受春日暖意。成群的海鸟云集于海滩，或觅食，或嬉戏，尽情享受这大自然的恩赐。"这是海涛社区"夕阳红"诗社王海英老人的感受。人真正来到了海的身旁，就会激发出特殊的情感。

诗人，常常是环境造就的。

几代人都居住在沙头角的现社区工作站站长沙锦涛，因在改革开放后曾经办过两间加工厂，也被大家习惯地称为沙老板。他说，虽然自己是老海边的人，但建区前，海边是边防二线，无法靠近；有栈道前，除了在大、小梅沙，其实市民很难靠近大海，体味大海。"现在，才真正感觉到了生活在大海边的美好呀"。

盐田区渔民协会的老陈今年已经76岁了，过去他们世代出海打鱼。如今不再以打鱼为业，时间久了对大海的感觉也没有了，觉得"愧对先人呀"。现在，老陈经常带着孙子，在栈道上观海、玩海、吹海风、听海潮，仿佛又和先人一样，站在捕鱼船上，与大海对话了。

六、绿道：走进人心

盐田区是一个由海岸线、山海间平地、北面的山脉构成的区域。大自然最美好的景观和资源，都集中地汇集在了这里。

如今，从这条神奇的海滨栈道，向北，越过狭长的城区，再盘上青葱的山恋，又伸展出更多的绿道，和滨海栈道一起，形成了一张服务市民的亮丽环网，环绕到盐田每个百姓的身边，陪伴着他们每天的生活。

秉承着海滨栈道同样的理念和建设标准，梧桐山登山环道、社区绿道的完善和建设，也已进入尾声。到2012年底，盐田辖区就将形成由大海到高山的长达310公里的绿道网。相对于狭长的区域面积，盐田可能是全国绿道最稠密的区域之一。

2011年12月28日清晨，迎着冬日的暖阳，田心社区的张女士，带着10岁的孩子来到公共自行车停放点，用骑行卡取出一辆自行车，送孩子去学校。由于停车点离家很近，用起来很方便。一路上，她与很多同样骑着公共自行车的打工青年、本地居民相遇、相识，体会了更多的情感交流。所以，她特别喜欢骑自行车。

在盐田区，这样的自行车站点有160个，有3000辆造型漂亮、色彩时尚、材质精良的自行车任你免费租借。在城区内，以任一点为圆心，在300～500米半径范围内，都有公共自行车租还站点。上班、上学、旅游、锻炼，都可以使用。

而在巍峨的梧桐山神秘的云雾间，从西向东，四条总长23.3公里的登山环道，已经成为市民和登山爱好者的乐园。从春到冬、从晨到夕，无数的市民和旅游者，上山、观景、吸氧、品茶、高歌、健体，宠辱皆忘、此乐何极。梧桐山，不再孤单，也不再孤芳自赏、独享其美了。

夜探周庄

林小染①

夜幕终于降临，周庄从几近炙烤的高温中平静了下来，河道两边的老屋纷纷挂上了长长的红灯笼，船娘们不知疲倦地唱着小调摇着橹桨，穿行在古镇中。在若明若暗的暮色里，我站在双桥上，期待夜色能带来些许清凉，吹去心火和烦闷。

这时，我听到远处隐约有阵悠扬的古筝声传来。吸一口冰凉沁腑的酸梅汤，咬一口筋道清甜的青团子，扇一扇印染的青布折扇，在青石阶上微微侧着身，避让过川流不息的游客，我循声而去。

那琴音似悬在空中的一丝夏风，断断续续，若有若无，渐行渐近。清脆时如珠玉滴盘，低沉时如柴门深锁，行走时如高山流水，急骋时如刀箭俱发。时而柔婉如女儿低喃，时而悲伤如落花独泣，时而激情如万马奔腾，时而幽怨如庭院深深。直听得心随弦走，意伴音飘。我倚墙而立，竟痴了过去。直到几个孩子欢快地笑着从我身边跑过，这才如梦初醒，随他们踱步踏进大门。只见四合院的两层古楼中，戏台上正灯火通明。是了，这就是古戏台了。

劲歌热舞、江南民谣、京剧样板戏、民乐演奏、昆剧、折子戏，好一台丰富多彩的中国民俗民风盛宴。

一出折子戏《三岔口》，演的一场摸黑误杀，没有一句对白和唱词，可单凭滑稽巧妙的动作和眼神，就演得惟妙惟肖，这可是真功夫。老年委演的昆剧《孟丽君》，虽然扮相上没看头，但唱腔却如天籁之音，除了"优美"二字我还该如何形容呢？突然想起我们家乡的湘剧和花鼓戏，唱腔高亢火辣，正如传说

---

① 林小染：深圳市盐田区作家协会名誉主席、原盐田区作家协会主席。中国作家协会会员、自由撰稿人。出版《翡翠珠码》等多部长篇小说，大多被改编成影视作品。

中的湘妹子一般，适合大碗酒大碟辣椒佐戏。而这昆剧则是说不出的温婉柔靡，如苏杭山水的清新文秀，适合手中这酸梅汤或是一杯清茶，慢慢品味。

回头看看戏院四周陈设的戏服，生旦净末丑，无数个故事在丝竹之声的伴奏下呼之欲出。究竟人生如戏还是戏如人生？好在我不是演员，否则一定是不能分辨的。似懂非懂的唱词温柔得像刚起的夜风，撩动着我仍在隐痛的心弦。人生不相见，动如参与商。可相见，不相见又如何？既见君子，云胡不喜？

如果把周庄的白天比作火热缤纷的辣子鸡，周庄的夏夜更像清淡甘甜的盐水河虾。

在靠河的窗前坐下，看窗外杨柳轻摇，一杯清香的阿婆茶，先洗却尘嚣再来品尝农家菜。雪菜河蚌、葱爆蚬子、蒜蓉米苋、龙虾十三香、香干马兰头、银鱼炒蛋……配点店家自酿的啤酒，小份小碟摆满了一桌。对岸有位阿叔正拉着一曲《二泉映月》，我在凄婉的乐曲中自斟自饮。素来酒量甚差，少时便有了几分醉意。

一个男人走来在我对面坐下，问道："这酒味道如何？"

我转动着手中的酒杯，似自言自语又似回答："我想要一杯绝情绝爱绝义酒，无烦无恼无忧茶……"

那人笑了："哪有这样的酒和茶！假如真的有，那人生多无趣！有情有义有什么不好？"

我抬眼看去，只见那人满脸友善，是个素未谋面的同龄人。于是笑道："耽于情爱，不如纵情山水，至少山水比人有情义。"

"你不是有什么心事吧……好，我陪你喝一杯绝情酒，怎么样？"

此情此景，说拒绝不免是扭捏矫情之辈，但我还是笑而不答，放下酒钱离去。我知道自己醉了，不是不孤单，不是不想人陪，只是心不由己，又何必再多添烦恼呢？

我一头扎进了入夜的弄堂。小巷深深，从狭窄的巷口能看到幽蓝的天空，时有时无的灯光拉长着我的影子。商铺已打烊了大半，几处景点早已关闭，游客也寥落无几，只有我还在没有目的地漫游。天孝德民间收藏馆、张厅、沈厅、澄虚道院、迷楼……我看着牌匾，数着门牌号，这一扇扇紧闭的木门后面藏着多少光阴的故事呢？

其实我对那些残砖烂瓦的文物是不感冒的，那些破旧蒙尘的物事让我背脊发凉，因为我能真切感受到它们传递的死亡寒意。那些艳丽无比的锦缎刺绣则让我心生敬畏，而满堂诗书字画虽好，给我这门外汉看却是浪费。我是个胆小鬼，只喜欢时光背后的故事，对历史的喜爱不过是叶公好龙，还是把古董们交给史学家去研究吧。

我来来回回在小巷穿行，在仅有的几个商铺选购，笑着与店家砍价闲聊，以此驱散着长夜的寂寞。来之前，曾被无数人告诫不可以买景点的东西，理由是华而不实。大家是被旅游团的组织团购弄怕了，无不抱怨现在的景区充斥着商业气息。其实我也觉得很多地方刻意斧凿痕迹太重，而卖的商品则全国雷同。但靠山吃山，景区人的生活来源就是旅游业，他们为游人提供方便和服务，在这个劳有所值的年代，难道还能强求个个都无私奉献吗？所以真正自私的人反而是我们自己了。穷家富路，既然出来看风景，图的就是一个开心，又何必太认真计较呢？能糊涂则糊涂，生活之美就无处不在了。

不知不觉中我又回到了双桥。此时在石墩坐下，已不再热气逼人。晚风喜悦地拂面而拥，吹动我的耳环，摇下一串细碎的声响。这个夜晚很静很静，几处蛙鸣，几声犬吠，伴着潺潺流动的河水像呼吸一般自在安详。我忘却了城市肆无忌惮的灯火，忘却了尘世纠缠不清的爱欲，心如同这夜色一样，清凉平息了。

喜欢周庄，不只因为江南古镇的旖旎风情，更为这个属于音乐属于酒的孤单长夜，一份由烦闷到平静的心情。

那夜，一本《沈万三传奇》我只翻动了几页，便沉沉睡去。梦里，只见飞花漫天，水袖轻舞，一个声音温柔凄丽地唱着：原来姹紫嫣红开遍，似这般都付与断井颓垣。则为你如花美眷，似水流年……

日本侦查手记

林小染

这是一篇我犹豫着不想发出来的 FB 日记，我知道它可能会得到爱国主义者的抨击，但即使是对我们的敌人，不也应该知己知彼方有制胜之器吗？抛开历史恩怨和民族情结，我个人钟爱日本美食，对日产用品也很认可，我相信像我这样的国人不在少数，为什么我们不能取其精华发扬光大，而是闭关自守地谩骂意淫呢？怀着挑刺中学习、抗拒里折服的复杂心情，让我在日本的旅行不知不觉变成了民间侦查。

钉子民居

在东京的成田机场有一户最牛钉子户，由于他不肯拆迁让住所变成了机场中央的孤岛，为了让他家的出入不影响机场次序，机场给他家专门修了条地下通道，每年还要给这家高额的噪音费，没办法，谁让人家的不动产是永久产权呢？即使是国家公共利益也要给私权让道，协商不好拆迁条件就只有让人家一直做钉子户。也正因为拆迁难度太大，日本很多地方的道路都宁愿高架在民居之上去做造价高昂的空中交通网络。

由钉子户故事起，我开始了对日本民居的认识，在东京、在京都、在大阪，无论是多么繁华的黄金路段，你都能看到高楼大厦被更多的民居包围，城里大部分民居只有窄窄四五米宽进深十余米的占地面积，却能高高地筑起长条形的住宅，这也算是日本的城中村吧。有人会问永久产权不是会造就越来越多的钉子户吗？那城市如何更新呢？其实不然，不动产产权完全有重新洗牌的机会，据说日本的遗产税高达 50%，法制健全几乎没有逃税漏洞，而且税金只收现金不能以不动产抵押，不动产也有专业的评估机构按市价估税，这样一来大部分继承人都只能把旧居卖掉，否则是拿不到他应有的另一半遗产的。初闻之时我想不通，认为这是国家对私有财产的掠夺，但细想一层正因为如此社会有了一个自然均贫富的机会，让后代不能指望依靠祖宗的江山过活，这对推动社会进步是有益的。在富士山下有一片树海，一旦走进去就出不来，每年有上万人来这里自杀，在这自杀率高达百分之三的日本也许并不奇怪，但日本有条奇怪的法律，人死之后所有公债都一笔勾销，作为中国人的思维我立刻想到这某种程度上鼓励了自杀，那些本来就悲观厌世的人不是可以死前贷款买房安顿家人吗？反正死后房贷不用还了呢。当然，我这是小人之心了，拿生命去换不动产的人应该也不多吧！

日本公共建筑大都用钢结构，两层以下的民居几乎全是木结构，除非黄金路段的民居要物尽其用地建高，大多数还是一百平方米以下的小二楼，这跟国内动辄三百方米以上的别墅大有区别。民居造型各异布局不同，唯一的共同点是都异常干净，再小的院子或玄关也能将绿化做到极致，一家一园景，一户一世界，还没进家门就已从门口的一花一树中感受到清新雅致的氛围。虽然现在的民居装修已有和式和洋式两个流派，但每家至少有一间和式起居室，家庭主妇们像强迫症一般将住所收纳得洁净爽利，这跟她们从小在学校和家庭接受家务教育是分不开的，而我们的教育正在把女孩们养得四体不勤五谷不分，既在外担不起大任回家也当不好内助，起码在贤妻良母这一课上让我自叹不如。

日本的家庭模式传统简单，男主外女主内，男人赚钱全得交由妻子掌管，即使是外国丈夫也不例外。和中国人一样，买房也是他们最大的梦想，而且他们很少有父母援助，到四十岁能有自己名下的住所就算生活不错的了。这里一方面家庭结构稳定，一方面社会风气浮夸，男人下班就回家是很遭人鄙视的，没事也要去清吧喝酒到深夜。虽然国家不允许公开卖春，却又以保护民俗为由保留了那些情色场所，某些区域内随处可见公关小姐先生的巨幅照片，情色漫画书更是比比皆是，更别提他们那出名的 AV，这让我对污染孩子们的视听甚为忧虑。日本孩子不像日剧中那么高帅富和白瘦美，但他们的确有良好的学习环境，我在日本的几天，随时可以看到一拨拨不同校服的孩子们结伴游历，这是日本教育一个良好的习惯，鼓励各地学生交换到异地参观学习，类似于国内的春秋游吧，只是频率更高、历时更长、组织更好。

完美细节

在日本，时时都会遇到令我感动的细节：路面干净得可以随地卧倒匍匐前进；多达四类的垃圾分拣；地铁通道扶手上刻有盲文；人行道扶栏圆润精致如同百年摩挲，不会在车祸时成为伤人利器；路标多过房屋，即使雨天汽车轮胎也锃亮光洁；高速站的抬杆只有国内的 1/3 长，节约能源提高效率；马路修补围栏边的电动稻草人手会闪动着上下挥动；路边立着的餐厅广告指引牌，亮点在它下部的木头全用锡箔纸包住，不仅美观而且避免让举牌人扎到手；观光电梯的双层玻璃间夹了铁丝网以免玻璃崩裂碎渣伤到人；电梯间给老人设有角落小座，边墙插着鲜花；给残障人士设计的方便入座和轮椅收纳的车型……请不要说这些充满人性关怀的公共设施是因为经济强大，没有用心去做再有钱也只会流于形式。

令我印象深刻的是他们的公厕，虽然公厕设计有豪华有简便，共同点除了干净还是干净，处处细节都流露着温馨，比如卫洗丽，比如伞和包的专用挂钩，比如小婴儿卡座，比如所有公厕都配有手纸。令人尴尬的是在景区会有醒目的中文提示，提醒不要踩踏马桶和手纸可冲走无须入篓，但还是偶尔会在座便器上看到鞋印和尿渍，而便纸堆溢在专盛女性用品的小篓里，看来我们的生活习惯和国民素质还需要漫长的进化。人们常说洗脑可怕，这从 TOTO 卫洗丽（能冲洗下身的智能马桶盖）的洗脑可见一斑。其实 TOTO 并没有在本国做什么广告，不过是让所有公用马桶都装上了卫洗丽，让你走到哪里都习惯这样的生活方式，直到没了它觉得不正常乖乖地掏钱成为它的用户。有些卫洗丽还贴心地设了"音姬"键，启动它可有 25 秒的流水声掩饰你如厕时的尴尬，其实 TOTO 制胜的法宝无非是细节。高速浜淞休息站非常值得停留，那里有七星级的公厕，一流的餐饮，高雅的现场演奏，各种体贴舒适的设施，再加上热情细致的服务，我可以毫不夸张地认为这是全世界最高级别的高速休息站。

当然，印象最深的还是人。受日剧的流毒，我也以为新一代日本人都是俊男靓女，但与我擦肩而过的日本子民们仍然保有日式本色：个子普遍不高，没什么胖子，穿着都很朴素清雅，带有同样谦恭的表情，点头微笑是与陌生人的交流方式，素昧平生也可以高兴倾谈，我笨拙的英语得到了更多照顾和指引，而温泉酒店服务员给予的九十度鞠躬大礼至今让我不安。协警、出租车司机、售货员……到处能看到白发苍苍的老人坚守在工作岗位上，而且他们衣服熨得笔直，领带打得漂亮，精气神比年轻人来得更赏心悦目。即使是两国关系紧张，民间也没有人排斥中国人，起码移居日本多年的中国导游没有想逃离，作为观光侦察兵的我无论走到哪里受到的都是礼遇。其实只要不去挑战人家的风俗禁区，友好平等地尊重别人，放诸四海应该都能畅通无阻吧。

旅行攻略

来日本旅游最好用两个方式，如果资金充足请找一个司机兼导游做深度游，去的地方不需要多，小团导游的服务会让你看到许多与大旅行团完全不一样的风景。想要穷人自助游也没问题，先做好旅行规划和攻略，带上地图和钱粮你就可以出发，在日本语言沟通完全不成问题，日语里的中文足够你猜到其中的意思，再不行你还可以用简单的英语，在日本旅行，你能得到全世界最热情最真诚的服务。最不建议大团游，上车睡觉下车尿尿，整天像赶鸭子一样完成行程，去的是人头攒动的游人区，看的是乏善可陈的复建建筑，吃的是寡味变异的旅行团餐。如果你在日本要把大量时间都耗费在逛名店购物上，那还不如去香港，因为日产相机、瑞士名表、名牌包包都不比香港便宜，要搭上昂贵的机票食宿来日本购物实在不是明智之举。

最便捷经济又好味首屈一指的是拉面，面条筋道、汤味浓郁、配菜丰富，我最喜欢绿豆芽或黑木耳丝跟面条一样交织在一起的口感，只是汤味过于浓郁可能有部分口味清淡的食客不喜欢，那可以选择盖浇饭，配菜品种不多但都很精致，最好吃的是米饭，那种晶莹饱满的卖相，清香软糯的口感颠覆了我吃了几十年大米的印象。

给大家推荐一家美食，卡尼（音）道乐的全蟹宴。那天我点了一个八道菜的套餐，食材是帝皇蟹、长脚蟹和毛脚蟹，客观地说这是我这辈子吃过最棒的螃蟹宴。熟蟹鲜美韧而不柴，生蟹清甜入口即化，青菜沙拉解腻清味，天妇萝卜脆爽，芝士焗化骨绵掌，蟹蒸饭唇齿余香，直到抹茶雪糕清新灌顶完美收官。不过你要带着八个胃来，否则一定会像我一样吃到第二天还走不动道！

国内的宣传让我对日本牛肉的认识一直停留在神户牛肉上，现在却知道不是这么回事。日本对好的牛肉有一套严格的评定标准，从牛的产地部位等元素，分为 A1-A5 五个级别，A5 最高最贵，如果牛肉连 A1 都进不了那店家才会不提这个概念。所以下次去日式铁板烧，别忘了问一问是哪个级别的牛肉，产地可以造假，级别不敢乱来。

而我最爱的生鱼片其实也有分级别，在全国连锁的顽固（意）寿司店，上级的鱼生就比普通的明显要新鲜，鲷鱼弹牙到能在嘴里跳起来，海胆鲜到入口化而无渣，当然，吃完我还是建议大家别追求级别，因为回家之后就吃不着这么好的了，高级别会让你胃口变刁，吃其他东西索然无味。人还是由俭入奢易，由奢入俭难啊！

在日本还有一个好处，从机场到景区到商场，所售的商品价格几乎没有分别，也同样不可以议价，不像国内一个地方一个价，机场景区成为宰客重灾区。唯一的差别是地方特产品种不同，所以无论你在哪看上什么就赶紧买了吧，到下一站就未必会有啦！

去日本之前我想此生只去一次足矣，现在却想在樱花盛开和大雪纷扬时再去日本看看，政治立场和历史情仇留与官方去解决，我只想在一个我感受到文明和友好的地方，舒心愉快地度过我人生中的一段美好时光。

山海盐田

宁家瑞①

题 记

从深圳繁华的市区向东，再向东。

人们都知道，深圳的东部是大海。当海浪声隐约传来时，要到深圳的黄金海岸，还得过一座山，这座山叫梧桐山。

一千多年前，有个渔夫发现了一座山，穿过山上的一个洞口后，就到了一个叫世外桃源的地方。这个故事是晋朝的陶渊明讲的。

现在，穿过这座梧桐山，也会进入一个新的世外桃源，这里倚山临海，风光旖旎，"黄发垂髫，并怡然自乐"……这个地方叫盐田。

第一集　梧桐烟云

《诗经·大雅·卷阿》云："凤凰鸣矣，于彼山冈。梧桐生矣，于彼朝阳。"在古人看来，梧桐是能引来凤凰的神树。那么，以梧桐命名的山，自然也是神奇的了。千百年来，梧桐山用满山的烟云浇灌了深圳这片古老的土地，也飘洒出自己无言的风流……

---

① 宁家瑞：深圳市盐田区作家协会副主席、《盐田文艺》编委。

梧桐天地

历史上，深圳的"新安八景""梧岭天池"是"八景"之一。"梧岭"，就是梧桐山顶。

史书记载：梧桐山，周匝数十里。山顶有天池，深不可测。梧桐山上多梧桐异草，山下有赤水洞，邑之祖龙也。这给奇秀的梧桐山蒙上了一层神秘的色彩。

这梧桐山，曾经风云际会。

1899 年 3 月 16 日，大清帝国和英帝国的勘界人员来到梧桐山下，两天后，在梧桐山下竖起了 20 块界碑。这界碑，不只是钉在梧桐山身上，更是钉在梧桐山心里啊。那情景，恰如雨打梧桐，点点滴滴，怎一个愁字了得！

历史的车轮迈入 20 世纪 80 年代，当改革的春风吹皱大鹏湾这一湾平静的水面，梧桐山见证了它脚下的这一片土地如何从一个小渔村迅速变成一座繁华大都市的过程。

1984 年 5 月，共和国的第二个国家森林公园诞生，这便是梧桐山国家森林公园。第一个国家森林公园，是张家界国家森林公园。

斗转星移，沧海桑田，"新安八景"中的其他"七景"已悄然引退。只有梧桐山历经岁月的打磨而恒久恒新，继续成为新"深圳八景"之一，名为"梧桐烟云"。

深圳，向东看！

吸引深圳人的视线转向其东部的原因是海和山。海，是秀丽逶迤的南中国海；山，就首推这巍峨挺拔的梧桐山。

梧桐山，这珠江三角洲的第一峰，是深圳最佳的观景台。

站在山上远眺，天高地广，无限风光。西边是深圳市区满城的繁华，东边是太平洋拍岸的涛声，南边是香港大帽山满山的青翠，北边是关外大地无尽的生机。难怪，它能让无数人为之折腰。

梧桐之约

这梧桐山——

早在有文字记载的史前时期，我们的祖先来过。他们在此休养生息，劳作繁衍，留下了石器、陶器、青铜器等工具。

清朝时，一位官员来过。在梧桐山上，他看见一轮红日正冉冉从东边的天海相连处升起，而月亮还挂在西边的海上，不禁吟道"日出沙头，月悬海角"。

20世纪90年代，邓小平来过。在梧桐山南麓的仙湖植物园里，这位伟人流连忘返，在湖边的草坪上栽种下了一棵树。于今，这树已亭亭如盖矣。

历史的脚步迈入现在，人们越来越亲近梧桐山了。

"走，爬山去。"成为一种经常听到的邀请，更有人将偌大的梧桐山作为每天健身的场所，将满山的层绿叠翠当作自家天然的大氧吧。

梧桐山，一座大众的山。

人们从开放冷气的办公室里走出来，从自家狭小的天地里走出来，从天南海北走过来，不约而同地会聚到梧桐山上。

于是，登山道上，伛偻提携，往来不绝，前者呼，后者应。梧桐山成了人们放飞好心情的地方。如果让北宋的欧阳修看到，他一定会新写一篇《梧桐山记》。差不多一千年前，他写过一篇《醉翁亭记》。

梧桐山有五条登山道，每一条都修了部分的登山台阶，每一条都有不同的风景。

盐田区西侧的登山台阶，用青石板精致地铺成，掩映在荔枝林中，显得古朴而典雅，路随山转，景随路变，活脱脱就是一条艺术长廊。漫步在台阶上，也许会有苏州园林里路回廊转的感觉。

及至上到好汉坡，回过身来：看温柔地偎依在山脚下的沙头角；看恬静地停泊在大鹏湾里的明斯克航母；看繁忙地热闹着的盐田港码头；看轻快地在山海之间飞舞的海鸥。也许，还能看见中英街上那棵枝叶繁茂的古榕，还能听见三洲田上那一声庚子首义的枪声。

也可以不走登山道，而是溯溪而上。梧桐山南面的老虎涧，是梧桐山最长、瀑布最多的一条溪沟，可以直通梧桐山顶。溪谷中的石头由于千百年来水流的冲刷而圆润光滑，瀑布流经的石壁由于千百年来的湿润而泛着青苔的绿光。水流从石壁上溅落，或敲在蕉叶上，或落在水潭中，清清脆脆，空谷传响。两岸是藤树缠绕，鸟栖枝头。那意境，怎一个清幽了得。

登山的乐趣，欧阳修说是"山水之乐，得之心而寓之酒也"。而对梧桐山来说，登山的情趣就在一个"闲"字。高跟鞋脱下，休闲服穿上；西服退下，T恤衫换上。全是悠悠游游、闲闲适适。这些时候，梧桐山是云做的，像云一样的舒散，像云一样的自在。

"独在异乡为异客，每逢佳节倍思亲。遥知兄弟登高处，遍插茱萸少一人。"

王维的这28个字，湿湿地划过时空，让重阳节的梧桐山润润的。在这一天，梧桐山是水做的。那是一份对亲人的思念，真是柔柔如水啊！

梧桐烟雨

山不在高，有雾则名。梧桐山时常云雾缭绕。

大自然赋予梧桐山以灵秀，灵秀的神韵就是这雾。

过去，深南路上流光溢彩的璀璨、东门街上熙熙攘攘的繁华常使人流连忘返；现在，烟雨轻笼的梧桐山正发出无法抗拒的邀请。

据说，很多人是冲着梧桐山的雾去的。

而梧桐山的雾也确实值得去看。清代诗人桥顺咏诗曰："梧桐山，高倚天，冬来积霜雪，雨后多云烟。"

梧桐山的雾，少有"雾失楼台，月迷津渡"般微茫的景观。它如轻纱般飘拂着，因此软软的；它又如水般流动着，因此柔柔的。

梧桐山的雾，犹如一首清新隽永的诗。它有"采菊东篱下，悠然见南山"的闲情，也有"斜风细雨不须归"的逸趣。

梧桐山的雾，又如一幅神韵天成的画。这画镌刻在绿色的巨壁上，满山的树是它的背景，湛蓝的天是它的画框；而雾，自然是这画中最灵动的色彩。

梧桐山的雾，仿佛在讲述一个个优美的传说。它告诉我们，这雾是从什么仙境飘来的；它告诉我们，雾起时，谁在它怀里；它告诉我们，当清风徐徐，阳光朗照时，它又去了何方。

倘是雨后，雾气蒸腾，如丝如缕，恰似姑娘美丽的纱巾。这时，山也清新，树也翠绿，雾更迷人。可以听雾中鸟的啁啾，可以嗅林间传来的湿润的芳香。

太阳出来，满山的雾气慢慢化成晶莹剔透的露珠，再慢慢消失在穿林的山风中。只是那雾气，已飘浮在我们的心里，在阳光的照耀下，正升腾为一缕清风。

于是，经年累月，这雾啊，就这样慢悠悠地飘呀飘呀。直飘出6000年前的文明，飘出汉唐盛世，也飘出了今天的富足。

第二集 中英街

梧桐山下，大鹏湾畔。

有一条只有 250 米长的街，这就是举世闻名的中英街。杨尚昆称赞它是"世界所无，中国唯一"。的确，这条街独一无二。

"没到过中英街，就不算去过深圳。"人们曾经在口头这样流传。

界碑·古榕

一百多年前，一群穿马褂的清朝人和穿西服的英国人来了，他们从海边开始，沿着河道打下了一排木质界桩。

于是，在这条干涸河道上一字排开、向前延伸着的界桩，就把沙头角一分为二，变成了"新界沙头角"和"华界沙头角"。

几年后，木质界桩换成石质界碑。每块界碑上刻着"中英地界""光绪二十四年""1898"等字样。界碑一侧用中文书写，一侧用英文书写。

屈辱，就这样被历史长久地钉在一个民族的身上！崔巍的梧桐山用静穆表示它无言的抗议，苍茫的大鹏湾用波涛挥洒它愤怒的泪水。

后来，在第一块界碑到第八块界碑的两侧，有人开始填土建房屋，摆摊做生意，这里逐步形成了一条小街，它就是中英街的前身。

一百多年了，梧桐山的山风吹打着这些界碑。

一百多年了，太平洋的水汽侵蚀着这些界碑。

一百多年了，这些界碑历经岁月的沧桑，它们看惯了风生云起，它们听尽了潮起潮落。于今，依然默默地立在那里。

一百多年了，熙熙攘攘的人流走过这些界碑。

一百多年了，纷纷纭纭的眼睛看过这些界碑。

一百多年了，界碑上的字迹已磨损，但记忆是永远不会磨损的。从青灰色的碑身上，人们分明可以读出感慨唏嘘，可以读出凄风苦雨。

徜徉在中英街上，这些界碑最能使人感受到历史的沉重。

一直陪伴界碑的是这棵古榕树。事实上，榕树比界碑更为古老，一百多年前，也许是梧桐山的风吹来一颗种子，也许是太平洋的潮送来一颗种子，总之，它就从此开始了自己不平凡的生命历程。

但使古榕名动天下的并不是它的年龄，而是它生长在中英街上。

世界上大概再也没有别的树比这棵古榕更会选择生长的地方了。它把根扎在界碑一侧的中方土地上，然后树干就向界碑另一侧上空伸展，形成了"根在中方，叶覆香港"的奇特景观。

　　这棵百年古榕，时间已在它的身上留下痕迹，它暗褐色的枝干如虬龙般苍劲，但它的树冠依然舒展，枝叶依然繁茂，依然像张开的一把翠绿大伞，遮挡百年风雨。

　　这棵百年古榕，经历了太多的风云，当那块界碑竖立在离它咫尺之隔的地方时，想必它也流过泪的，那情景，就是"落花已作风前舞，又送黄昏雨"啊！然后，它看着从它的树荫下走过的芸芸众生，它看着这条街的冷清和繁华；再然后，它就有一种铅华洗尽的从容了，就有一种岁月阅尽的莞尔了。

　　这棵百年古榕，它的魂是不离不弃，它用根在地下把两地联结在一起，它用叶在空中把两地缠绵在一起，它不愿两地长久分离啊！而今，两地又合为一体了，于是，这古榕，终于可以放心了，它又可以心无旁骛地享受春风的吹拂了，它又可以悠悠游游地谛听海鸥的欢叫了。

　　八块界碑，一棵古榕，往往就是人们拥来中英街的主要原因。

古井·天后宫·吴氏宗祠

　　300多年前，一群客家人来梧桐山下拓荒。面对满湾波光粼粼的海水而不能饮，于是，他们就凿了这口井。也许是来自清冽的梧桐山山泉水，这口井的水质清澈甘甜，养育了这些早期的拓荒者。

　　据说井水还能治病。当地人得了水肿病，取瓢井水来喝，水到病除。这井水也真神奇。

　　界碑竖立起来后，住在英方一边的居民，还是来这井挑水喝，两边的乡邻在井边拉拉家常，诉诉衷肠。"同走一条街，共饮一井水"的民谣就这样流传开来了。

　　所以，桥头附近的这口古井，给每一个来中英街的人讲述的就是一个血浓于水的故事，这一讲，就是几个世纪。

　　这些来海边谋生的人，尊崇天后，天后即妈祖，是救海救难的海上保护神。清朝嘉庆年间，他们在中英街沙栏下修建了一座天后宫，这是中英街唯一一处仍保持历史原貌的古建筑。

　　这道青石门槛，不知道有多少人踏过。也许身穿黑色长袍、手捧圣经的瑞士传教士踏过，也许玉衣锦食、手握香袋的达观贵人踏过。当然，更多的是粗衣短食、手擎香烛的渔民虔诚地踏进这门槛，他们来此叩首祈福。

　　以前，天后宫的香火旺盛，很多善男信女在此祭拜"母德宏施，圣恩广播"

的妈祖。每十年还要举行一次打醮，以驱邪保平安。

而现在，它只是安安静静地躺在周围的楼宇之间，青砖的墙体已爬上苔痕。宝顶形的香炉犹在。只是现在已少有人在香炉里焚供纸、烧香烛了。它孤寂地立在墙边，想必是在缅怀逝去的香烟缭绕、佛号轻诵的日子。

离天后宫50米处，有一座吴氏宗祠，是从博罗迁来沙头角的吴氏先辈修建的，建成的时间也在清朝嘉庆年间。

古井、天后宫和吴氏宗祠，点点滴滴，记录的是早期来此创业的先祖们的生活。我们用心聆听，也许能听见祖先们挑水时扁担晃动的嘎吱声，也许能看见祖先们祭拜完妈祖后勇敢走向大海的身影。

一街两制·购物天堂

世界上大概没有一条街像中英街一样实行两种制度。界碑的西侧曾由英国管辖，现属于香港，实行资本主义制度；界碑东侧属于中方，实行社会主义制度。

两种制度在中英街对垒始自1949年10月。当时，中方中英街的高音喇叭经常喊着激动人心的政治口号；而英国，则将其管辖的中英街设为宵禁区。

从那以后，中英街上的八块界碑就把这条街变为不能越雷池一步的两个世界。曾经的乡邻即使擦肩而过，也都低头不语，恍若陌生人；亲戚赠送的礼物也不敢接受，生怕被说成里通外国。一个人若在中方中英街犯了法，只要他轻轻跳过界碑，中方的边防警察就不能跟过去抓人。

这种界限森严的局面一直维持到改革开放初期。

就算时至今日，两边依然存在明显的差异。

在各自区域巡视的两方警察的服饰和配备不同。

深圳一方的临街建筑比较气派，香港一方的比较低矮；深圳一方商铺的招牌比较整齐，多用简体字，香港一方的比较混乱，多用繁体字。

就是这样的一条街，在二十世纪八九十年代，成为购物者的天堂。曾经有一天，多达十万的游客涌进这条只有250米长、三四米宽的街。这种景观，相信全世界绝无仅有，已不是只用熙熙攘攘就能描绘的了，游客们你挤我、我挤你，只有侧着身才能往前挪动。每个商铺前，都只见拥挤的人群声嘶力竭地喊着："给我一个，给我一个！"仿佛那东西不要钱似的。然后就大包小包地装满相机、水果、奶粉乃至方便面等，满载而归。

　　把中英街"购物天堂"的美誉演绎到极致的是"购金热"。由于当时内地黄金不能随意购买，所以中英街的黄金饰品迅速热销起来，到1988年，共有47家金铺，中英街成为全国第一条"黄金街"，当年的5月到10月，中英街共销售黄金饰品50吨，这一数量足以让人瞠目结舌。

古塔·海滨长廊

　　一条小河从梧桐山上缓缓流下。

　　它从中英街的第八块界碑边轻轻经过，然后悠悠流进大鹏湾，把中英街百年的故事讲给大海听。

　　在这条小河入海口右边，有座七层高的塔。塔的年代并不古老，却也名叫古塔，大概是由于其仿古的建筑样式，也许更由于它站立在沧桑的中英街旁边，于是也就融进了几分岁月的沧桑。

　　这座古塔，青灰的瓦、朱红的漆、翘起的檐、尖尖的顶、亭亭的塔身，就这么施施然立在海边，不用言语，就已有万种风情，宛如江南娉婷的采莲女。海风从檐上穿过，吹动高悬檐下的铜铃，仿佛悠扬的采莲曲；海鸥在塔前曼妙飞舞，仿佛柳絮飘飘的江南三月。古朴和新鲜，挺拔和秀美，就这么完美地结合着。

　　这座古塔，实在是沙头角看海的最佳之所在。它以偌大的梧桐山做后院，以浩渺的大鹏湾做前庭，以闻名的中英街做背景。站在塔上，眼底就是那一湾醉人的海水啊！海水温温柔柔地低回着，层层涟漪荡漾开来，触到岸边，就泛起些许雪白的浪花。鱼儿在水里嬉戏，鸟儿在水上飞翔，塔影山影天空的影，一齐映入水中，与婀娜的水草互相摇曳。

　　站在塔上凭栏而望。对面是"新界"郊野公园，那里有谷埔村、荔枝窝等古老村落，远一点是风景秀美、花红叶绿的鸭洲岛和吉澳岛。视线顺着海水而去，那就是无边无垠的太平洋了。塔的西边，就是那条著名的街了，依稀可以听见那古榕在低语。站在塔上，有欣喜，有感慨，有一种内心的充盈，这份意境，就是柳永的"草色烟光残照里，无言谁会凭栏意。"

　　古塔的下面是一条海滨长廊。逛完中英街，到这长廊上来徘徊一番，吹吹海风，听听浪花轻吻堤岸，看看水天一色，实是人生美事。

第三集　大小梅沙

盐田是蓝色的，因为它怀抱蔚蓝的南中国海。

盐田很小，但她有悠长海岸线。大、小梅沙，是镶嵌在她悠长海岸线上的两颗璀璨的明珠。

有人评价说，大、小梅沙，是东方的夏威夷。

抚沙戏浪

好一片美丽的黄金沙滩，好一片蔚蓝的大海！

当人们来到深圳东海岸，面对1800米海滩的大梅沙和新月形海滩的小梅沙的盛情邀请，很少有人能拒绝。

一走进13万平方米的太阳广场，三个风格各异的白色张拉膜，像展动的风帆，一下子就带来了海的气息。每天都有成千上万的人涌来圆看海的梦，而大、小梅沙总是使出浑身解数，举办各类"盛宴"来招待来自五湖四海的客人。

脚下是细软的金黄的沙粒，看着就让人喜欢。使你忍不住想抓一把在手，看它从指缝间像细流一样滑下。然后，你就想光着脚投入它温软的怀抱，让笑容追逐黄沙，让黄沙漫过脚背，看身后留下脚印一串串。要么，就在沙上静静地坐下来，感受沙的体温，享受阳光的沐浴，听任海风把你的思绪带到天的尽头。要么，就在沙滩上释放你的快乐，打打沙滩排球，放飞美丽风筝，堆砌沙滩艺术。

在沙与海交接的地方，海浪轻轻地雕刻出一线如镜子般平整的沙面，然后，它就泛着白沫、心满意足地退回大海里去了。于是，海浪就给沙镶上了一条最美丽的银白的边儿。

海浪，有时会给沙滩带来一点礼物，也许是一些贝壳，也许是几只珊瑚，甚至，也许是几块陶器的破片，那么，它就可能是我们祖先六千年前的器物了。那时，先祖们在大梅沙一带捕鱼狩猎，渴了饿了，就用陶器做的碗取水来饮，盛食物来吃，今天，考古学家把先人们在此的生活踪迹，称作"大梅沙遗址"。

站在沙滩上，眺望眼前这微波荡漾的大海，海鸥牵引你的视线，海风吹拂你的裙裾，海浪在你的脚下呢喃，你会不自觉地迷醉自失起来。

大海是首诗，海鸥是她最美的诗句，海岸是她最长的诗行；大海是首诗，海浪是她最动听的歌潮，海风是她最悦耳的乐章。

然后，你就忍不住要跳进海的怀抱了，让身体与鱼虾相伴了；你就会放下所有的矜持，让身心随这蔚蓝的柔波而荡漾。游疲倦了，你会懒散地浮在海面上，看掠过的摩托艇喷出的白沫，看静静地停泊在海面上的巨轮，它们也许是从纽约开过来的，也许是从伦敦驶过来的。于是，你的思绪又会不自禁地回到明朝，那时，明王朝拥有世界上最为强大的海军力量，郑和，率领他的庞大舰队七下西洋。恍惚间，你的耳边会传来劲风扯动云帆的声音。

朝阳下的梅沙，又呈现出一种别样的妩媚。圆圆的红红的太阳像刚出浴的少女，散发着柔美而艳丽的光辉，冉冉地从海平面上升起。这其实就是唐朝的王湾写的"海日生残夜"的意境。现代有人这样写道："人们喜欢看海上日出的美景，可对于海，那是她最伤心的时候，因为美丽的太阳就要从她的怀里飞走了。"可千百年来，太阳和海分开的这一刻，不知折倒了多少人啊！

海，可以得到安慰的是，被她染红的海面，金光闪烁，那荡漾的浪花里其实跳跃着无数个太阳。

浪漫梅沙

大、小梅沙是浪漫的，浪漫是梅沙的精神。

有月光的晚上，梅沙当然是诗意朦胧的。海风轻轻地吹拂着，海浪有韵律地缓缓涌动着，星星把璀璨揉进海里，明月在海面上款款漫步。在沙滩上支一顶帐篷，正好枕着涛声，就着月光慵懒入睡，梦中，可以听到这片海六千年的诉说，可以看到这如水明月六千年的相思，醒来时，枕边一定还会留下甜甜的回忆。张九龄说的"海上生明月，天涯共此时"正是这种雅趣。

什么叫海誓山盟？大梅沙的这两块石头会告诉你。

这两块被命名为"天长地久"的礁石，就这样手挽着手立在海水里，也许已经有一万年了。一万年了，海风吹打，海浪冲刷，都无法把他们分开；一万年了，纵使他们变得苍老斑驳，但依然不改相依相偎的承诺。

于是，情侣们喜欢上他们了。在他们身前，留下过多少婚纱的艳照，留下过多少甜蜜的微笑。

小梅沙有条情侣小径。

一边是满山的青翠，一边是满海的蔚蓝；一边是鸟雀轻唱，一边是海浪低语。在这样的路上漫步，不想陶醉都很难。

墩洲岛是另一种形式的浪漫。

这个由大大小小的礁石堆积成的小岛，想必经历过无数次的惊涛拍岸，直至嶙峋的礁石变得圆圆润润。于是，大海就只好妥协，允许它们在此长居。

这样，墩洲岛就拥有了一种历经风云后的淡定。晴朗的日子，它们悠闲地晒晒太阳；潮起的时候，它们从容地迎接冲击。

愿望塔，本身就来源于一个古老的传说。据说，在这座 81 米高、像片片风帆，又像宽大椰树叶子的塔上许下愿望，就能得到美丽女神的眷顾。这愿望，可以关乎天高云淡，或是大海蔚蓝；可以关乎风花雪月，或是细雨柔曼。

又或者，就只在沙滩的木质栈道上随便走走，浪漫很容易就会涌上你的心头。光着脚丫，和身边的人有一搭没一搭地说着闲话；前面是盛开的鲜花，两边是细润的黄沙。

椰风花影

大、小梅沙就像两个美丽的花园，她们美得像两个降落凡尘的仙女。

花园从濒海的弯道上就开始了，那里有四座观景平台，都有非常优雅的名字：秀峰观澜、滨海明珠、雅兰梦海和东埔渔火。它们是花园秀美的屏风，推开它们，梅沙的秀色就一览无遗了。

三洲田、梅沙尖做了花园的背景。南国的和风吹绿了这满山的树，南海的水汽滋润了这花的姹紫嫣红。一百多年前孙中山领导的义军的枪声，更给这连绵群山增添了无声的骄傲和自信。

"面朝大海，春暖花开。"这是诗人海子的诗句，倘要借过来用在梅沙，就应该变成"面朝大海，四季花开"。的确，这是一个四季都鲜花盛开的地方。椰子树、大油棕的枝叶随风轻摆，缀花草坪和叶绿花红的景观随处可见。

432 米长的阳光走廊，是一派椰风花影的景观。走廊蜿蜒曲折，两旁是层层的厚积的绿，清风起来，送来醉人的清香；顶部是簕杜鹃的世界，株株簕杜鹃沿彩色砂岩石柱蔓延而上，繁花盛开的时候，就是一片绚丽的紫红的云。艳阳高照或月明星稀之时，走廊内斑驳陆离，暗香浮动，不免让人诗意绵绵。

要么就随便找棵树，坐在树荫下。听身边传来盈盈笑语，让海风带走缕缕暗香。闭上眼睛，阳光和月亮，诗情和画意，全在心头酝酿，恍恍惚惚间，你就变成了苏轼似的"闲人"；或者，你就想在"杏花疏影里"，"吹笛到天明"了。这时，想必你会期望时间就停留在这一刻，直到地老天荒。

尾声

"造化钟神秀"是杜甫对泰山汇聚了大自然的神奇秀丽的赞美。

其实，盐田何尝又不是得到了大自然得天独厚的爱呢？大自然把它最珍爱的两样东西都给了盐田，它把巍峨山峰给了盐田，让盐田有了山的宁静和厚实；它又把蔚蓝大海也给了盐田，让盐田有了海的生动和胸襟。而历史呢，又在山和海之间，置放了一个中英街，这就让盐田又有了岁月的沧桑和感慨。

于是盐田啊，就成了多少人悠然神往的梦想！

马王堆的盛宴

宁家瑞

2100 年前，一场浩大的盛宴，在长沙马王堆烨然摆开。

宴会的主人是辛追，西汉初期长沙国丞相、第一代轪侯利仓的夫人。遥想当年，贵夫人辛追倾国倾城，雍容华丽，享尽人间奢华。沉睡 2100 年后，再呈现在世人面前时，居然还是全身润泽，大部分软组织丰富有弹性，关节还能弯动……整个容貌，哪像深埋地下两千多年？分明更像才小睡了会儿似的。

辛美女有无数漂亮的衣服，宴会之前，她要精心挑选礼服。她给我们留下了 46 幅完整的丝织物，58 件完好的成件衣物，包括衣、袍、裙、衫、袜、手套、几巾、夹袄、香囊等，应有尽有，每一件都是稀世绝品。

辛追最钟爱的是两件素纱禅衣。素纱是指没有染色的纱，禅衣是指没有衬里的衣服。这衣服最大的特点是轻，只有 48 克重，"薄如蝉翼，轻若烟雾"就是用来形容它们的。当时，辛追把这素雅的禅衣轻披在色泽艳丽的锦袍上，若隐若现，朦朦胧胧，不知醉倒了多少英雄人物。

衣服选好后，主人还要精心化妆，辛追所用的梳妆盒精美无比，名叫双层九子妆奁。该妆奁为漆器，色彩绚丽，纹饰华美。器身分上下两层，上层放手套、絮巾、组带、镜衣等物。下层设计巧夺天工，有九个小奁，分别盛有假发、梳、篦、茀、丝绵粉扑、油彩、白粉、胭脂等化妆品。然后，主人盛妆出场，仅前额和两鬓的饰物就有 29 件之多，真是风华绝代啊！

宴会盛大地开始了。主人用的器具是当时贵族们最爱的漆器。云纹漆鼎端上来了，2100 多年过去了，仍然可辨鼎里的莲藕片；凤纹漆盒端上来了，2100 多年过去了，仍然可见盒里的糯米糍粑；云纹漆钫端上来了，2100 多年过去了，仍然可见钫里的酒的沉渣……云纹漆钟、锥画纹漆卮、漆勺、漆耳杯、云纹漆平盘等都摆上来了。于是佳肴美酒、觥筹交错、起坐喧哗、好不热闹。辛追专用一套叫作云纹漆案的餐具，有五件盛有食物的小漆盘、一件漆耳杯、两件漆卮、一套竹串、一双竹筷。

盛宴不可无歌舞器乐助兴。一个专业的私人乐队出场了，有歌手舞者 8 人，乐手 5 人，瑟、竽若干。歌手舞者和乐手神态逼真，或引吭高歌，或尽情舞蹈，或吹竽鼓瑟，金声玉振，轻歌曼舞，一派钟鸣鼎食、歌舞升平的景象。那唱的也许是"大风起兮云飞扬，为加海内兮归故乡"；那舞的也许有"能于掌上舞"的赵飞燕的意蕴；那吹的鼓的也许是"窈窕淑女，君子好逑"。主人慵懒地靠在丝椅上，手持"葡萄美酒夜光杯"，轻吟浅酌，好一个曼妙人生。

主人是风雅中人。宴会后，谈谈《周易》《老子》，欣赏美文佳画，实在是人生惬意之事。她钟爱的 T 行帛画是件稀世之作，画面内容分天上、人间和地下三部分，创作者很好地把它们融为一体。整幅画面线条流畅，寓意十分深刻，具有很高的艺术价值。

嘉宾离去，佳人留下，留下回眸一笑，留下万千风情。这场 2100 年前的盛宴让 2100 年后的我们荡气回肠，莫名惊羡；让我们懂得了什么叫精美，什么叫气派，什么叫丰富；让我们明白我们现在在做的这一点事，古人早就在盛大地做，而且比我们做得还好。如果我们还没有自知之明，定会招来辛追美人哂然一笑。

这场盛宴让马王堆名动天下，也告诉天下人什么叫中华文明。

湾畔生活

宁家瑞

沙头角的幸福生活有多种来源，其中之一是这片海湾。

海湾名叫大鹏湾。

海湾说来名头很大，因为它是太平洋的一部分，就是郑和舰队壮观起航，北洋舰队惨烈覆灭，航母辽宁舰乘风破浪的那个大洋。这个大洋波起浪涌，风云际会，含蕴着中华民族的兴衰荣辱——但这片海湾却只是一碧娴静的海水。

是的，娴静是这个海湾的常态。站在我家的阳台上望去，与其说海湾是海的一部分，不如说更像是一个被青山环绕的水库。水是平静的，山是静穆的，动的有飞翔的鸟，天上的云。

把眼界放远点。这个海湾的三面都是山，北面和西面是梧桐山，南面是香港新界的群山，只有东面是水域。这样的一个地理位置天然造就了小镇的娴静。

是的，娴静是这个小镇生活的常态。这里没有摩肩接踵，没有拥堵塞车，这里的空气多了些山海的清新，这里的颜容多了些郊野的轻松。因而，生活在这里的人，脸上就自然多了几分幸福。

幸福的感觉，随着海滨栈道的建起而变得浓郁了。海边，原先是没有栈道的。记得20世纪末刚来沙头角时，有次想去海湾边看看，结果被边防战士止住了。那时，海湾边是边防禁地。那时，填海工程正在进行，海边，乱石和土块嶙峋。

于今，走在由长条形的木块铺成的栈道上，舒适惬意扑面而来。海湾的风，多是温柔怡人的；海湾的阳光，早晚的时候多是和煦温暖的。那一湾海水，如绸缎般光亮，又有着厚实的质感。水中游鱼清晰可见，水面有飞鸟点水然后飞上蓝天。对岸的青山、中英街的宝塔、巍峨的明斯克航母、盐田港的灯火船舶……都可入诗入画。沿栈道走来，很多人在拍照。是啊，真该满足了，人家拍照留影的地方，却是我们家居休闲的场所。

啊，说到休闲，栈道真是一个好地方。栈道不生产唐诗，在唐诗大行其道时，这里远在李杜们的诗外。栈道也不制造宋词，苏轼倒是到过离这里100里以外的地方，但他只是与朝云泛舟惠州西湖，他睿智的目光没有投向这个当时与世隔绝的小渔村。而今，这个与唐诗宋词无缘的地方成为人们休闲的佳处。有携手散步的，有骑车穿行的，有情侣私语的，有好友谈心的，有凭栏垂钓的，有静坐望远的，有跳广场舞的，有打羽毛球的，有踢毽子的，有踩滑板的，有推婴儿车的，有遛宠物狗的……这就是栈道的选择：既然与风雅无关，那就融入人间烟火。

随着年岁渐长，自己的运动场地逐渐由运动场移到海滨栈道，这倒如了妻子的意了。于是两人常常在栈道上走走，一边说些闲散的话。像什么谁家的小孩学习不错啦，想养条狗呢又怕麻烦啦，明天吃茄子还是芥蓝啦……有时，就在海边的凳子上坐坐，看着停泊在海面上等着进盐田港的大货轮，小声议论着这船昨天就在那，今天怎么还没走呢。有时，走在嘎吱作响的栈道上，默默想起母亲也曾经走过，于是，心里马上就升起一份温馨的感觉。母亲说，她喜欢沙头角，到这个栈道走一走很舒服。

有时，走在栈道上，在享受这份诗画意趣、云水情怀时，想起一些物是人非，今非昔比，难免生出些感怀。

栈道中部海面上的明斯克航母，寂然默立，现在，怎么看都是一副萧条颓唐的模样。十年前它刚开业时的车水马龙红火境况早已是明日黄花，难觅影踪，那时，驾车过来的游客难以找到一个停车位。那时，我真以为它会一直红火下去。哪知，经营情况一年不如一年，它生存的空间由偌大奢华被压缩为逼仄惨淡，于今，靠三三两两的游客勉强维持它的运营。唉，世事真是难料沧桑，这艘航母让人唏嘘。说实话，对航母的沦落，我觉得在情理之中，因为，我登上去过，确实也没太多好看的东西。

海湾对面层现错出的山峦每每是吸引这边眼光的地方，和这边盎然的生活气息相比，那边似乎是一个没有人出现的寂寥的世界。偶然，在满眼青翠之外，山上现出几小块白色东西，人说那是坟墓。看到坟墓，常常勾起我的伤感，这些年，亲人、亲戚、朋友中有好几个，先后凋零，曾经的笑容，曾经的话语，于今都阴阳相隔。尤其是那个朋友，在得知绝症的消息后，他英勇地和病魔搏斗了一年半的时间，现在，他的骨灰葬在武夷山下的一个地方。武夷山，是朋友生前唯一去游玩过的地方，他对我说他喜欢，以后要在那里建个房子养老，哪知，房子没有，那里倒成了他的墓茔。朋友生前十分勤奋，他用十年的时间，由一个中学教师变为一个通信领域的专家。这十年时间，朋友说他做了人家二十年的事情。结果，在他的事业正向前推进却还没有成功的情况下，他的人生戛然而止。真是让人痛惜不已，由此每每想些人生意义之类的问题。在生病期间，朋友曾想来这个海湾边修养一段时间，他认为海湾边环境好。

毋庸置疑，海湾的天空肯定比朋友生活的那片经常被雾霾笼罩的天空要好，但是近几年，海湾边可见湛蓝天空、悠悠白云的天数越来越少，灰蒙蒙的天气逐渐增多，甚至雾霾也时不时光临。想起前不久看到布达拉宫的上空也出现了雾霾的报道。感慨之情油然而生：当洁净的高原和自身净化能力强的海边都有雾霾时，这片国土的环境问题真的已到了该直面解决的时候了。

唉，且收起这些感慨与无奈，人生本就是有喜有忧，有圆有缺！谁说繁华会一直存在？谁说亲朋好友会一直相伴？谁说我们的头顶就一直该是蓝天白云？在历史的长河中，每个人都不过是其中的一朵浪花，我们只要感恩于所以成为一朵浪花，然后促使下一朵浪花的形成，同时，尽情享受自己或精彩或平淡的绽放，就是负了责任、可以无悔的人生。

所以，且让我们回到这海湾这栈道；且让我们轻抚清风，细沐阳光，遥送飞鸟；且让我们更加珍惜湾畔的这份幸福。毕竟，生活在海湾边的人是造化的宠儿。也且让我们把种种感怀细细品味，同时展望明天会更好。

隐是无奈的逃

宁家瑞

一

近读《世说新语》，有个叫董养的人十分有趣。《世说新语·毁誉》："董仲道卓荦有致度。"这是谢鲲对董养的评价，意思是说董养卓越出众，很有风度。有趣的不是这则评语——品评他人是当时名士的时尚，而是它后面的注释："董养，字仲道，西晋时人，见贾后专权，天下大乱将至，便自荷担，妻推鹿车，入于蜀山，不知所终。"

此后，当世之人真的再也没见过此公的踪影。他像烟雾一样消散在莽苍天宇，像小草一样湮没于深山野谷。他留给我们的只是一个荷担的背影。

《世说新语》很吝啬，给了董养8个字，而对另一个人则干脆一个字都不给，这个人是陶渊明。我一直很困惑这一点，《世说新语·文学》洋洋洒洒104则，里面既提到陆机、潘岳等，甚至也提到郑玄家里的姓名不详的婢女，但就是不提已写出"采菊东篱下，悠然见南山"等众多灿烂诗篇的陶渊明。

当然，话说回来，这也许不能苛责与陶渊明差不多同时代的刘义庆，在陶渊明去世约100年后，刘勰在《文心雕龙》里还是一字都没提他。显而易见，他们都不认同陶渊明的文学成就。那么，陶渊明在当时人们眼里到底是什么呢？陶渊明去世后，他的好朋友颜延之写了《陶征士诔》，何为"诔"？叙述死者生前事迹的哀悼性文字；何为"征士"？就是不愿做官的人，就是隐士，这表明在颜延之看来，陶渊明是隐士。与刘勰同时代的钟嵘在《诗品》也称陶渊明为"征士"，并且认为他是"古今隐逸诗人之宗也"，仅将他的诗列为中品。与他俩同时代的沈约著《宋书》，将陶渊明列入"隐逸"栏目。一直到陶渊明去世二百多年后，房玄龄等编的二十四史之一的《晋书》，还是没有将陶渊明归于"文苑"和"儒林"等栏目，而是把他和董养等放入"隐逸"栏目。可见，在相当长的时间内，陶渊明不是伟大的文学家，他和董养一样，只是一个隐士而已。

后来，我们都知道了，董养隐入蜀山，陶潜隐入田园。

二

探究两人归隐的原因，我们会发现三个关键词：避乱、仕途和自在。

先说避乱。在西晋王朝短暂的五十年中，可说是"命途多舛"：贾后专权、八王之乱、五胡乱华……使董养完全生活在没有安全感的世道中。最后，两只鹅的出现促使他下定了最后的决心。当时，洛阳城东北方一个叫步广里的地方发生地陷，那陷落的地洞里出现两只鹅，黑色的那只飞走了，白色的那只没有飞走。董养认为黑色的鹅象征的是胡人，白色的鹅象征的是西晋，于是他从中读出了西晋将大乱的玄机，就毅然决定离开京城这个乱之中心。不知是董养的先知还是历史的巧合，后来还真是胡人入侵颠覆了西晋王朝。反正，董养就因此逃到蜀山去了。到了陶渊明生活的时代，变乱还是在继续：王敦之乱、苏峻之乱、孙恩之乱、刘裕崛起，一个接一个；王、庾、谢、桓四大家族争权夺利，互相倾轧，内耗严重；祖逖北伐、殷浩北伐、桓温北伐、淝水之战，东晋一直处于战乱之中。生活在这样环境下的陶渊明，常见的是刀剑斧钺、鲜血伤残、流离失所，他是多么渴望田野阡陌、柴门归犊、宁静祥和。于是他虚构了一个中国人的乌托邦——桃花源。在那里，鸡鸣和着犬吠，炊烟映衬溪水，飞鸟掠过菊花，垂髫牵手黄发。而这些，在现实生活中是没有的。于是，陶渊明逃到田园去了。

再说仕途。董养应该不是因为仕途的原因而隐，因为他根本就没有功名。至于他有没有刻意求仕，则有两个截然不同的版本。房玄龄《晋书》记载，董养"泰始初，到洛下，不干禄求荣"。而晋人王隐《晋书》却说董养"太始初，到洛下干禄求荣"。董养到洛阳有没有"干禄求荣"，史书在打架，我们姑且不管。但有一点可以确定的是，董养在洛阳生活了40年左右，因为"泰始"（"太始"）是西晋王朝的第一个年号（265年—274年），他最后决定离开洛阳是在

"永嘉"年间（307年—313年）。这就很有意思了，董养在京城生活的40年到底都干什么了呢？从他在离开前写的《无化论》看来，他热衷的想必是当时大热的玄学和清谈。这一点，从他在京城交往的人士上可以看出来，谢鲲、阮孚等都是他的朋友，此二人可是当时的清谈名家，谢鲲更是东山谢家崛起的关键人物。可以确定的是，在繁华都市生活了大半辈子到决定隐入蜀山时，董养没有任何功名，至于他是刻意不为还是为而不得，就不得而知了。几十年后的陶渊明感叹自己"误落尘网中"，那是因为毕竟他在"尘网"中羁留了13年。事实上，对于仕途，陶渊明年轻时其实是有追求的，因为他一直以他的曾担任过大司马的曾祖父陶侃为荣。陶渊明20岁时开始了求仕生涯，但一直到近10年后，29岁时他才谋得了个州祭酒的官职，再后陆续入过桓玄幕，做过刘裕和刘敬宣的参军，最后做彭泽县令，因不愿穿正装迎接郡里的督邮，赋《归去来兮辞》，辞官，回到田园。13年的仕途生涯，陶渊明做得并不舒心，也没有什么成就。最后，他离开了仕途，选择了田园、酒和诗文。

最后说自在。董养应该也不是因为生活不自在的原因而隐，他在洛阳的40年应该是过得比较自在的，他在那里追逐时尚的玄学和清谈，与谢鲲、阮孚等名士交往，然后把自己也变成一个名士，从而被刘义庆关注并且编入《世说新语》。而对陶渊明而言，却是一直活得不自在的。一方面他被世俗裹挟，要大展宏图，建功立业，于是他主动寻求踏入仕途；另一方面是内心的呼唤，离开官场，回到田园吧，田园有闲适生活，惬意心情。他的心情，十分矛盾，一方面出仕，另一方面做着田园的梦，"目倦川途异，心念山泽居"，就是这种矛盾心情的折射。这个问题，困扰了他二三十年，一直到他41岁后毅然从官场脱身时才彻底解决，从此，他才真正飞回了"旧林"，游回了"故渊"，完全自由自在了。

因此，我们看到了，董养的隐，主要是为逃避变乱；陶渊明的隐，既是为逃避变乱，更是为逃离仕途，以求得精神上的自在。

三

不仅董养和陶渊明的隐是在逃避什么，我们把目光往他们的身前和身后扫扫，就会发现隐的本质十有八九都是逃。

我们的祖先真是充满智慧，他们奇妙地造出了"隐"这个字。让我们来看看"隐"的意义：《说文解字》上说"隐"是"蔽也"，《尔雅》上说"隐"是"微也"。再看"隐"字的构造：左边"阝"旁，同"阜"，本义是土山，原始山坡的象形；右边是"急"字。合起来的释义："隐"就是急急忙忙奔向土山，使自己藏起来。

原来，隐就是逃啊！

顺着董养、陶渊明的隐所揭示出的三个关键词，进一步探讨历朝历代隐士逃的原因，我们就会发现，隐士之逃，几乎都和上述的三个关键词有关。三个关键词构成两种纷争——仕途与避乱的纷争，仕途与自在的纷争，它们在内心剧烈地博弈，隐是对这两种纷争的一种选择，不隐是另一种选择。当仕途的引力弱过逃避变乱或求取心灵自在的拉力，于是就隐；反之，就不隐。

选择仕途还是选择避乱？这是纷争一。

多数人会选择仕途。

这是绝对主流的选择，他们选择在变乱中打拼，竭尽全力，以谋求一官半职，哪怕因此伤痕累累，甚至丢掉性命也在所不惜。于是，才有历朝历代那么多的王侯将相，大官小吏。这其中也包括那些先隐再仕的人。比如孔明，先是躬耕垄亩于南阳，后来走出茅庐，纵横捭阖，经营蜀国。又比如谢安，先是清谈悠游于东山，后来出仕朝廷，击败苻坚，中兴东晋。对他们来说，仕途的引力太大了，其他因素还不足以使他们离开。

但也有少数人会选择避乱。

先说魏晋时代。管宁避乱到辽东，在那里一隐就是三十多年，将经书的讲台摆在偏远北方的荒蛮之地。张翰因"天下纷纷未已"，于是辞官，高歌"秋风起兮木叶飞，吴江水兮鲈正肥"，跑回吴中去吃"鲈鱼莼羹"去了……这些人都和董养一样，在动乱年代，他们选择了安生。

把眼光放远，看夏商时代。尧治天下，立伯成为诸侯，官职可谓不大。当尧授舜、舜授禹时，伯成认为"德自此衰，刑自此立，后世之乱自此始"，于是就隐居耕种。对道德将要衰落的担忧，促使伯成放下仕途，逃了。伯夷叔齐的隐其实是逃于秩序之乱。父立次子叔齐，弟弟叔齐认为是乱了国君要先立兄长的顺序，于是叔齐要逃；叔齐要让位给哥哥伯夷，伯夷认为是乱了国君嗣位要父亲确立的规矩，于是伯夷也要逃。最后是兄弟两个一起逃。他们的逃，比董养之类的逃要高尚，他们不是为个人，而是因为他们一直坚守的道德准则受到失序的变乱。

然后是春秋战国时代。老子看到周室内乱，内心纷扰，感慨"夫兵者，不祥之器也，非君子之器"，于是辞去官职，倒骑青牛，西出函谷关，隐入荒漠。范蠡亲历吴越纷争，在功成名就之际，深谙"飞鸟尽，良弓藏；狡兔死，走狗烹"，他感到仕途的阵阵寒意，感到生存状况的险恶，于是急流勇退，泛舟五湖，弃仕从商。

这些人，对变乱有强烈的规避意识，当变乱发生或者仅仅只是预感到将要发生变乱，于是就从仕途起身离开，逃到他们认为能够安生的所在，把自己隐居起来，隐藏起来，甚至使自己完全湮没无闻。对他们来说，避乱的需要大过仕途的引力。

选择仕途还是选择自在？这是纷争二。

多数人还是会选择仕途。

他们会压抑内心的呐喊，使它屈服于仕途的引力之下，他们心中也憧憬山野湖泽，林木篱笆，但一面对官袍官服，轩冕荣华，那份自在的念头就被蒸发，于是，就奋力在宦海中浮游，在仕山上攀爬。这其中既包括了正当奔仕途的莘莘众生，也包括刻意钻营仕途的人，后者比如"隐于山中，却有意当世"的卢藏用，他把终南山当作仕途捷径。对所有这些人来说，仕途的引力盖过了心灵的呼声，为了仕途，他们会委屈自己，会"为五斗米折腰"，宁愿让自己的心灵窒息甚至干涸也在所不惜。

只有少数人会选择自在。

先说魏晋时代。嵇康无意仕途，因而采药山泽，打铁树下，诗酒竹林。刘骥之潇洒地拒绝征聘，惬意地隐居于阳歧，把自己变成一个乡邻乐于相处的人。他们和陶渊明一样，最终都听从了心灵的呼唤。

然后看上古时代。许由先辞让天下，农耕于箕山；后又辞却九州长，洗耳颖水边。巢父同样辞让天下，放牧于聊城；后见许由洗耳，干脆饮犊于上流。他们是隐士的鼻祖。在许由巢父看来，就算贵如拥有天下也不如做箕山的农夫、聊城的牧人自由自在。

再看战国时代。庄子辞掉漆园吏，后又推却楚王做宰相的征召，一心隐居于抱犊山中，以编草鞋为生，非毁礼法，傲视王侯。他让自己逍遥游于天地间，驰骋于无阻碍的精神世界中。在庄子看来，这比仕途有意义得多。

最后看两汉时代。严光作为光武帝刘秀的同窗，屡拒征召，宁愿垂钓于富春江，引得范仲淹长赞其"云山苍苍，江水泱泱。先生之风，山高水长。"韩康"公车连征不至"，上山采药卖三十多年，乐在其中。他们追求的都是一种悠游潇洒的生活。

这些人和陶渊明一样，不愿生活在心灵受到压抑的苟且当中，为了精神上的恣睢不羁，他们高唱《归去来兮》，毅然选择远离仕途。在他们的心中，青山绿水、炊烟牧童、菊花酒盏的吸引力要大过仕途。

四

还是回到董养和陶渊明。

也许有人这样浪漫地想董养的归隐：黄河岸边，关中大地，荒烟蔓草，西风古道，老翁挑着担子，老妇推着鹿车。何谓鹿车？即狭小仅容一鹿的辘轳小车。担子里也许放着《道德经》和种树书，鹿车里也许装着粟稷菽和锅碗瓢。老翁一边走一边吟唱：天下将乱兮，何不归去兮。于是，过长安，经剑阁，抵蜀地，"不知所终"了。然后，董养就成了一个谜。蜀地有名的山与无名的山无数，他到的是其中的哪一座？他是在晚霞满天的时候到的吗？他是在落叶飘飞的季节到的吗？在星夜，他会枕着月色入眠吗？在晨曦，他是在微风虫鸣中醒来的吗？等等这一切，历史都吝啬得再没有留下一个字的记录。他似乎就这么潇洒地转身，华丽地遁世了。

可是，且慢。董养看似潇洒华丽的背后另有隐情，从上文的叙述看，董养的"入于蜀山"不是牧歌式的迁移，而是在逃。为了避乱，他逃离了洛阳。从他肩能挑担而且还必须自己挑担看来，这几十年他在洛阳的生活境况和政治地位难说风光。他的逃离，与一般老百姓逃离战火骚乱，没有什么两样，只是，他逃得更彻底一些，因为他直接逃到当时最荒僻的地方去了。如果说当时的黄河流域已被文明的火光灿烂地照亮，那么蜀地还只是隐在一星孱弱的烛光当中。对董养来说，也许，到了蜀山，他才会心安一点——动乱总不会乱到这穷山僻壤吧。

如此一来，他的入蜀山就是另一番景象了。"蜀道难，难于上青天"，以他六十岁左右的高龄，他能挑得动担子上蜀山吗？到了蜀山，他能扎得起茅草房吗？他会开荒耕地吗？冬来他会少衣吗？春来他会缺粮吗？豺狼山豕会袭击他吗？飞虫蚊蝇会叮咬他吗？……这样想着，浪漫就慢慢退位了，心酸就渐渐地涌现出来了。唉，这个可怜的老头！

同样，陶渊明隐入田园，也不是牧歌式的。

是的，单看他的《归去来兮辞》，确实洋溢着一种胜利大逃亡式的喜悦。

"归去来兮，田园将芜胡不归？"表达出要赶快回去的迫切心态；"舟遥遥以轻飏，风飘飘而吹衣。"写出了他归途上心情的轻快；"策扶老而流憩，时翘首而遐观。云无心而出岫，鸟倦飞而知还。"写出了他田园生活的悠闲自在；"悦亲戚之情话，乐琴书以消忧。农人告余以春暮，将有事乎西畴。"写出了对他农家生活的喜悦和温馨。多么美好啊！多么有情趣啊！

还是且慢。我们来探究他喜悦的原因，他的喜悦是因为解决了一个一直困惑他的矛盾：从少年时期，陶渊明就既"爱丘山"，又"有猛志"。所受的儒家的教育，加上他的家族的荣誉感和使命感，激励他要"有猛志"；可是，他的天性，还有道家思想的浸染又要他去"爱丘山"。"丘山"和"猛志"一直在他内心里较劲。其实，陶渊明是把他人生最精华的青年和中年时段给了"猛志"的，那时，他是要使劲压住内心对"丘山"的呐喊的，只是，到头来，"猛志"没能如愿实现，于是，一直压抑的"丘山"就抬头了，加上已到人生的中晚年，因此，选择"丘山"就是顺理成章的了。这样，也就不难从他的喜悦里读出苦涩和无奈了。

陶渊明归田园后的生活，一直受贫病的缠绕。他在《五柳先生传》写道："性嗜酒，而家贫不能恒得。""环堵萧然，不蔽风日，短褐穿结，箪瓢屡空，晏如也。"衣服粗陋破烂，房子不能遮风挡雨，米桶里少米，酒缸里少酒，这样困窘的生活怎不让人唏嘘？再从他晚年时写的《桃花源记》更看出他一生苦苦寻觅的理想社会并没有实现。到处是纷争战乱，到处是颠沛流离，和谐幸福的生活在哪里？世外桃源又在何方？

所以，苦涩和无奈，伴随了陶渊明的一生。

不只董养和陶渊明是这样，几乎所有的隐士，心里都有一声无奈的叹息。

上面分析到隐是由于两种纷争而逃。而两种纷争的枢纽无疑是仕途。仕途是三者中分量最重的，因为在仕途上有发展基本上是所有士人最初和最大的梦想。隐士，隐和士连在一起，士是什么呢？士多指有才华的读书人，这是当时可能做官的一群人。为什么要成为士？很多时候就是为了做官，这是多数时候多数士的自然选择。但对少数时候的少数士来说，在一定的条件下，内心有困惑有纷争，做的选择可能就不一样。这就决定了隐的三个关键词中，最核心的那个是"仕途"，其他的两个关键词有时和它发生冲突，这才会有隐还是不隐的问题存在。

中国人浓郁的仕途情结，注定了隐是一种不得已的选择。中华民族对仕途的崇尚可能在世界民族之林中是绝无仅有的，"学而优则仕"的观念深入人心，并成为一种强大的磁场，吸引着无数的士人；也成为一种巨大的惯性，裹挟着士人们前进的方向和目标。200年前英国公使马戛尔尼说："中国人没有宗教，如果说有的话，那就是做官。"这话听来刺耳，但却是一语中的。因此，如果能仕，那是一定要仕的，哪怕仕途磕磕碰碰，逃离得也不多。而在仕途坦荡时，那就几乎没有要隐的。这时，一般是不会出现上述两种纷争的，就是要好好做官而已；而且，一旦出现了纷争，也很好选择，就是选择做官而已。所以，仕途亨通时，隐基本上就是一个伪命题。古往今来，视仕途为草芥的，除了许由、巢父还有谁？又有谁见过哪个叱咤风云的王侯将相要去隐的？比如孔明，在他执掌蜀国大政时，他还会回去躬耕垄亩吗？不会，尽管南阳依旧。比如谢安，在他谈笑间击败苻坚时，他还会回去归隐家园吗？不会，尽管东山还在。隐多发生在仕途不畅时，在那时，不顺畅的仕途与避乱的念头或与追求自在的想法发生冲突，于是，才会有隐的选择。

因此，追求仕的人远比追求不仕的人多，注定了隐被边缘化。隐如冬花，不是因为它的艳丽而是因为它的少，所以才引人注目；不隐如夏花，灿烂夺目，漫山遍野，而蔚然成大势，人们倒是熟视无睹了。多少人为了不被边缘化，即使想隐也迈不出那隐的一步。关注隐、赞美隐的人，多是抱着看热闹或是希望被看成是清高的人的心态，一旦要自己选择，那多是不干的。因为，选择隐的人，往往就成为边缘化的弱势群体。

所以，主要是因为仕途不顺畅，才决定了逃的无奈。当然，这里强调仕途的核心地位并不意味我们要否定避乱和自在两个关键词，它们只是导致无奈的程度不同。如果是为避乱或求自在而隐，可能还笑得出来；如果是因为仕途的原因而隐，那种无奈就可痛彻心扉了。

所以，那些逃到土山荒谷田野隐居起来的人，心里多是有不得已的原因，因为他们不得不逃。他们背倚柴门，也许有微笑；他们倒骑青牛，也许有淡定；他们手握船桨，也许有惬意；他们端持酒杯，也许有开心……但在月夜，在空寂一人时，他们心中难免会波澜起伏。因为，如果他们以前生活的那个社会是安全的，是和谐的，是理想的；如果他们的内心是快乐的，是幸福的，是自在的；最根本的，如果他们自己的仕途是顺利的——那么，他们何必要隐？何必要逃？谁不希望经纶寰宇，指点江山，成就功业，艳羡众人啊！

所以，如董养般的荷担推鹿车入蜀山一样，如陶渊明般的辞官归园田一样，自古以来的隐，多是被迫无奈地逃。

五

隐了以后，大致有两种情况。

一种是隐而没。董养是这样的。许由、巢父、伯夷、叔齐、严光、韩康、孙登、张翰……都是这样的。他们的成就都是在隐之前的，隐以后要么留下一些逸事，要么就什么都没有留下，完全湮没无闻了。

另一种是隐而不没。陶渊明是这样的。庄子、鬼谷子、范蠡、嵇康、孟浩然、唐寅、林逋……都是这样的。他们在隐后，多在思想文学艺术等方面有成就：陶渊明的诗文、庄子的思想和散文、鬼谷子的纵横术、范蠡的经商术、嵇康的影响、孟浩然的诗歌、唐寅的绘画、林逋的诗歌……都在历史上熠熠生辉。

但是，随着他们隐入山林湖泽，建立功业，兼济天下，造福苍生，有益社会等，就都跟他们没有太大关系了，而这些本是他们的人生目标的，是他们用自己一生或长或短的时间孜孜以求过的，是他们的父母和亲朋寄予过殷切期望的。现在，随着他们的归隐，一切都如朝露，消失在耀眼的阳光之下；一切都如晚霞，淹没在无边的黑暗当中。他们在夜深人静时叩问心灵，会不会有所不甘？会不会仰天长叹？古人讲究立德、立功、立言，对隐士而言，能立言，也可能立德，但是立功，就只能在梦回豪气生的时候想想罢了。

从文化层面看，隐逸文化从来就不是中国传统文化的主流，中国主流的传统文化是入世。它主张要孝敬父母、抚爱子女、礼爱他人、服务国家；它主张要学习、要思考、要有谋略、要有智慧；它主张要有责任，要有担当，要有勇气、要有正气……坦率地说，这正是中华五千年文明延续不断的原因。孔子是不隐的，岳飞是不隐的，文天祥是不隐的，鲁迅是不隐的……正是历史长河里的这些人，让中华民族有了脊梁、有了底气、有了血气、有了尊严。所以，历来学者的主流观点，对隐，是持否定态度的，认为隐是逃避现实，逃避责任，甚至是自私的。

想想也是，那些隐的人，他们拥有着出众的先天条件，他们享用了优质的社会资源，他们本来应该是社会的精英阶层的，他们本来应该成为推动社会进步的中坚力量的，可是，到头来，他们逃离这一切，把自己隐起来，藏起来。这种做法，自然不应该被提倡，因为他们上难尽孝顺之道，下难尽抚养之责；对人民难免有愧，对国家难免无功。

所以，不管是隐之前还是隐之后，都是无奈，如烟雾般弥漫开来的无奈，如影随形挥之不去的无奈！

自古以来，隐的人不少。董养不是第一个，陶渊明也不是最后一个。形形色色的隐的原因可能不同，但隐的含义是大致相同的——无奈地逃。

无奈地逃，往往才是隐的真实含义。

山里的世界

宁家瑞

学校搬迁到梧桐山半山腰后，我就时不时走山路回家。这山路是深圳市2400千米绿道的一部分，我走的这一段6千米长。

一踏上山路，我就走进了山里的世界，也就开始了美妙的喜悦之旅。山里的世界，宁静而充盈。很快，我的心也沉静下来，轻盈起来。

走在山路上，拖车碰撞地面的轰然声和学校的热闹声变得越来越遥远，慢慢地，自己就被静谧包裹住了。于是，鸟的叫声就漫山遍野地展开了。首先，悠长不间断的"日日——"的鸟叫声是背景音乐，其他各类鸟在这个背景下卖弄各不相同的声音："咕咕"是斑鸠的叫声，"喳喳"是喜鹊的叫声……我曾试图想听懂鸟的语言，但显而易见，鸟和人类不是一个语系，因此，也就很难用人类的词汇来描摹鸟的叫声。只是大概听出鸟喜欢用一两个音节的词，很少用多音节的词，更少用句子，当然，这是一般的情况，偶然也有例外。在8月的一天里，我似乎听到一段鸟的对话：先是有鸟拖长声调喊"你在哪耶"，然后有鸟回应"我在这耶"，先前喊的鸟说"哟哟"，这时有小鸟插进来叫着"叽叽"。我想这大概是一个幸福的鸟的家庭在捉迷藏吧。我在旁边静静地听了会，没有打扰它们，继续前行。

经过一片野蕉林，幽静，是这里的特征。野蕉林在一个小山谷里，三面是高高低低的小山头，山头上满是重重叠叠的树林或灌木，这就为野蕉林营造了一个温暖的像摇篮一样的环境，也似为野蕉林搭建了一个露天的舞台。舞女是这一株株高大优雅的野蕉了，野蕉一般有三四米高，肥硕的翡翠般的叶子有一两米长，那么，这自然像是盛唐时丰腴的绿色舞女了。风甚少到这山谷中来，于是，我也就很少见到舞女们轻扬绿臂，更少见她们摆动腰肢，但这不妨碍，就算她们只是柔柔地立着，也已是风情万种。8月，小芭蕉刚长出来时，并拢着成一排，像人的手掌，小芭蕉的尖端有黄色的花，花吸引了许多不知名的虫子。老的芭蕉叶已开始枯萎，硕大的叶片从多处断开，像残破的军旗，叶的颜色从青色变为青黄再变为黄褐色。但是，尽管残破，我却看不出伤感，只看出安详，只看出安然完成生命交接的仪式感。野蕉脚下是一条蜿蜒的小溪，溪水不紧不慢地流着，有黄叶飘落水中，开始时，叶子随着溪水流淌，但它慢慢地就沉入水底，时间久了，黄叶慢慢地就变成黑色的了，宛如一条条在水底休憩的鱼。听着这不变的水流声，很容易使人静下来慢下来，很容易使人想就这样到天荒地老，人世间的事人世间的名都不如这蕉林下的水声，且听蕉语，且听水吟！所以啊，每次穿过这野蕉林，我都有一种庄重肃穆感，总觉得这里最适合盖座寺庙，适合有黛瓦青墙古朴的木门，适合有青色的僧衣泛黄的油灯，当然，还适合有枭枭的暮鼓和清扬的晚钟声。

拱卫着这片野蕉林的是成片成片的高大的黧蒴锥，这种树又叫黎蒴栲、大叶栎、大叶锥。我强烈地注意到它们的时候是在4月，梧桐山上盛开的大片大片的黄色的穗状花，就是黧蒴锥的花了，它们开得那样热烈豪迈，那样肆意恣睢，所以，梧桐山的4月，是属于黧蒴锥的了。及至过了4月，花儿谢调，这大片大片的黧蒴锥们又淹没在梧桐山的万顷绿当中难以识别得出了。黧蒴锥们真是具备了常人难以企及的生存境界了：既能活得轰轰烈烈，又能过得平平淡淡！9月，在金色的阳光下，我注视着一株株黧蒴锥的树干，它们大多披着一层黄褐色或绿色的苔藓似的东西，间以巴掌大的白斑，一副饱经沧桑而又恬然自得的样子。薜荔贴着树干而上，更有青藤一直沿着树干直上树冠，然后倒垂下来，树和藤缠绕在一起，和美得很。黧蒴锥形体高大，好多在20米以上，枝干粗壮，两个成年人的手臂都难以合围。山路两旁，有些黧蒴锥老了、裂了、枯了、死了，它们静静地躺着，慢慢地变黑，白色的蘑菇从其躯体上悠然长出来。而我，一边向它们行注目礼，一边感受着自然界生老病死的不变的规律。

除了黧蒴锥，山路两边还有很多其他植物。走山路多了，慢慢地就能叫出一些植物的名字了，这样，这些静默的植物就变得像我的老朋友了。和黧蒴锥一样长得肆无忌惮的还有葎草，一种藤本植物，它们攀爬在山坡上、树干上、篱笆上，长得争先恐后，充满生机，让人看着就欢喜，在9月，葎草开出紫色的花。另外，盐肤木是清秀的，白背叶是娇柔的，红背桂是艳丽的，野枇杷是俊朗的，印度胶榕是雄浑的，黄叶榕是挺拔的，台湾相思是迷离的，蟛蜞菊是小巧的，羊蹄甲是俊美的，凤凰木是飘逸的，山合欢是清雅的……它们一个个都自在地长着，享受着属于自己的阳光雨露，展现着属于自己季节的风采光华，不争不抢，不急不慢，山路因它们的存在而雍容华丽，行人因它们的存在而平和淡然。

走在山路上，时有黄叶打着旋儿从树上掉下来，也有蝴蝶打着旋儿在飞，黄叶和蝴蝶的区别是前者落在地上，后者落在枝上。俗语云：秋风扫落叶，这是一概而论的说法，具体到梧桐山上，树叶纷纷飘落的季节不是秋季也不是冬季，而是4~7月。到4月中旬时，山路上就盖上了一层层落叶，走在上面，沙沙作响，颇有慵懒闲适的意境。落叶铺满路上，这就对本来生活在路两边的生物产生诱惑了。比如蛇，可能来到落叶上小憩。我曾碰到过一条竹叶青蛇，一直到我快走到它跟前才缓缓地从山路的落叶上爬走，但也只是挪到路边的树枝上而已——可能它觉得我并没有恶意吧；而我，在悚然一惊后，在对它注视一阵后，也悄然从它面前经过——我也知道它并无恶意。5月开始来的雨水会冲走一些落叶，在地上冲出一条条的浅沟，现出新土的颜色；还有些落叶雨水没冲掉，于是它们攒聚在一起，静静地等待秋天的风和冬天的风把它们吹走。是走呢还是留下呢，落叶不急；是填充被雨水冲出的新沟呢还是化为泥土更护花呢，落叶也不急。它们把自己的命运完全交给造化。看着这满地的叶，人世间的竞争，人世间的繁纷，马上会无所谓几分。

路上要经过一座寺庙，寺庙在一个山尖上，名叫"吾恩寺"。说是寺庙，其实连庙门都没有，也没有像样的建筑物。庙里没有住持，只有一个尼姑，光头青衣，我见她有时在静坐有时在看经书有时在生火。有一个铁皮做的香炉但少见香火，有一个金身弥勒佛像但少见人膜拜。每次我经过这里时，其实我的内心是澄净虔诚的，我想烧香我想拜佛，但因不懂有关的规矩怕弄错而作罢。有次，我对弥勒佛像多看了几眼，引来了一阵狗生气的叫声，我低头一看，我的脚几乎快碰到卧在地上的一只白狗了，于是它用叫声来抗议我闯入了它的领地。我脸一红，匆匆走开，白狗见我离开了，也就不再叫，继续卧在地上晒它的太阳——事实上，它就自始至终没有起过身。啊，这庙里的狗也比世上的狗多了几分清净！

5月的一天，当我离开吾恩寺走到一处水塘时，我一下子被强烈地震住了：我听到了一片怎样的蛙鸣声啊！这些青蛙，不知道一夜之间是从哪里冒出来的，好像把积蓄了一年的能量，借着昨天的暴雨在今天发泄出来，一只只是这样的争先恐后，一只只是这样的不遗余力，"哇哇哇——"的声音惊天动地。我一下子呆在原地说不出话来，四周是如此的热闹，而我的内心却是如此的恬静。继而，我又充满了感恩，感恩这浩浩荡荡的蛙声。然后，我满怀敬畏，敬畏蛙们的天籁。我在朋友圈里发了这样一条微信："雨后，山路，蛙鸣。三十年没听过这么灿烂的蛙鸣了。环顾四周，密林、寺庙、山泉、池塘。遂悟此处是蛙的天堂，不是人的处所。于是，不忍惊扰，匆匆离去。"良久良久，我屏住气息，蹑手蹑脚地往前走去，生怕把蛙们从海芋的叶子上惊下，生怕惊扰了蛙们欢快的盛宴。

其实，不忍惊扰的何止这蛙鸣？对这整个山里的世界我们都应该如此。我豁然明白"吾恩寺"取名"吾恩"的含义了，就是我们要感恩，要感恩山里的一切。我们来了，这山里的景物愉悦了我们的五官，净化了我们的心神，提升了人生的境界，我们就要怀着感恩之心，因此，我们就不应该去惊扰它们：野草漫上山路，我们绕过它走，勿去践踏；藤蔓拱卫山路，我们弯腰钻过，勿去折断；花开了，我们美美欣赏，勿去攀折；蛙鸣了，我们静静聆听，勿去打扰……

这样，多好！

钢板窗门是面镜

宁家瑞

从开平回来，最难以忘怀的是碉楼上那一扇扇窄小的钢板窗门。

钢板窗门是指窗子外面装有用钢板做成的门。窗上有门，已是少见，何况是钢板门，就更少见了。看到我们一脸的诧异，导游解释说窗上装钢板门是为了安全的需要。在开平碉楼大量兴建的二十世纪二三十年代，当地匪患严重，盗匪们不仅掠夺财物，也杀害百姓。为了防备盗匪劫掠财产和危及生命，集居住和防卫功能于一身的碉楼纷纷涌现。当盗匪来时，人们退进碉楼里，把大门关上，再把钢板窗门关上，从墙上的射击孔还击入侵者。这时，烟火的民居霎时变为铁血的堡垒。

那一块块刷着绿色漆或灰色漆的钢板窗门，在天日下发出冷森的光芒，用手一推拉，钢板门发出嘎嘎的声响。

这冷硬的钢板窗门颠覆了我对窗的一贯认识。

一直以为，除了采光通风的功能外，窗使房子变得更秀美隽永，生趣盎然；窗使房子的内涵更为丰富，外延得以延伸。窗是房子最柔软最灵性的部位，犹如五官之于人。窗是房子的眼，从窗里可看天高看地阔看风生看云起看花开看草长。窗是房子的耳，从窗里可听虫鸣听鸟叫听鸡啼听犬吠听蛙鼓听雨声。窗是房子的鼻，从窗里可嗅波浪的气息山岚的味道桂花的清香人间的烟火。窗是房子最诗性的地方。李白望月时"流光入窗户"，李商隐思妻时"何当共剪西窗烛"，苏轼寻溪时"双涧响空窗户摇"，陆游晨起时"鸣禽傍窗户"，杨万里闲居时"将扇扑窗户"。在诗词的世界里，窗外也许有佳人袅袅而过，窗内也许有秋千轻轻荡起；窗外也许有牧童横笛吹，窗内也许有雅士煮茶香……这才是窗的意境啊！

可是眼前，一旦把碉楼的钢板窗门关上，立即就会隔断晨光或暮霭，就会隔断春风或秋霜，更是会把房子最柔软诗意的窗直接变成最坚硬冰冷的地方。这时的碉楼里，光线立暗。青砖的灶台、黢黑的锅碗、老旧的沙发、朱漆的柜子、积尘的箱子、泛黄的照片、停摆的挂钟……一下子变成影影绰绰的黑影，像物像人像精怪，似乎张牙舞爪，似乎交头接耳，森然可怖。

悠悠遥想当年，盗匪攻来，警报传来，钢板窗门马上紧紧关闭，房子里面一定充溢着脚步声、哭叫声、祈祷声，房子里面的人一定是生活在紧张、恐惧和悲苦当中！

这样想着，心里很不是滋味。于是，走到碉楼外面来。

外面正是大好春天。垂叶榕绿叶婆娑，木棉花红艳似火。鹭鸟在天空飞过，鸭子在水中划波。农人在地里忙活，稚童憨笑如花朵。

但是，我的心不在春天里。

望着那一扇扇钢板窗门，那一栋栋碉楼分明已不是一幢幢民房，而是一座座碉堡。因为，它们不仅仅是用来居住的，而且还要承担起防卫的功能。

于是，我又深深地感叹了！保护百姓生命和财产安全，本是政府天经地义的职责。可是，在那个纷乱的时代，军阀混战，政局失控，法律缺位，秩序失衡。开平的百姓却只能求助于自己，他们只好增加建筑的功能，给窗户装上钢板门，以此来对抗武装的劫掠和伤害，冀以保护自己和家人。

因此，钢板窗门就化为一面镜子，上面清晰映出四个字：国乱民伤！国家纷乱，百姓苦伤，这是亘古不变的现象！

放到历史的长河里来看，国乱民伤的现象何止发生在开平？很多地方都是如此！当政府缺位的时候，百姓就自我保护，他们把民居建成像堡垒一样，而且，都在窗的设计上"煞费苦心"。福建土楼，一般有四层高，只在三四层开窄小的窗；安徽民居，四周高筑马头墙，只在二楼开窄小的窗；云南"一颗印"，由四面墙围合成正方如印的外观，四周外墙都不开窗……这些房子，只开窄小的窗或干脆不开窗，固然有其他的原因，但安全因素一定是最重要的考量。人们生活在这样的房子中，那种逼仄、难受和凄苦哪可言说？

离开碉楼。阳光尽情地打在身上，轻风温柔地拂过脸庞，天宇间氤氲着花草的芳香。路边到处立着一栋栋新建的楼房，窗户宽大而明亮，窗外没有装门，更不用说装钢板门！

吃的记忆

宁家瑞

我小时候的记忆，多数都和吃有关。

"但得长年饱吃饭"，是黄庭坚千年前对别人美好的愿望，其实，也是我小时候美好的愿望。只是，这种愿望在当时是难以实现的。饥饿的感觉如秋冬的寒风，一直凛凛地吹打着我的童年和青少年时期，对食物的渴望和寻求一直颇费我心神。

最初记得的是两次晕倒。

第一次是五六岁时。苦楝子的果实在秋天的阳光下闪着黄灿灿的光芒，它是如此地诱惑着我，以至于我一颗又一颗地把它们往嘴里送而不能停下来，直至晕倒在路边。苦楝子是楝树的果实，它"气微而特异，味酸而后苦"，而且还"有小毒"，是入药用的，哪能吃啊！

第二次是六七岁时。父亲养蜜蜂，家里有点蜂蜜，我去偷吃，没想到蜂蜜瓶旁边是汽油瓶，忙慌之下，我拿错了瓶子，咕咚倒了一大口汽油到嘴里，又咕咚吞进到了胃里，才知道喝的是汽油，惊恐之下，晕倒了。

两次晕倒后，都是大人把我抱起来平放在走廊上的水缸盖上，用水清洗我的胃，好半天才把我弄醒过来。

这两次晕倒，到现在都是亲人们调侃我的话题。我虽以孟子的"饥者易为食，渴者易为饮"来安慰自己，实则心里是酸酸的：如果有吃的，何至于此啊！

刻骨铭心的是我偷吃家里的小烧饼而被父亲暴打。

那时，不到十岁。快过年了，父亲去买了一两斤小烧饼藏在两米多高的柜子里，不幸的是这个秘密被我知道了，更不幸的是我完全管不住自己的嘴，偷吃了一个又一个。天地良心，每偷吃完一个我都下决心，不能再吃了，但没有用，再吃一个的念头如春天的小草一定会生发一样不可遏止。终于，到除夕的前一天，父亲发现他准备在春节里招待亲朋的小烧饼没剩几个了。一审问，我招认了。狂怒之下，父亲用一两寸宽的劈柴狠狠地招呼我的屁股和后背，惊得我的奶奶一边呵斥她的儿子一边护着她的孙子。

这次被暴揍让我知道了哪怕是自己家里的东西也不能偷吃的人生哲理。

多年以后，我问我的姐姐、两个弟弟和两个妹妹，他们有没有也偷吃过小烧饼，他们坏坏地既不承认也不否认。但其实，不用问我也知道的，能不偷吗？因为当时，我们吃的东西实在匮乏！

就吃的菜来说，蔬菜是常态的，荤菜只是点缀的。那时说起荤菜，基本上就等同于猪肉，而猪肉，在20世纪70年代，就是有钱，也很难买到的。妈妈说起她当年买肉的情形：去五星食品站买猪肉，从早上开始排队，一直排到下午，才好歹买到四毛钱的肉，当时猪肉是七毛六一斤。

听妈妈说时，我当笑话。偶然看了一则史实后，笑不出来了：1976年，邓小平来到广州市一个肉铺前，案板上只有三几斤老母猪肉，但后面却足足排了近百人的队，售货员小心翼翼地把小片小片猪肉按票卖给市民。邓小平问售货员："这么几斤猪肉，排了这么多人，每人能有多少？后面的岂非没得吃？"售货员一听，苦笑道："你没有看见连母猪也杀来卖了吗？"

看来地不分东西，人不分南北，那个年代，到哪里买猪肉都很难。历史告诉我们，当时，国民经济在崩溃的边缘。

后来，自己家里可以养猪了。记得年底，我们家一般会杀一头猪。猪的毛重两百斤左右，猪肉一百五六十斤，猪油二三十斤。这些几乎就是我们家八个人全年可以享用的猪肉和猪油。

平时，我们家每周大约可以吃上一次猪肉，当然只是浅浅地吃的那种。过年时才可以多吃，尤其是除夕夜，更是可以敞开来吃。但问题接着也就来了，对于一个个习惯于装蔬菜的胃来说，是难以适应猛然而来的油腻的。于是，我们一个个把肚子吃坏了；于是，在正月里就几乎只能对肉兴叹了。这时，我们就会暗下决心，明年除夕时一定要悠着点。但没有用，遗憾一定会在每年上演，就像每年一定会过年一样。

二三十斤猪油是全家一年炒菜用的油，因此，每次炒菜时放油就只能是意思一下了，菜中想看到油花就只能是美好的憧憬了。

萝卜白菜等蔬菜，就是我们一年主要的下饭菜了。出萝卜的时候，桌上往往就是萝卜一个菜；出白菜的时候，桌上往往就是白菜一个菜。

在吃萝卜白菜的日子里，我们是多么盼望过年，可是过年了又能怎么样呢？

还不是把肚子吃坏又只能吃萝卜白菜？哎！自制力不强害惨人！

在极少的时候，也能吃上别的荤菜。有次放学回家，揭开锅盖，大喜过望：锅里居然是炖好的鹅！那份香啊，难以言表。美美地吃了之后，下午在外面扯猪草时，脑袋里回荡的全是鹅肉的香美。甚至多年后，我固执地认为天下最好吃的菜就是炖鹅。

如果鸡蛋算荤菜的话，那么，过生日的人，可以吃上一个。因此每年，我们都盼着过生日。看到兄弟姐妹们碗里只有萝卜白菜，而自己碗里张扬着一个鸡蛋，那种感觉十分美妙，美妙得足以记上一年。遗憾的是父母忙，有时会忘记了谁的生日，被忘记过生日的那个，心中的懊恼也会说上一年。

在鸡蛋如此金贵的日子里，鸡蛋却是经常拿去换钱的。有次，妈妈要我去卖10只鸡蛋。我心里嘟哝着，够我们全家每个人都过一个生日了。但最后，虽然舍不得，还是卖掉鸡蛋手攥着8毛钱回家了。

食饥息劳，指的是使饥饿者得到食物，使疲劳者得到休息。在那个物资十分匮乏的年代里，这些东西比现在的澳洲大龙虾、伊朗鱼子酱不知要强多少倍！

说起吃，想起爷爷和三叔。

爷爷在世时，说起他吃糍粑，有一次吃了十五个。这糍粑，每个至少得有二两米。我不信，因为我一次最多只吃过六个。可爷爷说，骗你干嘛！

奶奶在世时，说三年过苦日子时，我三叔悄悄对她说想吃餐饱饭，奶奶就偷偷地煮了两升米，每升一斤六两米，煮好后，我三叔差不多把两升米的饭吃完了。我不信，因为我一餐最多只吃过一斤四两米。可奶奶说，是真的！

后来想明白了，爷爷和三叔一次能吃那么多，是因为他们有太久没吃饱过东西了。于是，我觉得比爷爷和三叔幸运多了。当然，爷爷和三叔又比三年过苦日子时饿死的许多人幸运多了。"所愧为人父，无食致夭折。"是杜甫愧对子女。爷爷和奶奶当然不懂杜甫，但是家里没有人饿死，他们想必也聊以自慰了。

至于吃水果，最初的记忆来自一个青苹果。在县城工作的姑姑送给我们家两个青苹果，母亲把它们切成八块，我们每人吃一小块，吃得津津有味。

关于"水果"的美好记忆来自野外。

最好的野果是山莓。我们叫它藨，也即鲁迅先生笔下的覆盆子。藨甜美微酸，有红色和紫黑色之分，红色的是红藨，紫黑色的是乌藨。在野外做事时发现藨，是会让我们高兴得尖叫的，大家蜂拥而上，一边手忙脚乱摘来吃，一边摘来放到卷起的梧桐叶上，包好后拿回家给父母和弟妹们吃。自己在旁边看着他们吃，幸福地咽着口水。

救兵粮的味道就差远了。这是一种红色的圆形的果实，十分好看，但是有点涩苦。腹中空空的时候我们也大把大把地把它们往嘴里送，咀嚼一下就囫囵吞下肚；不太饿的时候是不太吃这东西的。

金樱子的味道介于菹和救兵粮之间。它成熟时是金黄色的，味道比救兵粮要好些，只是吃起来费劲多了，因为它的外表分布着密集的刺，吃的时候需先把刺去掉，然后把它掰成两半，将里面的籽去掉，这才可以吃。

羊奶子也是我们喜欢的野果。它成熟时是红色的，椭圆形，味酸甜可口。

另外，我们也经常吃茅根、茶耳、茶苞、地苍的果实、蒺藜的嫩茎等。

野外，除了这些"水果"，还有其他好东西，如枞树菇、胡葱、雷公菌，采回去做菜吃。用枞树菇做汤，那个鲜美啊！用胡葱炒豆腐渣，那个香啊！

感谢这些野外的东西，它们丰富了我们腹中食物的构成，使我们多点感受到生活的乐趣。现在想起或看到这些东西，都感到无比亲切。

进入 20 世纪 80 年代后，农村的情况开始改观。一是家庭联产承包责任制的推行，调动了农民的生产积极性，使农家仓里的粮食多起来了；二是农村开始搞多种经营，使得农民手里的钱多起来了。这样，温饱问题得以逐渐解决，但饥饿感还是时不时侵袭而来，食物也还远未达到丰足的程度。

有两种饿让我记忆犹新。

上初中时，下午四点多放学回家，要走 4 里路。早餐吃的那一点食物早就荡然无存（那时只吃两餐），感觉肚皮都要贴着后背了，不太重的书包此时显得无比沉重，我用牙齿咬着书包的带子，以让沉重的书包显得轻点。我摇摇晃晃地往家走，意念中只有吃的东西，只有家中那口外表黑黢黢的饭锅。

老师说好好读书就能吃饱饭，这话我记住了，成为我学习的动力。

周末或节假日，没吃早餐就要去地里干活。早上九点多时，从地里回来，挑着一百多斤重的烟叶子或别的东西，步履蹒跚地从山坡上走下来，太阳热热的，身上汗淋淋的，腹中空空的，眼冒金星。那份苦楚，没有经历过的人难以体会。

我狠狠地对自己说，一定要好好读书，它同样也成为我学习的动力。

20 世纪 80 年代中后期，我在隆回一中读高中。

有一年，将近年底，家里杀了猪。爸爸给我送米时，带了一瓷杯炒好的猪肉，大约一斤半重。我和两个室友站着吃，很快就把它吃完了，每人半斤左右。吃完后抹抹嘴，再去学校食堂吃晚饭。前面说到的一餐吃一斤四两米饭就是读高中时的事。

　　叔叔偶尔来学校看我，每次会在学校的小卖铺给我买一斤福饼。如果是晚餐后，我不把这斤福饼吃完，是一定不能安心上晚自习的。

　　进入20世纪90年代后，我开始工作了。温饱问题这个阶段算是跨过去了，但随心所欲地吃似乎也还不能。那时在株洲，去亲戚家做客，亲戚人好，知道我平时也不能大规模吃排骨，就蒸了一大碗，我几乎一人吃完。亲戚慈祥地看着我。

　　进入21世纪后，我终于可以想吃荤菜就吃荤菜了。只是，这样吃了不到五年，就把自己吃得很胖，老婆的闺蜜看到我，悄悄问老婆你老公的脖子是不是有点肿，弄得我羞愧难当。

　　这几年回老家。老家的小孩们居然连鸡腿都不爱吃了，于是只好实行吃鸡腿有奖的办法，吃一个鸡腿奖励十块钱，他们才懒洋洋地来吃。

　　近几年给父母打电话。叮嘱父母要舍得吃东西，父母说你就放心吧，每次赶场都会去买些苹果、香蕉、葡萄、梨等水果，也会买些肉类鱼类，只是也不能多吃了。母亲已经好几年不敢吃肥肉了。

　　母亲说，村里有个老太太生病，病重，哭喊："我不想死啊，现在我有吃不完的东西，穿不完的衣服！"听了，让人唏嘘。

　　现在，我的晚餐基本上是馒头就稀饭。那天在路边买馒头，我歉意地对卖馒头的说，哎呀，我没带零钱怎么办？人家很从容地说，没关系，微信支付就行。于是，我微信支付了一个馒头。

　　近来，我开始每周两天素食，只是为了清空下肠胃，让什么三高之类的能降下来。

　　……

　　想想我的这几十年，说起吃，真是感慨不已。细算一下，我能放开肚皮来吃的时间不足五年。总的情况是：在20世纪中，70年代吃不饱，80年代吃半饱，90年代基本饱，21世纪后不敢饱。个中变化，正是社会由贫穷到温饱到小康的不断进递的写照。

　　古语"民以食为天"，是说吃的东西是老百姓赖以生存的东西。管仲说"仓廪实而知礼节"，是说粮仓充实才能知道礼节。可见，吃是最重要的物质条件，吃是精神的基础。因此，为国者的第一要务是要解决老百姓吃的问题。由此我想：在那肉摊前，小平同志的一定要改革开放，一定要发展经济，一定要改善民生的治国理念应该更加清晰坚定了吧。这一理念的清晰坚定，使我由吃不饱到不敢饱，使千千万万的中国人由吃不饱到不敢饱，真是善莫大焉！

阅读 = 60 万人民币

王玉祥①

商品经济社会，人们常说的一句话，"金钱不是万能的，但是没钱是万万不能的。"人们说这句话时，前半句轻描淡写，是铺垫，重点在后半句，强调金钱是万锁之钥匙的重要性。但人们在与金钱拥抱的过程，发现是柄双刃剑，它既带给我们富足、享乐的美好，又带给我们冷漠、贪婪的伤害，人们对前半句有了重新的理解。一些具有普遍意义的价值观正逐渐地被人们接受。

排在第一位的是健康，一个健康的身体 = 200 万人民币。健康是 1，地位、权利、金钱等都是 1 后面的零，1 没有了，再多的零也没意义。排在第二位的是爱情，听到有人向自己说"我爱你" = 182 万人民币。在冰冷的商业社会，人们特别渴望被爱的温暖。排在第三位的是安全，在安全和平的国家生活 = 144 万人民币。平安是福，大到国家安定，小到工作、事业稳定，都是人民的福祉。排在第四位的是子女，拥有自己的孩子 = 138 万人民币。排在第五位的是阅读，阅读 = 60 万人民币。

阅读虽然排在第五位，但与前四项息息相关。一个坚持读书养心的人，一定比流连灯红酒绿、纸醉金迷的夜场的人身心健康。读锦绣文章，以史为鉴的人，更具有人文情怀，更懂得爱的真谛。战乱年代，天下虽大，却安不下一张课桌。

琅琅的读书声是太平盛世最直接的外象，人们拥有孩子，不仅仅是为了延续后代，培养成才才是终极目标，一个爱读书的人对孩子的示范作用是不言而喻的。

---

① 王玉祥：深圳市作家协会理事、深圳文学内刊专业委员会副主任、《盐田文艺》执行主编。著有短篇小说集《爱是你我》、文集《自言自语》等。

"人生风景何处寻，云在青天书在手。"读书带给人的慰藉、充实、快乐是低层次物质享受所无法比拟的。罗曼·罗兰说读书就像迎着朝阳走路。某位官至省文化厅厅长的读书人，最大的理想是做一名图书馆馆长，他觉得天天与书打交道的人最幸福。后来虽然当了管全省图书馆的官，但却始终为没亲自做图书馆馆长而无法释怀。

深圳有两句流行的口号都和阅读有关，"城市因阅读而受人尊重""文化深圳，从阅读开始"。您瞧，阅读不但让您坐拥60万，还给您的健康、情感、安全、教育子女加分增值，还让您受人尊重，更为建设文化深圳作贡献，何乐而不为？

阅读，从《盐田文艺》开始。

那山·那海

王玉祥

深圳东隅，有山，曰梧桐，有海，曰大鹏湾。史载，梧桐山，周匝数十里，山顶有天池，深不可测。梧桐山多梧桐异草，山下有赤水洞，邑之祖龙也。

古人云："日出沙头，月悬海角"，是对大鹏湾畔的盐田最令人遐想的描述。19.5 公里长的海岸线沿大鹏湾蜿蜒而行。在山海之间，镶嵌在岩石和海浪中的中国最美的海滨栈道——盐田海滨栈道，像一根金线，将中英街、明斯克航母、东部华侨城、大梅沙、小梅沙穿起，犹如珍珠项链，在南中国海熠熠生辉。

历史上，深圳有"新安八景"，"梧桐天池"是八景之一。新的"深圳八景"，盐田占了三景——"梧桐烟云""梅沙踏浪""一街两制"，均得山海之利。

盐田，有一段历史，它是黑色的，心酸地记载着一个国家的坎坷耻辱；盐田还有一段历史，它是红色的，血染着革命烈士的风采。这两段历史是时代的，也是国家的，它发生在盐田。

1898 年，中英两国在盐田沙头角勘界，"光绪二十四年中英街第一号"的界碑生生将沙头角一分为二。

1900 年 10 月 6 日，峰峦如炽，残阳如血，头包红巾的义士们，打响了资产阶级民主革命的第一枪，拉开了辛亥革命的序幕。"革命风潮自此萌芽矣！""庚子首义"的枪声，其袅袅余音，已经震响了一个多世纪，那微微拂面而过的清风，仿佛在诉说昨天的故事。

百年沧桑，百年巨变，今日的中英街，已成为"购物天堂"；偏远的三洲田，已成为"世界级旅游目的地"；《建国方略》构想的"优质良港"，已傲然挺立在大鹏湾畔。回眸看山，山路弯弯通幽处，可有英魂驰忘眼；抬头看海，塔吊如林迎远客，帆樯出海走万邦。

大自然把它最珍贵的两样东西——山和海都给了盐田，于是盐田就有了山的宁静和厚实，有了海的灵秀和胸襟。山、海铸就了盐田人的文化品格。

山海文化是盐田最具特色的文化符号。面朝大海，我们思如泉海，遐想无限；背倚梧桐，百花盛开，绿满心田。

回首青山近，竟发沧海宽。

三度影响

王玉祥

  哈佛大学社会系教授克里斯塔斯基和加州大学副教授的新书《关联》，通过大量的数据和社会实践，验证了现实社会中人与人是"三度"影响，即我们所说的可能影响我们的朋友（一度），朋友的朋友（二度），朋友的朋友的朋友（三度）。一个人如果有个幸福感很强的朋友（一度），他感到快乐的概率增加了百分之十五；有一个幸福感很强的朋友的朋友（二度），概率增加百分之十；有一个幸福感很强的朋友的朋友的朋友（三度），概率增加百分之六。如果你有一位不开心的朋友，让你的幸福感下降百分之七。因此，一个人快乐与否，与你交什么朋友密切相关。

  最大的愿望是当图书馆馆长，他认为天天与书打交道的人最幸福，后来，虽然做了省文化厅厅长，主管全省图书馆，但他始终因为没有正经八百地当过图书馆馆长而无法释怀。如果我们的"一度""二度""三度"的朋友都是这样的人，那么我们也一定会以读书为荣，以读书为乐，以读书为幸福的源泉。在"好读书，读好书"中提升我们的正能量。"书中自有颜如玉，书中自有黄金屋"，读书是一件多么惬意的事啊！

  《盐田文艺》作为盐田区文学艺术家的精神家园，就是要为文学家、艺术家提供一个文艺创作交流、谈读书感悟、碰撞思想火花的平台，在读书中、在创作中，发酵、放大我们的幸福感，让浓浓的书香伴随着我们的每一天。

东风吹来满园春

王玉祥

文艺的又一个春天来了。

习近平总书记在全国文艺工作者座谈会上的讲话，犹如浩荡的东风，吹遍了大江南北、长城内外。文艺工作者们深受鼓舞，倍添干劲。

在党的十八届四中全会即将确定"依法治国"方针大计这个节点上，召开全国文艺工作者座谈会，绝非偶然，是党中央决心"以文塑国"，配合"依法治国"。两者都是教化民心，端正社会风气，打造朗朗乾坤之举。就像一架马车上的两个车轮，共同承载着中国梦前行。正如习近平总书记指出的："文艺是时代前进的号角，最能代表一个时代的风貌，最能引领一个时代的风气。实现'两个一百年'奋斗目标，实现中华民族伟大复兴的中国梦，文艺作用不可替代。"

文艺家是靠作品说话的，因此，落实习近平总书记讲话精神，就是多出作品，出好作品。盐田的艺术家们在欣喜之余，在深深地思索着，写什么？画什么？拍什么？唱什么？

鲁迅先生曾经说过，文艺作品越是具有地方性，就越有民族性，越有民族性，就越有世界性。盐田文艺工作者们，要想创造出无愧于时代的作品，就要扎根盐田这块沃土，唱好盐田的《山海经》。

大自然把它最珍贵的两样东西——山和海都给了盐田，于是盐田就有了山的宁静和厚实，有了海的灵秀和胸襟。盐田山水秀美，历史渊源深厚。"梧桐烟云""踏浪梅沙""中国最美的海滨栈道""一街两制"、六千年前的"大梅沙沙丘遗址"、三千年前的商代玉器、一百多年前"庚子首义"的那一声枪响……都给了我们无限的创作空间。

折纸为舟，以笔为桨，旌旗为帆，凭借着浩荡的东风，一定会到达另一个花开的彼岸，春色满园！

故乡的芬芳

王玉祥

我是在中国"三年困难时期"，出生在东北一个叫老虎沟的小山村，我在那里生活了 16 年，童年和青少年时代的我，一年四季有不同的过法，虽然日子过得紧巴，但幸福指数却很高。

老虎沟是长白山的余脉，山高林密，草木葳蕤，苍苍莽莽，绵延起伏，是野兽的乐园。一条弯弯曲曲的小路通向山外。冬天大雪封山，起码有两个月与外界隔绝。老虎沟人大部分是猎户的后代，六七十年代还保留着冬天打猎的遗风。老虎沟早年出土匪；小鬼子来了，出抗联；解放战争出将军。是一个崇尚武力、民风剽悍的地方。

小时候家里穷，七口之家，就爸爸一个人挣工资。一分钱恨不得掰成两瓣儿花。衣服是小的捡大的，补丁摞补丁。粮食总是不够吃，每年青黄不接的时候，土豆就成了主食，一直顶到秋粮下来。

我读小学、初中时，正是"张铁生交白卷""黄帅反潮流""读书无用论"甚嚣尘上的年代。学校没事就组织学生学工、学农、学军。学农，在家干农活就行。学工、学军，学校附近没有工厂、军营，只能放鸭子，玩儿去吧！那时，只要不给老师贴大字报，不砸学校玻璃，就是好学生。再加上寒、暑假，一年大部分时间都不用上课。整天满世界疯跑、疯玩儿，倍儿爽！

我是村里的孩子王，长得白白净净的，穿得也比较整洁，大家给我起外号"城里人"。我能成为孩子王，倒不是全靠拳头打出来的，是因为我手下有哼哈二将：田学忠、刘波，这两个小子在我们那一带能打架是出了名的。田学忠长得圆头圆脸，眼珠子总是滴溜溜乱转，心眼贼多，就是学习不好。刘波瘦高，手长脚长，跟他爷爷练过武功，对武术痴迷，不爱学习。我们是一个班的同学，田学忠比我大两岁，刘波比我大一岁。他俩服我，主要是他俩学习差，作业基本都是抄我的。田学忠抄到小学毕业，就打死再也不肯读书了。刘波则一直抄到中学毕业。另外，是我会讲故事，他俩一天不听我白话一段，觉都睡不着。我为什么学习好？基因好呗。

1948年，东北解放。东北人民政府培养知识分子，爸爸凭着一年半的私塾底子，考上省立师范学校。毕业后，分到老虎沟小学当校长。妈妈是村里唯一读过初中的女子，我是他们俩的儿子，学习能不好吗？至于我会讲故事，除了爸爸、妈妈给我讲了很多故事，主要得益于徐教授。

徐教授是吉林大学历史学教授，"文化大革命"下放到我们大队来劳动改造。大队看他高度近视，草和苗都分不清，就派到村里的小学打更。爸爸、妈妈看他一个人怪可怜的，家里做什么好吃的，就派我送去。每次我去，徐教授都给我讲故事。大学教授给我上课，我学问能不大吗？

春

春天来了，冰雪消融，万物复苏，一派生机。梨花、桃花、樱花竞相开放。绿草如茵，野花遍地，漫山遍野花团锦簇，尤其是长在崖畔上的怒放的桃花，更是迎风摇曳，活脱脱一幅老虎沟春山图。

田学忠辍学后，成了生产队的放牛倌。几年下来，跑遍了老虎沟的山山水水，对老虎沟一草一木，好像他家的炕头一样，闭着眼都知道。

我和刘波帮助田学忠把牛群赶到岭西大草甸子，然后，纵情玩耍，在草地上打滚儿，翻跟头，摔跤。疯够了，采一把野花编个花环，挂在牛犄角上，牛儿烦躁地甩来甩去。

玩儿够了，拿起剜刀，去采野菜。野菜有曲麻菜、婆婆丁、小根蒜、豌豆苗、香椿、刺老牙、苦苣菜、猫爪子、苋菜、茼蒿、野葱、野蒜……真正的绿色食品。采回去，有的用热水焯一下，有的洗干净了生吃。农家大酱特有的香味，伴着野菜的清香，让人胃口大开。尤其是吃了一冬天白菜、酸菜、萝卜、土豆，见不到一点绿色蔬菜的东北人，那绝对是人间美味！

蕨菜以前不大受待见。蕨菜有腥味，要用大油，或者猪肉炒才好吃。那时，一年到头，也见不到几点荤腥，谁有那闲钱？后来，供销社收购，出口到日本，又听说能防癌，蕨菜才身价倍增。

我们采到蕨菜，自己舍不得吃，都拿到供销社卖钱。蕨菜八分钱一斤，价格挺有诱惑力的，但供销社收购时，只要顶上最嫩的部分，三分之二都要被切掉。看着一大筐，三切两切，最后没剩多少了。让人那个心疼哟！

蕨菜在山边、林间、草地随处可见，但都数量不多，并且瘦小。那些鲜嫩、粗壮的蕨菜，大都生长在人迹罕至、土地肥沃的山间草甸子上。一片一片的，好像人工种植的一样。阳光下，带着水珠的蕨菜，像一只只毛茸茸的小手，惹人喜爱。采蕨菜的人见到这样的好蕨菜窝（读四声）子，就像采金者见到狗头金一样，高兴得直哆嗦。

好的蕨菜窝子，一个地儿就能采一筐。简直就是个小钱包。我的蕨菜窝子都是田学忠告诉我的。挖野菜时，成群结队的，但采蕨菜时，都是独来独往。有一次，我一个人到西大沟去采蕨菜。下山下到一半，发现沟底有绿莹莹的光，难道是传说中的宝石？我欣喜若狂，刚要向沟底冲去，再仔细一看，哪里是什么宝石呀，是狼眼！沟底下，一只母狼领着一只小狼在悠闲地散步。我吓得魂飞魄散，手脚并用，拼命往沟顶爬。筐都不要了，一溜烟儿跑回家。

那天，狼可能没发现我，也可能发现了，由于吃饱喝足了，心情不错，没理我。总之，捡了条小命。以后，我再也不敢一个人去西大沟了。每次去，都要约几个小伙伴，还要带着斧头、棍棒等家伙。狼再也没有出现过。

供销社除了收购蕨菜，还收购野玫瑰花瓣儿，酿制玫瑰果酒。野玫瑰花瓣八毛钱一斤，比农民干一天活挣得还多。野玫瑰花瓣像小拇指指甲盖那么大，半天也采不到一两，手还经常被扎破。但总是个来钱的道，闲着也是闲着。我曾创纪录地一次采摘过四两，卖了三角二分钱，着实让小伙伴们羡慕嫉妒恨！

春季打牙祭的东西不多，小伙伴们最偏爱的东西，是一种长得像菠菜一样的叫"酸沫浆"的野菜，甜酸甜酸的。对降血糖、血脂、血压具有特殊功效。

春天来了，鸟儿也不甘寂寞，在春风里不停地吟唱。声音最响亮的是布谷鸟，不停地喊着："赶快布谷！赶快布谷！"熊孩子们回应："光棍好苦！光棍好苦！"气得布谷鸟更大声喊："赶快布谷！赶快布谷！"我们接着喊："光棍好苦！光棍好苦！"最后布谷鸟气得不唱了，嗖地一下飞走了。

最好玩儿的是捉长得有点像鹦鹉的，叫"臭咕咕"的鸟儿。"臭咕咕"鸟儿，咕咕的叫声有点像鸽子。头上有花冠，一身绚丽的羽毛，非常的漂亮。这么漂亮的鸟儿，却能释放出熏得人掩面而逃的臭气，因此而得名"臭咕咕"。这也是一种自我保护的本能。

大部分鸟儿都在树上做窝，但"臭咕咕"的窝在地下。人们常说"狡兔三窟"，"臭咕咕"是狡鸟儿三口，有一个入洞口，一个出洞口，一个逃生口，很难捕捉。捉这种鸟儿，必须先找到出洞口和逃生口。"臭咕咕"进洞后，把入洞口和逃生口堵上，在出洞口扣一顶帽子，然后猛敲入洞口，鸟儿受惊，往外一飞，就撞进帽子里，双手捂住，捏着鼻子，把"臭咕咕"放到事先准备好的笼子里。把鸟儿笼子挂在村口的老榆树下，等着人们观赏。

人们在村口走过，看到有漂亮的鸟儿，都要上前看一看。"臭咕咕"一有人走近，马上放出一股臭气，熏得人落荒而逃。我们一帮小伙伴被逗得哈哈大笑。一个鸟儿的臭气囊毕竟容量有限，两天后，"臭咕咕"就放不出臭气了。我们就把它放了，再寻找下一个"臭咕咕"。

夏

夏天，山里娃乐此不疲的就是下河游泳、抓鱼，上树掏鸟蛋，到水塘边捡野鸭蛋，斗蛐蛐。

东北农村一冬天都不洗澡，冰天雪地的，没那条件。春天、秋天，别看天气暖洋洋的，水却是凉森森。只有七八月，河水丰盈，水温适中，清溪河成了男孩子们的天堂。大家在河里打水仗、比潜水谁潜得远、打水漂。打水漂可是个技术活，不会打的，石头"嗵"的一声就落入水底；会打的，手臂使劲儿一甩，石头在水面上不停地跳跃，击打出一串水花。打水漂，选材也很重要。要选边角浑圆的薄石片，才能在水上跑得远。

清溪河没什么大鱼，但青鳞子、小刀子、泥鳅等杂鱼很多。大家抓鱼晒成小鱼干，用酱蒸着吃，或用青椒炒着吃，都是上等佳肴。抓鱼最常用的办法是"围鱼窝子"。就是找到鱼窝子，修一个小水坝，把鱼窝子围起来，然后把里面的水淘干，竭泽而渔。

有一回，家里的猪不见了，全家出去找。走到村北河边老榆树下，听到水里有噼啦啪啦的声音，我走近一看，哇，全是鱼！我忘了找猪，赶紧把田学忠、刘波和弟弟等叫来，点着汽灯，开始围鱼窝子。这回可围着一个大鱼窝子，里边鱼多得老是抓不完。开始用柳条穿，然后用袜子装，最后，把裤子脱下来，裤脚用柳条扎上，用裤腿装鱼，真正的满载而归。回到家，才想起找猪的事，好在猪自己已经回来了。第二天，打扫战场的孩子们，在淤泥里，又抓了很多一尺多长的大泥鳅。

到今天我也不明白，冬天，清溪河水冻到底了，这些鱼躲到哪去了？因为这些鱼肯定不是当年生的鱼，一尺多长的泥鳅起码要生长三年以上，才能长成那么大。

山里孩子经常烧鸟蛋打牙祭。把掏到的鸟蛋，用湿黄泥包上，放到柴火里烧，黄泥干裂了，鸟蛋也就熟了。掏鸟蛋必须两个人才行，一个掏，一个用帽兜接。一个人掏鸟蛋，扔到树下，摔碎了；放到兜里，下树时一出溜也挤碎了。

经常和我在一起掏鸟蛋的是田学忠。但这小子动不动就使坏。他掏，我接，接了几个后，这小子就把鸟蛋捏碎了往下扔，一接，帽兜里黄黄白白的，黏黏糊糊的，讨厌死了。气得我用弹弓射他，他在树上一边躲闪，一边得意地哈哈大笑。

野鸭蛋金贵，一毛钱一个。那时大家都舍不得吃，捡到后，都拿到供销社卖钱。因为太多人盯着，谁能捡野鸭蛋可就得看运气了。

有一天早晨起来，听到门前树上喜鹊叫，我觉得今天要有喜事。放学路上，发现了一群野鸭子飞过，我心里一动，追着野鸭子群跑，追到西大泡子（水塘），野鸭子群不见了。我在岸边仔细寻找，终于发现了它们的栖息地，一下子捡了17个野鸭蛋，卖了一元七角钱。哈哈，发财啦！

夏夜里，山里的孩子们爱玩斗蛐蛐。蛐蛐是靠喝露水长大的。夏天露水多，蛐蛐长得健壮，爱斗。孩子们就去捉蛐蛐来斗，赌注通常是一个作业本、一支铅笔、一块橡皮。虽然是一分钱、两分钱的东西，但输了的孩子回家还是要挨揍的。

山里没有斗蛐蛐罐，斗蛐蛐都是用泥盆子。夜幕降临，村口老榆树下，一群穿得破破烂烂的熊孩子，在皎洁的月光下，围着泥盆子，嘴里喊着："杀、杀、杀！"看着蛐蛐争斗，直到一方落败。败下阵来的蛐蛐没什么用了，被丢到草丛中，自生自灭。胜利者，傲视群雄的姿态，站立在泥盆中央，等待挑战者。挑战者上来，又是一番新的厮杀。孩子们玩得忘乎所以，不是家长叫，都忘了回家。

最能斗的蛐蛐是生长在坟地里的蛐蛐，那里的草木通常比别的地方茂盛。我在乱坟岗子捉到一个超大蛐蛐，打遍全村无对手。我给它命名"孙悟空"。这个家伙，可能沾了死人的阴气，每次决斗时，都阴森森地盯着对手。不少蛐蛐一打照面，就感到身形的不对等，在"孙悟空"凌厉的目光威慑下，不寒而栗，最后不战而逃。"孙悟空"对示弱者，从不追杀，只是冷笑一声。颇有王者的风范。

"孙悟空"出名了，有人愿意出两块钱购买。我虽然有些不舍，但架不住两块钱巨款的诱惑，还是忍痛割爱了。

秋

秋天是一个收获的季节。收获粮食自不必说，还要收南瓜、收野梨、打苕条、挖药材、捡榛子、捡蘑菇。

二十世纪六七十年代，人民公社时期，农村实行集体经济，每家的自留地很少，生产队里分的粮食不够吃，大家就在山边、地脚开点"小片荒"（生产队丢弃的小片荒地），种点南瓜、土豆、花生、地瓜、萝卜等。虽然属于要割的"资本主义尾巴"，但乡里乡亲的，大队、生产队的干部都睁一只眼闭一只眼。

我和爸爸开荒主要种南瓜。种南瓜很讲究，要在向阳坡，最好是腐殖土。种南瓜要用鸡粪，如果能有死猫死狗的尸体做底肥，南瓜会长得更大更甜。种南瓜千万不能用化肥，上了化肥的南瓜，就会成为水货，只能喂猪。

秋天，南瓜熟了，一个个比脸盆还大，有十多斤重，像大大的金黄色灯笼。我和爸爸用担子往回挑南瓜，爸爸一次挑六个，我挑四个。每趟来回三里地。早晨上学前挑一趟，下午放学后，挑两趟。挑回的南瓜顺着墙根一溜码好，金金灿灿的，好似一面金墙。

山里野果子很多，有山楂、山里红、野葡萄、山梨、榛子等。最多的是山梨，漫山遍野到处都是。山梨刚摘下来，青、酸、涩、硬，不能吃。要捂几天，变软、变黄了，甜酸甜酸的，酸爽可口。太多了，吃不了，就用凉白开水把山梨腌制起来，慢慢吃。腌制山梨不能用生水，生水腌制的山梨几天就烂掉了。

有的城里来的客人，和老虎沟人去采摘山梨，发现树下明明有一堆一堆黄色的、熟了的山梨不去捡，偏偏去摘树上的青梨，觉得很奇怪。捡起来尝一尝，味道还不错。老虎沟人笑而不语。等客人吃够了，才告诉他，那是熊瞎子的粪便。熊瞎子吃山梨囫囵个往下吞，吃下的是青梨，在肚子里经过发酵，拉出来时还是整个的，只是颜色变黄了。客人听了，恶心死了，蹲在树下狂吐。

榛子是东北人的最爱，但榛子多的地方，蛇也多。有一次妈妈和几个大娘、阿婶去东山采榛子。大家采得正高兴，突然听到宋山的妈妈哎呀一声，大家围过去，发现宋山妈妈坐在地上，正在查看脚上伤口。宋山妈妈说我被蛇咬了，大家一看，果然右脚上有两个红点。问是什么样的蛇咬的，宋山妈妈回答说，蛇头呈三角状，蛇身花花绿绿的。大家一听，脸都绿了，那是剧毒蛇！大家赶紧从衣服上撕下布条，在脚踝处扎紧，一边挤毒，一边派一个人先回村子里报信。一会儿，宋山妈妈昏迷了，妈妈几个人轮流背着往村子里跑。宋山妈妈身体越来越凉，大家心里也越来越凉。跑回到村子里，生产队已准备好了马车，快马加鞭往公社医院送。医院虽然竭尽全力抢救，但是，24小时后，宋山妈妈还是走了。

此后，大家谈蛇色变，东山再也没人敢去了。

蘑菇这东西很奇怪，春、夏都在地底下生长，到了秋天，雨后从地底下钻出来。秋天，一场雨过后，小伙伴们拿着篮子，成群结队去山里采蘑菇。老虎沟蘑菇主要有榛蘑、松蘑、白蘑。松蘑生长在松林，榛蘑生长在榛子树下，白蘑生长在草甸子上。白蘑一圈一圈地生长，俗称"白蘑圈"。"白蘑圈"的草特别的绿，有经验的采蘑菇人，就顺着这个圈找，圈里圈外不用看，肯定没有。一般，一个"白蘑圈"可以采半筐。

东北的木耳闻名遐迩。木耳很多地方都有，广东也有，但同东北木耳相比，显得硬、柴、薄。论口感，那更是比不了。只有东北木耳可以生拌着吃。

木耳生长在橡树上。当地管橡树叫青钢柳，就是《卖炭翁》里烧炭的木材。青钢柳质地坚硬，农户喜欢用它夹木杖子（木篱笆）。秋雨过后，就会生长出密密麻麻的木耳。家庭主妇围着自家的房前屋后转一圈，就能摘到够炒一盘菜的木耳。这都是小打小闹，采木耳要到老林子（原始森林）去。橡树林里竖七横八地躺着很多原木。木耳是阴生植物，老林子里躺在地上的原木常年见不到阳光，浑身长满了硕大的木耳。一根原木就能采一筐木耳。每次进老林子都满载而归。但老林子可不是说进就进的，老林子遮天蔽日，光线昏暗，进去分不清东南西北，没有"山里通"做向导，是很容易迷路的。

六七十年代，老虎沟家家日子过得都很紧巴，大家就去挖药材卖，贴补家用。最常见的药材有桔梗、柴胡、天南星。桔梗开蓝花，柴胡开小黄花，天南星开红花。桔梗和柴胡都是成片生长。远远望去，湛蓝一片，金黄一片，好似锦霞洒落大地。

桔梗长得有点像人参，白胖白胖的，惹人喜爱。朝鲜的经典民歌《桔梗谣》里唱的就是这个东西。朝鲜族人把它当菜吃，汉族人把它当药材。山里有个规矩，挖桔梗，只能挖大个的、成年的，小的不能动，不能干断子绝孙的事。虽然没有明文规定，也没人监督，但大家都自觉遵守大山的生存法则。

大山里还有一样好东西，那就是苕条，编筐、编篮子用的。筐、篮子是最重要的农具之一，农家必备。编筐、篮子的苕条很讲究，必须是当年在老苕条根上新发的嫩枝，才柔软、坚韧度适中。

老虎沟 20 世纪 70 年代初才有有线广播，无线电收音机谁家都没有。有一次，我在供销社发现一台"向阳"牌的无线电收音机，试听一下，有很多波段，能收很多个台。我爱不释手，一问价钱，吓了一大跳，48 元 5 角，相当于爸爸一个月的工资。总不能一家人一个月不吃不喝吧！我只能心有不甘地放下，一步三回头地看。回到家里，"向阳"牌收音机的影子老是在我面前挥之不去。过了两天，我又跑到供销社去看，还在。在回家的路上，我就下定决心，一定要买！上哪找钱去？打莒条。

当年，供销社收购莒条 3 分钱一斤，10 斤三角，100 斤三元，要攒够买收音机的钱，要卖 1700 斤莒条。我先带着两弟弟到供销社给他们看了"向阳"收音机，然后向他们承诺，卖莒条，买收音机剩钱给他们买"炉果"（当地一种甜酥糕点）。

我和两个弟弟起早贪黑地朝着目标进发。一个秋天下来，鞋跑烂，衣服挂破了，但我和两个弟弟硬是打了 1800 多斤莒条，卖了 50 多元钱。我兑现承诺，给两个弟弟买了一斤"炉果"，我自己买了一本书，名字叫《金光大道》，浩然写的。剩下的 50 元钱交给了爸爸，因为当时买东西都要凭票。

我一下子拿出 50 元钱，爸爸都惊呆了，还以为他儿子抢银行了呢。

收音机买回来后，全村轰动，每天院子里都坐满了来听节目的乡亲们，天天像过年一样。

冬

冬天，北风怒吼，满天风雪弥漫，吹得人眼睛都睁不开。这种天气一般人都不出门，躲在热炕头上"猫冬"。只有半大小子们，冒着风雪，顺着电线杆子寻找撞晕的鸟儿。风雪吹得人睁不开眼睛，空中的鸟儿更睁不开眼睛，凭着脑袋里的导航系统摸索着朝前飞去。飞着、飞着，空旷的原野上，突然出现一根电线杆子，一不注意撞上去了，一下子就晕了，掉到地上，冻僵了。我们就捡这个"洋落"（东北土话，意外收获的意思）。

你要顺着电线杆子不停地走，因为说不上哪一根电线杆子能有鸟儿撞上。或者，撞的时候你没赶上，去晚了，被雪给埋上了，这个"洋落"你还是捡不到。当然，不是每一次都有收获。反正闲着也是闲着，有枣没枣打三竿呗！运气好的话，捡到一只大鸟儿，快赶上一只鸡了，正经八百能炖一锅好肉。

寒霜一降，就听不到蛤蟆的叫声了。蛤蟆秋天养了一身膘，为冬眠做准备。蛤蟆冬眠的地方很隐蔽，轻易找不到。但田学忠放牛，整天在野外转悠，最终还是被他发现了，蛤蟆都躲在岭西泉水坑一块大石头后面。岭西泉水坑非常神奇，下多大雨，坑也不满；多旱的天，水也不少；多冷的天，水面也不结冰。

田学忠和我一人背了一个面袋子，兴冲冲地去抓蛤蟆。搬开大石头，后面是一个两尺多深的一个洞，手伸进去，热乎乎、滑溜溜的，全是蛤蟆！我撑着袋口，田学忠两个手往口袋里装。装满一袋子，再装下一个袋子。有的蛤蟆跳上岸边，我们也不理会，在雪地上，跑不远，蹦两下就冻僵了。等把洞里的抓完，再去捡它们。

我和田学忠弄了俩面袋子蛤蟆。临近春节，这回可过个肥年喽！蛤蟆肉可以吃，蛤蟆油可以卖钱。据说，蛤蟆油价格比黄金还贵呢。说是那么说，也不知哪里收蛤蟆油。后来，用蛤蟆油换豆油了，是一两换一斤豆油，还是两斤豆油，记不清了。

冬天，山里孩子最常玩的项目，就是滑冰车。至于电影、电视上的堆雪人、打雪仗，那都是城里人矫情，山里的孩子根本不玩这一套。冰车一般两尺左右长，竖着两根木棱子，底部刨圆，上边横着钉几块木板，就成了。

滑冰车有两种形式，一是在冰上。河水封冻，冰面光滑如镜，坐在冰车上，两手一撑，刺溜一下就滑出好远，好像骑在快马上飞奔，超爽；二是在雪上。选择一个陡坡，背着冰车爬上去，然后顺着陡坡往下溜，速度非常快，风驰电掣，风雪漫天，犹如腾云驾雾一样，爽呆了！一般胆小的是不敢玩儿。坡长几百米，爬一趟挺费劲的，但为了瞬间的快感，大家乐此不疲。

老虎沟人冬天都要狩猎。虎、熊都是保护动物，不能打。话又说回来，虎、熊都是神级动物，就是不保护，一般猎户都不敢招呼。老虎沟猎户的老祖宗刘二，带两个儿子去猎虎不成，最后被虎吃掉的，老虎沟也因此得名。

猎户狩猎对象有野兔、野鸡、獾子、狍子等。平时，大人狩猎，我们小孩根本靠不上边。只有围猎狍子时，才把我们拉去喊山。狍子长得有点像鹿，也有犄角。喊山就是用猎狗把狍子赶到一个深沟里，留一个缺口，站一个人。三面人拼命喊，驱赶狍子冲向缺口，狍子冲到缺口，忽然听到一声大喝："哪里跑？"狍子傻愣愣地看着对面的人，也不知道逃跑。当头一棒，狍子应声倒地。傻狍子、傻狍子就是这么得来的。

东北人的冬天，另外一件乐事就是听"二人转"。东北"二人转"现在已享誉全国、妇孺皆知。在赵本山、宋丹丹、黄宏、潘长江等艺术家的推动下，登上了中央电视台等大雅之台，并在全国范围内流传。但当初，"二人转"艺术家就是活动在田间地头、农家炕头的民间艺术。冬闲，谁家有点高兴的事，结婚、祝寿、添丁等，都要请"二人转"演员唱一场。不管谁家唱堂会，孩子们都要去凑热闹。当时，也没有什么出场费，喝顿大酒齐活。

我离开老虎沟已经36年了，但有一幅画面至今留在我脑海。雪后初霁，白雪皑皑，刺得人睁不开眼睛。林海雪原上，一株山里红傲然挺立。经过风吹雨打，树叶已经落光，那些瘪粒、蚊叮虫咬的山里红也已跌落。树上只剩下颗粒饱满、充满质感的硕果，在阳光下，像红玛瑙一样，熠熠生辉。树上，小鸟儿喳喳地叫着，地下，小鸟儿一蹦一跳的，走出的一个个"个"字形的脚印。空旷、寂寥的雪地一下子生机盎然起来。

播撒文学的种子

王玉祥

文学对于一个国家、一个城市、一个民族、一个人的影响是巨大的，超过了其他力量。对于青少年的成长尤为重要。"腹有诗书气自华"，正如欧阳修所说："能寓心于书者为君子。"

深圳"城市因为阅读而受到尊重"，但这远远是不够的。深圳正在创建"文学之城"，打造"深圳学派"，因此我们要引导青少年不仅仅满足于在人类进步阶梯上行走，而是要成为构筑阶梯的一沙一石、一草一木。要教会他们用文学来表达成长的烦恼和对生活的领悟及感动。

《盐田文艺》以推动青少年文学原创为己任，专门开设"花季·雨季"栏目，为盐田青少年实现"文学梦"铺设平台。由区文联、区教育局联合主办，《盐田文艺》承办的"盐田杯"青少年文学原创大赛，每年举办一次，不但奖励作者，还奖励辅导教师，整体推动校园的文学创作。推荐优秀作品参加"岭南杯"湘粤桂三省六市一区青少年文学原创大赛，把盐田的孩子们带到了一个更高的层面。

在青少年心里种下一棵文学的种子，它就有可能长成一棵思想树。"少年强则中国强，少年智则中国智。"为青少年插上文学的翅膀，功德无量，善莫大焉！

阅读是为了活着

王玉祥

世界大文豪福楼拜有一句著名的话："阅读是为了活着。"这里的活着，显然不是指衣食无忧，而是如何活得更有意义。

读书可以改变命运。有不少的农家子弟就是靠苦读寒窗，才"鲤鱼跳龙门"，走出了闭塞的小山村；有不少生活在社会底层的人就是靠自学成才，才成功转身，奏响新的生命乐章。"书中自有黄金屋，书中自有颜如玉。"

读书是一个自我完善的过程。读书是向他人学习的最重要方式，是一个人成长的源泉。正如法国著名的哲学家勒内·笛卡尔所说："遍读好书，有如走访著名的古代前贤，同他们促膝谈心，而且是一种精湛的交谈，古人向我们谈出的只是他们最精粹的思想。"商务印书馆创始人之一的张元济老先生把读书与积德相提并论："数百年旧家无非积德，第一件好事还是读书。"

读书可以增强自身的力量。习近平主席在参加索契冬奥会开幕式后，接受俄罗斯电视台采访时谈道："读书可以让人保持精神活力，让人得到智慧启发，让人滋养浩然正气。"一个不读书的民族注定要沦为智力、思想和文化方面的侏儒，不会有任何竞争力。读书，小到可以影响一个人的成长，大到可以影响一个城市的发展。深圳"城市因为阅读而受到尊重"。深圳能够有今天的成就，就是因为在发展关键时期，植入了可持续发展的文化因子。只有每一个中国人都内心强大了，中国才能真正的强大。

毋庸讳言，我们的阅读量与一些发达国家相比，明显偏低。中国人年读书0.7本，韩国7本、日本40本、俄罗斯55本。因此，应从国家层面倡导推广全民阅读，使之蔚然成风。像习近平主席所说的那样：读书是一种生活方式。

《盐田文艺》冬季号组稿时，正值深圳市"读书月"期间，"读书月"组委会照例会向市民推荐一批好书。盐田区作家协会也向盐田读者郑重推荐《盐田文艺》——一本专门描写盐田人、盐田事、盐田文象的书。

开卷有益！阅读从《盐田文艺》开始。

写作，让我多活几度生命

王玉祥

写作，也许无法改变我们的命运，也许不能提高我们的物质生活水平，甚至让我们的生活更加窘迫。但写作能让我们的生活充实，生命充满张力。于秀华，一个农妇，一个残疾人，因为有了诗歌创作，生命才如此芬芳。

一个文学爱好者，当他的处女作出现在报刊上，恰似母亲分娩，听到婴儿第一声啼哭一样。那种喜悦，那种成就感、满足感，是任何物质享受所无法比拟的。

热爱写作的人，一定是一个热爱生活的人。文学作品大致分两种，一种是歌颂美好生活，一种是抨击丑恶现象。只有对真、善、美充满了浓浓的渴望，才能对假、丑、恶产生深深的憎恶。心中有朝阳，方能春光明媚，艳阳高照。

春江水暖鸭先知，热爱写作的人能比常人预先感知生活的律动。法国著名作家米兰·昆德拉说："小说考察的不是现实，是存在；存在不是既成的东西，它是人类可能性的领域，是人可能成为的一切，人可能做到的一切。"大若家国情怀，文明探求，小若男女情愫，微闻思忖，最动人的词句，终归是描述生活，提供可能。当一个人在人间烟火中选择了阅读或者写作时，其思想的形态和指向，就与众不同了。

搞文学创作的人，也应该是一个纯粹的人，作品即人品。搞创作，要有一份坚守。要耐得住寂寞，顶得住诱惑，经得起挫折，受得了折磨。要有"衣带渐宽终不悔，为伊消得人憔悴"的韧劲，才有希望到达花开的彼岸。正如著名作家张炜所说："书是什么？书是真正的人才有的心事，是他的副本，是他滚烫的投影。"

　　写作，不是赶时髦，不是充门面，更不是名利双收，而是让自己的内心更加强大。

　　我写作，我快乐！

　　写作，让我多活几度生命！

借来东风好扬帆

王玉祥

　　最近，不断接到读者来信，反映说《盐田文艺》"文化天地"栏目刊登的蒋子龙等大师描写盐田的文章，让他们对盐田的山山水水、人文历史等有了更深刻、更全面的认识。让他们更加热爱盐田这块山水福地。大师的赐稿，也把《盐田文艺》带到一个新的文学高度。尤其是看到《深圳商报》以"《盐田文艺》：专设青少年文学栏目"为标题的专题报道，对家门口的这份文学刊物也更加喜爱了。

　　感谢读者的点赞！能邀请到这么多的名家到盐田来，这要感谢盐田区委宣传部和《香港商报》组织的"品鉴盐田"中国作家采风团的盐田之行。采风团团员在中国新时期文学史上个个都是响当当的人物。蒋子龙：中国作家协会原副主席，他创作的《乔厂长上任记》已被公认为新时期文学的一个里程碑；陈世旭：中国作家协会主席团委员，20世纪80年代以《小镇上的将军》一举成名；邵振国：甘肃省作家协会主席，代表作《麦客》获全国优秀短篇小说奖；水运宪：湖南省作家协会副主席，以电视剧《乾隆皇帝》《乌龙山剿匪记》享誉全国。还有朱秀海、阿城、任芙康、杨红昆、叶舟等，均令吾辈高山仰止。

　　他们的到来，是盐田文学爱好者的福音和福祉。让我们有幸与高人为伍，近距离聆听大师的教诲。也有机会站在巨人的肩膀上，以此为支点，撬动盐田文学前行的板块，借他山之石攻玉，开创盐田文学创作的新天地。

　　借来东风好扬帆！

悠悠三洲田

钟　芳①

　　初次邂逅三洲田真是惊诧于她无边无际的绿色，分明是深冬时节却依然以浓淡深浅不同的青翠装点着梧桐山脉的美景。远远望去的三洲田，只见连绵起伏的山头，并不能窥得她内里的半点容颜。随着蜿蜒盘旋的山路车行而上，渐远的盐田、沙头角都留在了身后。天的远处是大鹏湾，大、小梅沙就如两颗珍珠镶嵌在海边，波光粼粼的海面映照着盐田港的货轮，偶尔几声进港的汽笛声惊扰了正在觅食的海鸥，白色的翅膀拍打着海面，优美的身影牵引着人们的视线。夕阳如锦缎般铺泻在天边，金灿灿的一片与云彩交织成一幅美景。人们的心也随之开阔起来，才知原来喧嚣与宁静仅在一息之间。

　　转过了一个个高高低低的山头，在一路绿色的陪伴下便到了肥沃的山间盆地三洲田村，山林中掩映着分别由几十户人家组成的名为上围、下围、南坑、阮屋的小村庄。竹木结构的小楼外是养了鸡、鸭、鱼的池塘，芦苇丛边几只狗儿追着嬉闹玩耍。坐在小楼上，呼吸着沁人心脾的清凉空气，心情也被这恬静安然的环境所感染，真让人误以为到了桃花源里。主人以熟练的冲茶手势为我们泡好了三洲田自产的绿茶，先观色，后闻香，再品其味，袅袅的茶香中像是吸收了天地之间的灵气，喝下去滋润了整个肺腑，之后又端上了三洲田的特产——南瓜茶叶瓜子，与茶叶同炒的南瓜子不腻不燥，还可降血糖，多吃几粒也不怕口干。喝了三泡茶后，晚餐也已上桌了，全是正宗的客家风味饭食，除了必不可少的客家豆腐、三杯鸭之外还有煲得浓浓的土鸡汤、烧得喷香的各式山珍海味，还有许多不知名的野菜，只闻其香都足以令人垂涎欲滴了，伴着清

---

① 钟芳：深圳市作家协会理事、广东省作家协会会员、盐田区作家协会主席、《盐田文艺》编委。著有散文《流淌的岁月》等。

风、美景，品着佳肴、陈酿，真让人羡慕三洲田村民们赛神仙的生活。

饭后不觉已是暮色四合，村庄里也渐渐地悄无声息了，周围的群山也似倦了一般，没有了阳光下的苍翠之色。潮湿的夜风里有青草的味道，让人恍然记起童年在乡下的那些日子。黑黛的夜里只有晚归的车子驶过，灯光照亮了路旁青青、长长的野草，整齐地向后倒下又再伏起，如同恪尽职守的卫兵迎接主人的归来。

借宿于友人的小楼，躺在松软、温暖的床上可望见窗外远近的山峦，夜色中的山色也有浓淡之分，浓的是远处的山巅，淡的是近在咫尺的山坡，却也分不清是树还是草了。当村庄里几十户人家的灯逐一熄灭，不一会都好似沉睡了，窗外的山色更浓重了，灭了屋里的灯那可真是"伸手不见五指"。细听窗外有山风吹过的飒飒之声，没有任何灯光、噪音的惊扰，睡得格外香甜、解乏，山里的夜也好像尤其的长，同样的睡眠时间却感觉睡了很久似的。

清晨的三洲田也是静静的，早起的鸡悠闲地在草堆里刨食，空气更加湿润甘甜了。山谷里有层薄薄的雾流动着，泅晕了眼前的风景。当太阳从山头纵起，一瞬间照亮了远近的山林、池塘之时，三洲田又恢复了让人愉快的明丽绿色，让人不觉为之振奋起来，三洲田新的一天又开始了。

再去三洲田是荔枝成熟的八月份，先入眼帘的是一层层绿油油的茶田，嫩绿的茶树整齐地排列在山谷中，每一片叶子都舒展在明媚的阳光下。采茶的客家姑娘、阿婶们都带着有黑布垂下的竹帽，是怕太阳晒黑了脸。漫山遍岭的荔枝树上挂满了红彤彤的果子，连叶带杆地摘下来，荔枝还有阳光的余温，席地而坐就在荔林里大快朵颐，甘甜多汁的果肉让人难以住口，不禁想起苏东坡"日啖荔枝三百颗，不辞长作岭南人"的佳句。友人为我们兑好了淡盐水，来消解荔枝的热气。

怪不得高官厚禄打动不了友人，他甘愿在三洲田里做个村夫。同时我也感叹上天真是厚待三洲田的山和水啊！

云山雾罩画中游

钟　芳

2014 年的初秋，我们一行 40 多人在雨雾中来到广东连南寨岗的"千年瑶寨"。车子随着山势旋转前行，车行近两小时之后，造型独特的古老瑶寨民居呈现在众文友眼前。雨中的山色迷茫朦胧，已分不甚清楚到底是云雾还是雨雾了。大家兴致盎然地踏进古老的瑶寨大门，几位身着瑶族传统服饰的瑶家大姐端着米酒热情地欢迎我们的到来。

始建于宋代的千年瑶寨依山而建，宋代的老屋，明代的祠堂，清代的竹楼，至今古貌犹存，寨子里的石板道纵横交错，主次分明，在崇山峻岭中勾勒出了好一幅世外桃源的生活美景。目前，居住在山寨里的瑶民主要有邓、唐、盘、房四个氏族，如今的古寨只有 200 多人居住，约有 368 幢明清时期的古宅及寨门、寨墙、石板道。我们踩着石板建成的台阶缓步向上，不一会儿已是香汗涔涔了。途中两旁的店铺里是瑶民们摆卖农产品与特色小吃的小摊档，我们凑上前去，盐水煮的花生、土鸡蛋，还有香甜的玉米、番薯，我则叫了一碗山水豆腐花，优哉地吃将起来。位于半山处的瑶寨如同仙境，雨雾中更添了几分神秘与韵味！只见瑶寨四周的山势险要、溪水奔流、群峰叠嶂。抬眼向山顶望去，一排排整齐划一的古典建筑民居遍布山冈，古屋一律青砖砌墙，黑瓦盖顶，造型独特，极为壮观，房屋依着山势错落有致地排列在半山坡上，空气湿润且清新，还能嗅到若隐若现的花香。瑶寨里的大多数房子是竹水泥墙结构的吊脚楼，外墙青砖内为木质结构，里面还有火炉塘、石槽冲凉盆、宛如蛛网的竹水笕等设备，设计科学合理，处处充满了生活智慧。我想长居于此的瑶民们是幸福且快乐的，虽说可以耕种的土地少之又少，但终究天道酬勤，这一代代生生不息的瑶族人民就证明了这个伟大民族生命力与生存力的强大！小憩片刻之后，我们继续拾阶而上。果不其然，最美的风景总是在最远最高处，此时回望身后云山雾罩中的瑶寨，宛若仙境梦境一般。

　　不觉之中暮色已快降临，我们依依不舍地下山挥别瑶寨，把她美丽的影像记忆在心里，慢慢酝酿、发酵，等待下次的再回首。在享用了简单的晚餐后，我们大队人马又兴致勃勃地参加了瑶族篝火晚会。纯朴的瑶族同胞生来爱唱歌，百里瑶山是著名的歌舞之乡，只见漂亮的瑶家沙腰妹深情地唱着瑶家情歌，英俊的阿贵哥腰搭长鼓，跳起了欢乐的长鼓舞。漂亮多彩的民族服饰、美丽婀娜的身姿向每位宾客诉说着瑶族人民的历史文化，沙腰妹与阿贵哥们用歌声舞蹈表达着内心的喜悦与幸福。晚会的最后，他们还邀请来宾观众一起登台载歌载舞尽情欢乐，我拉着一位身着民族服饰的年轻阿贵哥，小伙子外表热情奔放，内心却是腼腆害羞的，他的手心已微微出汗了。我们伴随着欢快的瑶族舞曲，踏着妙曼的舞步旋转踏步，感受着瑶族兄弟姐妹们的能歌善舞，感受着瑶族人民热爱生活、勤劳勇敢的特质。立秋之后的气温怡人，不时有小风徐徐吹过，这美好的夜晚不禁让人迷醉了。

暮色苍茫马六甲

钟　芳

　　初夏的傍晚，在经过了几小时车程的颠簸之后终于来到了马六甲城，暮色苍茫之际星星点点的灯光依次亮起，莫名的伤感随着暮色的浓重袭上心头，不禁让人惦记起远方的家与亲人来。马六甲是马来西亚历史最悠久的古城，也是马六甲州的首府，有着源远流长的历史渊源。悠久的殖民岁月为这里的遗迹披上了浓浓的殖民色彩，也给马六甲带来了多元文化的碰撞与交融，主要体现在了古城内的建筑和饮食文化之中。

　　徜徉在古城街头，满眼皆是各具风格的建筑遗迹，既有青云亭、三保庙等历史悠久的中国建筑，又有马六甲基督教堂、荷兰红屋等甚具荷兰风情的建筑，还有圣保罗教堂、圣地亚哥古城门等葡式遗迹。此外，当地人的住宅与店铺也都极具特色，让人过眼难忘。明代三保太监郑和七次下西洋中曾有五次在马六甲登陆，三保街角就有当地民众为纪念郑和建造的三保庙。走进小小的庙里，只见郑和小小的塑像竟然被摆放在庭院中，经导游解释才明白原来郑和是回族人，信奉伊斯兰教，所以为了表达对他的尊重，塑像并没有安放于庙堂之中。由于年代久远，塑像已经是斑斑驳驳的了，显得有几分萧瑟与凄凉。距离三保庙不远处就是清澈的马六甲河，旁边是郑和五下西洋时建造的古炮台。历经岁月风霜的冲刷洗礼，炮台红色的砖头已破损缺角了，令人不免感触感怀世事的沧桑，遥想着当年郑和下西洋时的光辉岁月与所经受的颠沛流离，想象着这样一位颇具传奇色彩的宦官将军有着怎样的异于常人的爱恨情仇，他是否也有过心爱的姑娘，有着怎样的思念与远方？突然间情绪低落下来，觉得世上每一个人都相当不容易，开始心酸、心痛，不仅为了郑和，更为了无数游走在海外赤子们所经受的艰辛疾苦，想象着他们忍受了多少背井离乡的无奈与彷徨，在异国他乡顽强挣扎生存、生活、漂泊、流浪，有着多少令人扼腕叹息的悲伤故事。

　　内心交缠迷乱之际，我们来到地道的当地人开的餐厅，享用美味又别具地方风味的晚餐。由于马来西亚是个多种族国家，所以在饮食文化方面也深受华人、印度人的影响，偏爱酸辣和咖喱。因为马来西亚地处热带，天气湿热，所以饮食当中有许多辛辣的调味料，如咖喱、胡椒、辣椒之类，可以促进排出身体内的湿气。加之天气炎热胃口会受影响，有了这些重口味的调味料可以刺激食欲。华人的特色风味小食有炒粿条、咖喱面、清汤粉、海南鸡饭、肉骨茶、槟城喇沙等。马来风味以椰浆饭、沙爹肉串、竹筒饭、黄姜饭最为著名，印度风味则以拉茶、煎饼、香蕉饭最负盛名。值得一提的是，在马来西亚人的厨房中必不可少的还有多种香料，如罗望子、月桂叶、香芋等，可以中和咖喱的辛辣，并有清润香甜的味道，颇显南洋风味之余满含了民间烹饪的智慧。

　　饱餐了当地各类美食之后，我们踏上了奔赴新山的路程。马六甲城在我的视野里由近及远，随着车子的渐行渐远终于成了留在身后的模糊轮廓，我不知道以后的岁月里是否还能与马六甲城再续前缘，那里的山水草木却如石刻般深深地镌刻在了我的心底，令我今生难以忘记。

悠悠梅沙思古情

钟　芳

梅沙的大海以无比温柔的胸怀，拥抱着波澜不惊的大鹏湾，如恋人般相互占据交缠。平缓开阔的沙滩与不远处的梧桐山脉遥相应和，赋予人们无限的浪漫与遐思……

春来之时，海的颜色是浅至极致的绿，捧在手中却更加的淡了。远近的树木不知在何时已抖落了常年不变的青翠，换上了嫩绿的枝叶，让人们感受到了春天的气息。盛开的簕杜鹃娇艳地装点着山海间无边的美景，汹涌澎湃的海浪却接连不断地拍打着海岸，卷起无数热情的洁白浪花，旋转激荡之后消散于海的怀抱里，像是独自玩耍的孩子沉迷于游戏之中乐此不疲、周而复始，却始终懒理别人探询的目光。此时的沙滩并不细腻，粗糙的沙粒甚至把脚底硌得生疼，延续了冬天的潮湿阴冷，沙滩像是干涸了的河床般坚硬而又了无生气。太阳也似乎刚从睡梦中醒来，只肯轻轻地抖落出些微亮光沾染着看海的人们，就像激情退却的恋人再见时的相对无言。

盛夏之时的梅沙完全是另外一番景象了，烈日下的沙滩上无数的人球滚来滚去，耳朵里充满了嗡嗡的喧嚷声，近海的浅滩里因人头攒动而像煮沸的锅了。入夜之后更是把这热烈的气氛推向了高潮，形形色色的男女们相互追逐笑闹，像是要把无穷的精力一次性发泄干净似的。直到夜深之时，所有的一切才归复原来的平静，那些真正爱海的人们才悄悄地下海，趁着朦胧的月色惬意地漂浮在宁静的海面上，安享着大海的包容和宽阔。这时候的沙滩是柔软且细腻的，绵绵的好像踩在了厚厚的地毯上。畅游之后又再趁着即将消退的夜色轻轻地离开，月亮还在头上，旁边点缀着几颗稀疏的星星，像是瞪着好奇眼睛的无知孩童一般，却不惊扰周围人的梦。

依山傍水的大小梅沙自然环境优越，自古就是人类活动的地方。据考古发掘在 7000 年前的新石器时代中期，这里就留下了人类居住的遗址。深圳沿海主要有咸头岭、大梅沙、小梅沙、下洞等沙丘遗址，此类遗址因咸头岭遗址发掘时间较早、遗物较多，被命名为"咸头岭文化"。沙丘遗址分别位于大梅沙湾与小梅沙湾，大梅沙湾沙丘遗址位于盐田区大鹏湾北面，东南临大鹏湾，余皆环山，面积1.58 平方千米，垒石沙滩岸，距洲仔岛 0.8 千米，因在梅沙尖山东南面而得名。北面有一条山涧溪水流经沙滩东部入海。海滩有两级沙堤，遗址位于第二级沙堤上，现仍存有一块 2000 平方米的遗址保护区。小梅沙湾沙丘遗址则位于大鹏湾北面，北靠梧桐山，与九龙半岛隔海相望。湾深 0.75 米、弧长2.5 千米，沙质底，因在梅沙尖山东南面而得名。沙丘高出海平面 8 米，文化遗物分布在长约 350 米、宽约 200 米的沙丘上。

　　伫立在风光迷人的梅沙海边，蓝天碧海之下令人思绪纷纷，想象着古人在此劳作时的艰辛困苦，千年之后依然奔腾往复、永无休止的潮水，见证了沧海桑田，不免感叹下时光的飞逝，发思古之幽情了。

日思夜想葫芦头

钟　芳

　　陕西名吃——葫芦头泡馍最早为唐代京城美食，至今仍是西安城内有名的风味特色食品。如何美味呢？西安城的人夸奖葫芦头的美味时说："提起葫芦头，嘴角涎水流！"据说祖籍陕西耀县的唐代名医孙思邈不仅医学造诣高，对饮食医疗也相当有研究，还曾著书《千金食治》讲解食疗的功效。史载孙思邈曾指导京都长安一家专卖猪杂碎的小店，以西大香、上元桂、汉阴椒等芳香健胃且能解腥去腻之药物与猪大肠同煮，煮后果然香气四溢，美味大增。为何叫葫芦头呢？只因为猪大肠与小肠相连接处的肥肠，形如葫芦，味道肥嫩鲜美而不腻。尤其是西安南广济街上的"春发生葫芦头泡馍"更是名噪一时，说起"春发生"的得名也有一段典故。话说有位山西籍的美食家对葫芦头泡馍大加赞赏，遂借大诗人杜甫《春夜喜雨》诗中"好雨知时节，当春乃发生"之意，给这个小店取名"春发生"。此后，名声远播，食者甚众，天长日久，"春发生"葫芦头泡馍馆已经成为誉满大西北和全国的名店，至今盛名不衰。

　　大约有十年的光景吧，我们家就住在距离南广济街不远处的南院门。"春发生"葫芦头泡馍馆，独沽一味只卖葫芦头泡馍，所不同的只是分为普通和优质泡馍两种。所谓优质就是多放了几片白花花的五花肉、卤煮出来的猪大肠罢了，味道却是一模一样的美，用陕西话形容那就是——嘹咋咧、忒色很！只因近水楼台先得月的便利，一年四季里头我们一家人的午晚伙食基本就在"春发生"解决。记得每天傍晚，父母带着我们姐俩儿晃悠晃悠走个十来分钟就到门口了，然后围着桌子一边掰饦饦馍，一边谈天说地，说笑之间馍也就掰好了。然后给各自的碗上夹上木夹子，上面有号码以示区分，之后再由服务员递进厨房。只见厨房里面宽大的台案上放着几十个海碗，师傅分别给每个碗上搁上粉丝、黑木耳、黄花菜，还有卤煮好的猪大肠、五花肉片儿，再由专门冒馍的大厨依次用滚烫的奶白色的卤肉汤冒馍，一般是需要冒两到三次，馍和菜肉都热气腾腾了，加上一勺奶白色的高汤，最后撒上一小撮香菜末，一碗完美的葫芦头泡馍就可以上桌了，再放上两粒糖蒜、油泼辣子就可以酣畅淋漓地开吃了，无论男女老少基本只盯着碗里头的葫芦头泡馍了，只吃得鼻尖冒汗、心满意足、舒坦舒服！如果说我从小是端着葫芦头泡馍的碗长大的，这一点都不夸张。记得我八岁左右已经能吃下两个饦饦馍了，和西安城里小伙子的食量差不多。

如今，经过几百年的发展创新，葫芦头泡馍已经有了很多创新品种，海味、鱿鱼、鸡片、猪肉、特制、双宝、砂锅、火锅葫芦头等，但我还是最爱原始的味道。"春发生"已经没有再去了，反而是小南门外的"诚信和"成了我的至爱，回到西安也曾去试了西关、糖坊街的葫芦头泡馍，吃来吃去却还是最爱"诚信和"这一口。只因为这一口与多年之前记忆中的味道最相似，这才明白：无论味蕾经历了多么丰富的滋养娇宠，却始终无法忘记最让你熨帖沉醉的美味，这与经年久月地爱一个人又何其相似呢！

昨夜的梦里，我又去吃葫芦头了，一个人坐在"诚信和"压着玻璃板的八仙桌前却不舍得动筷子，涎水含了满口，心里满满的都是思乡的泪。

再也回不去的故乡

钟　芳

　　故乡远在千里之外，至今已经离开 20 多年了。当我再次回到阔别已久的故乡时，长久地站立在旧居的老杨树下，看那暗绿色的婆娑树叶在风中挥手致意，别离之后的千般忧伤与酸楚如奔腾的马匹般齐涌心头。如水的时光改变了曾经青春的容颜，跟着改变的还有无比熟悉的街道、树木，甚至故乡特有的气味与感觉。就像与少女时期深爱过的英俊少年重遇，纵使当年爱得如何跌宕起伏、波澜壮阔，再见时彼此也不过轻轻晗首，回眸顾盼之间早已物是人非。这才发现，故乡早已不是记忆中的故乡了。

　　当故乡的风从远方吹来，不由得一次次梦回故乡，想起那年故乡湛蓝夏夜里闪耀的星光，初春时道路两旁泛着鹅黄的垂柳，那初秋麦田里袅袅升起的炊烟，深秋时一家人围坐在八仙桌旁吃着热气腾腾的三鲜煮馍，还有大雪纷纷而下时洁白素裹的古城墙。那一切的景象皆是远离故乡之后魂牵梦萦的桃花源，心底永远汩汩流淌万般柔情的爱之所。每当夜深人静之时，思乡之情盈怀于胸，久而愈浓，远而愈重。就像那久酿的美酒在窖中散发着丝丝缕缕的摄入心魄的奇香，引得馋酒的人儿们涎水欲滴呢！

　　记忆中的故乡，那散落着童年记忆的一处处房屋，至今还回响着父母爱的叮咛；那条上学的小路上有我多少温暖的童年梦想。春夏秋冬的故乡，有我多少的爱与希望。犹记得，沣峪口河边与小伙伴们戏水野餐的情形，那欢笑声就似昨天；犹记得，情窦初开的少女初次收到情书时的紧张害羞与忐忑难眠；犹记得，与父母姐姐嬉笑逗乐时的霸道娇憨；犹记得，那年远离故乡时一步三回头的不舍……

　　我可爱又多情的故乡，在多少个晨昏日暮之后，始终以它最恬静的姿态默默地留存在我的梦里心间，就像那棵常常入梦来寻我的老杨树，无比温柔地注视着我沉浸在自己的欢愁喜悲之间，欢欣着我的欢欣，忧伤着我的忧伤。就像那枝叶繁华又落下，细数着再也回不来的时光，细数着我遗落在指尖黑发上的那些温暖与爱情。

人至中年，才明白了再也回不去的地方叫故乡，那些到不了的地方叫作远方。昨夜梦回故乡，还是五星街草场巷2号，还是那间老屋，院子里还是那棵老杨树，屋里还是父亲忙碌的身影，心里仍然装满了英俊少年的深情凝望。一切都如昨天一样，只是时光的巨手把我们狠狠地隔了开来。

此时此地，我在遥远的南方天空下，仰望着与故乡一样的月亮，我依然辗转奔波在岁月的更替之间，依然沉浮挣扎在爱恨情仇之间。偶尔抬头，看那窗外星空里如亲人般的温情目光，细数着时光悄然走过的痕迹，轻轻地把那些散落在故乡的爱与哀愁无比温柔地珍藏于心底。

今夜，故乡在心上，梦在远方。

飞燕落巢百姓家

钟　芳

　　在深圳以东，苍翠的梧桐山脚下，波澜起伏的大鹏湾畔，有这样一处雅致的去处。翠竹环绕、沉香阵阵，远离城市的喧嚣，置身其中让人不禁久久沉浸在古朴典雅、清新宜人的氛围之中。目光所及之处浓郁的故宫文化气息弥漫在细微之处，每一组书画，每一间房舍，每一盆花草，甚至每一束灯光，都深含着隽永的文化品位。这就是紫禁书院——故宫文化的根，让人向往，让人迷醉。

　　紫禁书院，作为故宫文化体验中心，承载着传播故宫文化的使命，以传播故宫文化，分享典雅生活为己任，是故宫文化现代传承的探索与实践。众所周知，故宫是世界的文化遗产，如何凸显公益性思维，让故宫文化融入生活中去，促使人们能够理解故宫，热爱传统文化，让故宫文化的传播力和影响力最大化，相信正是书院的建设者与经营者们所思所想的。

　　这小小书院的背后蕴含着博大精深而又波澜壮阔的文化梦想，庭前廊下，从唐汉的文明延续而来。书院的布局庄重而不失典雅，淡泊而难掩辉煌。书院虽小，却蕴藏中国传统文化之精髓。六个字可全面概括紫禁书院内涵："书"，即依托故宫之丰厚资源、精品书籍，收藏与鉴赏兼顾，体现故宫的深厚文化。"画"，故宫古书画珍藏收尽天下文脉，仿真书画提取原文物精髓，精妙还原国宝，故宫专家专业水准保证与原作风神韵味不变。"器"，皇家美器之精工传统结合当代名家创意设计让传统在生活中焕发新的生命。"道"，紫禁书院以器之鉴赏、听琴品茗、抄经绘画、雅集交流等方式承载并传播传统文化之"道"。"展"，书院设计有展览功能，可举办当代工艺、艺术等精品展览，也是故宫文创的展示发布销售场所，将故宫文化融入当代生活。"憩"，书院亦适合作为休闲接待休憩之所。书院的规划理念是把中国文化精神物化成一个看得见、听得着、闻得到、吃得了的生活形态。通过物化的分享体验，领悟中国文化的哲学理念。

此外，值得一提的是深刻的现场体验是紫禁书院的核心竞争力。在书院举办的亲子活动中，父母可以带孩子亲身体验绘团扇、拓碑帖等传统技艺，感受传统文化的独特魅力。书院还梳理整合了故宫的研究成果，面向公众举办故宫文化讲座，从不同的角度讲述多姿多彩的紫禁城。书院力求向社会传播中国传统文化艺术精髓，提升大众的文化品位和文明素养。开展了"四个一"系列主题活动，即"一计划，一活动，一普及，一展馆"。其中一计划为中国传统手工艺互助计划，将各地非遗文化资源、艺术设计资源汇聚盐田，成为集设计、创意、学术、传习、展示和销售为一体的非遗集结地，提高盐田文化影响力和知名度；一活动即"雅活两岸四地谈"，邀请两岸四地（大陆、香港、台湾、澳门）各领域的学者文人、艺术家、音乐家等会聚深圳盐田，以文化雅集形式，以雅活为题，每年举办"雅活两岸四地谈"，对当下生活形态、现代文明风尚等各种主题进行交流探讨，打造盐田文化品牌形象；一普及即普及传统文化知识，依据二十四节气举办不同主题活动，实现文化惠民和传统文化的大众宣传推广。一展馆即天工当代艺术馆，打造以中国非遗文化为载体的当代艺术馆，推广非遗文化的当代设计及生活应用。在书院这个开放的交流平台上，艺术家的作品与故宫文化的传承完美契合，公众从传统与当代交汇的视角体验到独特的文化魅力。

回顾书院开办的展览，艺术家潘鲁生的"饮酒怀礼"，立意于凝视传统、关注现实，倡导传统的饮酒文化和饮酒礼仪。根植传统手艺，关注传统生活和经验的细微之处，在保留传统造物所具有的经验直觉和实用理性的基础上，注重当代设计思想。那些个黑沉木案、漆器盘、瓷器酒具和潮州刺绣的屏风，共同营造了一个庄重的酒礼空间。艺术家叶放以"道可道"为主题，展出"香道场：玄奘与鉴真的香火""茶道场：与东坡斗茶不言商""花道场：给孔子与伏尔泰的花"三个系列。用具有叙事性的空间，把人们分别带入盛唐的佛教世界、丝绸之路的文化交流和孔子同游列国的"天下"。作品还分别用四方（东西南北）、五行（金木水火土）和六和（天地加四方）的中国传统空间宇宙观，构建出独特的道场。

紫禁书院在举办高端文化交流活动的同时，还十分注重传统文化的普及惠民活动，切切实实让盐田区人民充分领略传统文化的独特魅力与吸引力，昔日神秘的故宫文化成了我们普通市民可以远观、近玩、品鉴的精美文化餐点，紫禁书院也成了我们盐田文化事业发展壮大的新地标。

故乡散记

钟 芳

缘起张家堡

1972 年的初夏，对于西安的天气来说是宜人的，不冷也不热，在城北的张家堡医院里，我呱呱降生了，据妈妈说我出生时足足有八斤半，这分量在当年可不是吹的，稳拿冠军，并且此纪录在当地医院保持多年未被打破。作为父母的第二个女儿，我猜想他们肯定是略略有些失望的，以至于多年以后父亲还半开玩笑地戏说："我家老二本来是个小伙子的，只因投胎跑得太快，把小鸡鸡跑掉啦！"而对于我来说是男是女倒是无所谓的，且女娃可以穿漂亮的花裙子，还有布娃娃抱，男娃们玩的那些枪呀、洋片呀、木猴之类我倒真是不稀罕要。就是长到 11 岁初潮之时，才觉出了做女人的不好，每个月都要来月经，当时还不知卫生巾为何物，只得用粗粝如砂纸般的卫生纸，磨得大腿根生疼，又唯恐月经渗出裙裤来丢脸，心里总是惴惴不安，感觉做女人真是太麻烦了，每每此时就想象着若是换身男儿该多好呢，不用遭受如此的苦与累。

张家堡是地名，位于西安城的北边，属城乡接合部，当时称为北郊。"堡"在陕西方言里念 bu，应该是之前有张姓大户人家居于此才有此地名吧？张家堡有两家工厂，即西安塑料一厂、塑料二厂，父母就在二厂工作，主要生产塑料凉鞋、鞋底，有 18 路公共汽车往来于张家堡和市区之间，当年的公共汽车、站牌都是喜庆的朱红色，看着就让人心生欢喜。我们最初的四口之家就在距离公路不远的工厂家属院内，那个年代还没有楼房，大多都是参差不齐、形状各异的平房，记忆中住了十多户人家。家属院周围是绿油油的农田，出大门向右就是一条大路通向厂区，两边是菜地农田，分季节种着西红柿、黄瓜、玉米等农作物，由于当时年纪太小，并未留下深刻的记忆。厂区不大，约有七八间车间，一栋五层高的办公楼。路两边有桑树、梧桐树，到了夏天满树结着累累的紫色桑果，大人们会搭梯子爬到树上摘桑果下来，酸酸甜甜的桑果吃时会把手染成紫色，弄到衣服上无法洗干净，会被家长打骂的。若是到了秋天，梧桐树就会结桐子，大人们就用长长的竹竿直接打下来，滚得满地都是，好像花椒的果实一样，需要炒熟才能吃，珍而重之地放进嘴里却尝不出啥特别的味道。

进厂门向右走到头是锅炉房，旁边就是工厂的托儿所，土坯砖围起的院墙，院子中间拉的铁丝上面晾满了散发着尿骚味的尿布，几位保育员皆是周围村里的村妇，个个膀阔腰圆，开口闭口都是浓浓的秦腔，嗓门大得吓人。当时的我应该一岁左右，总之可以站在高高的婴儿床里观望身边的人和事，深深感觉到了自个的弱小和怯懦。然而内心却是静静的，灵魂好像已经成熟长大了一样。在我站的婴儿床侧有扇用铁链锁着的大铁门，中间有条缝隙可以观望过往的职工们，其中包括我亲爱的父母双亲。因为所有的职工都要上锅炉房来打热水，个个穿着淡蓝色的工作服，手上端着硕大无比的白搪瓷缸子，里面常常放着几撮廉价的茉莉花茶，泡至淡而无味也舍不得倒掉。妈妈经常与工友同事们说笑着就无知无觉地走过，似乎忘记了托儿所里还有她的孩子，我相当失落，每每望着妈妈远去的背影暗自伤心。父亲则不同，他经过时总是先趴在门缝里观望我，并且一声声地呼喊我的乳名，然后我就开始大哭，哭声大到可以惊天地泣鬼神，仿佛遭受了天大的委屈一般。保育员阿姨气急败坏地闻声而至，呵斥我扰乱了秩序。于是我哭得越来越大声了，父亲则在门外不断地安抚我："芳芳不哭，芳芳不哭了！"阿姨只能不情不愿地抱起我，到院子里放风溜达，运气好时还能混上半块糖吃，在那时已算得至高的待遇了。在我遥远的记忆里，年轻帅气的父亲总是穿着洗得发白的淡蓝色工作服，得闲就骑在托儿所的院墙上招呼观望，阿姨们因此不敢怠慢，总是把我放在院子里仅有的几部婴儿学行车里，我一边贪婪地呼吸着室外香甜的新鲜空气，一边期盼着父亲的探视，那情那景定格在心里，今生今世难以忘记。

如今的张家堡随着城市的发展与更新早已物是人非，然而那如梦般的过往则清晰地印在了心底，缘起此处，从此小姑娘开始无知无畏地踏上漫漫天涯路，苦苦地寻觅着爱的归处。

梦回香米园

　　其实在我出生不久，爸妈还带着我和姐姐在西安城西的香米园住过一段时间，大概是我一岁多吧。那段记忆相当模糊，只是听爸妈讲起才依稀能回忆起几个不甚清晰的片断，只因对这个地名充满了好感，因此印象还是颇为深刻。

　　那时的我刚会咿咿呀呀地讲话，走路也摇摇摆摆地像只胖企鹅般可爱。妈妈常给我扎起冲天的小辫子，穿件花花绿绿的棉布罩衫满街跑。香米园临近回族人聚集区，西安人称为坊上，大街小巷的空气中常年弥漫着羊肉的膻味。那时每家每户的生活都不甚宽裕，炒菜时用的食用油也多是用肥猪肉炼成，俗称大油，回族人也习惯把猪肉称为大肉，我至今也不知道如此称呼的来由。只记得小时候，每隔十几天爸妈就会炼猪油，炼完后的猪油渣撒上盐之后就成了我们美味无比的小零嘴儿。姐姐吃得比较精细，不喜欢这些下三烂的吃什，我甘之若饴地独自享用。每次妈妈炼完猪油就把油渣放在小搪瓷碗中撒上盐，热辣辣的奇香无比，有时还帮我夹在馒头里，那可是我少年时期最钟爱的食物之一呢！因为住在回族聚集区，炼猪油的气味香浓受到了左邻右舍回族兄弟的严厉警告，尊重民俗的爸妈也只能改炼羊油了，只是那股子膻腥的气味我简直无法忍受，炒出来的菜无法下咽，常被爸妈强逼着吃下去，转过头再偷偷地吐掉，真是痛苦不堪。回族的男女老少性格皆泼辣强悍，并且特别爱抱团儿，汉族人不敢轻易冒犯。平时倒也相安无事，但若起了冲突之时回汉两族的居民常常水火不容，并且每每以汉族人的失败而告终，久而久之香米园地区的汉族人越来越少。加之那个年代的回族人不重视教育，小孩们大多不爱学习，一般读到小学六年级便纷纷辍学回家做生意了。因此，爸妈也想办法尽快换房子搬到了更靠近城西边的劳动村，与我亲爱的奶奶、姑姑相邻而居，自此我们就远离了香米园。

　　那时奶奶的身体还算健康，还能下地四处走动，所以小小的我经常会和姐姐一起到奶奶家串门。奶奶的房间里有许多好吃的吃什，印象最深的就是整包的话梅糖了。每次在路上遇见，她总会从口袋里摸出几粒糖来给我们姐俩儿解馋。奶奶那时还抽烟，但被同住的姑姑看管得紧，我们村口小店里的店员也慑于姑姑的泼辣而不敢卖烟给奶奶。所以机智的奶奶经常慈爱地授意我去小店替她买包九分钱的羊群烟，还记得绿色的烟盒上印着满山坡吃草的雪白羊群，奶奶还把一分钱作为奖励给我的回扣，时间久了我还积攒了一笔小小的外快，悄悄藏在爸妈找不到的地方，还经常独自一个人跑去小店买糖吃。后来被姑姑发现了奶奶与我之间的秘密交易，我被姑姑严厉批评呵斥，之后再也不敢帮奶奶买烟了。面对奶奶失望的眼神，我的心中满是酸楚却无能为力，只能悄悄在父亲的烟盒里偷出几支烟孝敬奶奶，看她满心欢喜的样子我才稍觉安慰。奶奶因为我的孝顺懂事特意帮我缝制了一件精致漂亮的棉大衣，河北方言里称为棉猴，浅鹅黄色碎花，款式极为时尚，大衣下摆还有两个大大的口袋，手可以插在里面，穿起来相当轻软舒适，我和姐姐经常抢着穿，穿上之后总会被街上的阿姨大妈们狠狠夸赞一番，心里美滋滋的别提有多得意了！

多年之后，我们举家南迁，我却常常梦回故乡，那一处处盛载着我们一家人无数欢歌笑语的房子如烙印般留在了深心里，当年蹒跚学行的小姑娘依然时常行走在远去时光的隧道中，那年香米园花开花落的景致依然时常入梦来呢。

劳动村 18 排

劳动村位于西安城的西郊，一溜的平房非常整齐，从 1 排直至 18 排，很像部队家属的安置房。每排又从 1 号直至 30 号不等，一般每户人家有一间约十平方米的大屋，对面则是差不多大小的小屋与厨房，这样的房子里住着少则三口之家，多则住了祖孙几代十几口人。大概在我一岁多点，我们四口之家就从城北张家堡的工厂家属院搬到了香米园，又辗转搬至城西的劳动村，是啥缘故搬家不太清楚，只记得我家是 18 排的最后一间，房号应该是 30 或是 31 号，总之我快乐的童年记忆就是在此地逐渐清晰起来的。

我们家是这一排的最后一间，房屋右侧是片空地，心灵手巧的父亲搭起了坚固结实又美观的鸡窝，养了二十多只漂亮精神的来亨鸡，每天我们一家人都能吃到新鲜的鸡蛋，幸福感超强。随着我和姐姐一天天长大，父亲还用整碌圆木为我们姐俩搭起了秋千，小院子成了左邻右舍无比艳羡的伊甸园，左邻右舍的小孩子们都想到我们院子里来荡秋千。爱美的妈妈总是把我们姐俩儿打扮得的如花儿一般，夏天用指甲花、明矾为我们染红指甲，冬天则用各式的花布为我们做新衣裳。还用烧火的钳子给我们姐俩儿电了卷发，在那个相对保守的年代真可谓时尚达人呢。姐姐从小好动，每天精力旺盛地跑到大街上疯玩，家里开饭的时候总是不见她的人影，却跑去别人家眼巴巴地等着饭菜端上桌，邻居们也不介意她去蹭饭，气得妈妈追在她的屁股后面骂。我自小就比较乖巧识相，总是最得父亲的宠爱与信任。就拿简单的扫地来说，父亲总夸我扫得干净，懂得压着扫帚而不会扬起灰尘。

那时父亲还在遥远的北郊上班，早上天不亮出门上班，傍晚时分才会回家。我总会看着点儿跑去劳动村路口等父亲，父亲也总会给我们姐俩带回一包花生或是几块烤红薯之类的小零食，我也因为常去接父亲下班而多得些好处。时间久了，姐姐发现了问题，然后羡慕嫉妒恨地向父亲打小报告，揭发我根本不是去接人了，主要是去接东西了。父亲就笑着提醒姐姐也要向我学习，长点心眼儿，下次也和我一起去接东西，但每次父亲下班时她都不知疯跑到哪儿玩去了，好处自然还是落在我的嘴里了。

奶奶住在劳动村2排4号，同住的姑姑当时新婚不久，长相英俊的姑父则在遥远的新疆当兵。每次回来探亲总是带回纸盒装的新疆葡萄干，纸盒上印着美丽的维吾尔族姑娘，香甜饱满的马奶子葡萄干成了我童年最甜蜜的记忆。记得我四岁左右还干了件惊天动地的大事，令亲戚朋友们大为惊叹。那是1976年的夏天，姑姑在西安附属二院生孩子，父亲负责给姑姑送饭。他前脚坐着公交车去了医院，我就凭记忆步行尾随而至，路程大概有五个公交车站点，且中间有两个大的十字路口。当我跑散了一根麻花辫子，满头大汗地出现在姑姑的病房门口，小伙伴们都惊呆了。父亲以为是妈妈带我去的，反复确认后知道是我一个人独自步行到的医院，父亲万分骄傲地向亲戚同事们传颂了我的壮举，多年之后还扬扬得意不已呢。

接姑姑回家时我有幸一同前往，父亲叫了辆人力三轮车，就好像上海滩的洋包车一样，有所区别的是师傅用脚踩而不是手拉。姑姑抱着我亲爱的表弟军军，也就是后来的钟诚同志回到家里，不久之后唐山大地震的消息传来，西安城也有强烈的震感，虽说我家住的是平房，但大家还是纷纷在劳动村对面的小树林里搭起了防震棚。躺在用塑料薄膜和木头搭起的棚子里，依稀可以看到天上的星星，那时的天空相当纯净，星星也特别明亮，感到生活美好且浪漫，根本未觉得地震带来的对生命的威胁。父亲做好饭，支起小桌子，我们一家人和奶奶、姑姑就在棚子外的草地上吃晚饭。西安的仲夏之夜还是颇迷人的，空气新鲜清甜，小风习习，一边吃着可口的饭菜，一边听奶奶和父亲谈天说地，那一刻满满的幸福与快乐充盈在我小小的心里，我多想时光就此静止，一家人就这样在一起，永不分离。

超越时间的追求

徐云芳①

时间的面孔，离不开数字。

时间静静地流，流走了岁月，流成了历史，流向永远的未来。

有形又无形，细微又巨大的时间，有着绝对的公平、公正、公开。

无论你是谁，没有人不装在时间的套子里。

而立在时间里的生命，却有着或天壤之别，或类似趋同的样子。

见证时间，留下时间——

科学，用科学的手臂；艺术，用艺术的翅膀，共同构建人类成长，比翼双飞的文化景象。

时间，在这片山海之地，搭乘春天的列车，如同魔术师，点染着一派青山、碧海、蓝天。从黑白到彩色，从单曲到交响；从人迹稀少的荒盐之滩，到生态文明的游览旺地；从重山阻隔的偏僻海角之隅，到通途条条的黄金海岸。这大鹏展翅的金色东翼，已不再是寂寂无闻的小墟镇。华大基因，海洋文化论坛，初现科技与文化高端前沿曙光。盐田，在时间的万花筒里，开放出朵朵片花——梧桐烟云、梅沙踏浪、中山足迹、界碑警钟……一张张都镌刻着自然与人文的独特光华。迎来送往一个个引领创新的精英梯队。当年闯世界的人，第二代生于斯长于斯。新一辈已把他乡当故乡。时间的额头，清晰布展一代又一代人生命相传的纹路。

时间，截成段，在每个人的生命历程中，与地域人文，交错渗透，就形成一个叫命运的影子。而在命运的拐角处，如若每次机遇登场，总有同一个数字出现，有一天，蓦然回首，这个数字，或可叫作幸运数。从此，就让这个幸运

---

① 徐云芳：深圳市盐田区作家协会副主席。

数，散发着吉祥的光芒，赋予生命永不停歇的动力。这个数字，两倍，寄予事事顺利的祝愿；三倍，期待长长久久的希冀；五倍，预示鼓足干劲，朝着尽善尽美的方向奋发努力；七倍，雕刻着山海之地历经者，一步一个脚印的年轮。

在《盐田文艺》第三期出炉之际，正值 2013 年新年的开春，恰逢盐田建区 15 周年，让我们在开篇卷首语中，向盐田的公民公仆致敬！向盐田的青山碧海蓝天致敬！向过去、现在、未来，为这片海天地发挥正能量的人们致敬！

愿我们共同努力，为这片山海，留下纪念篇章！愿这本杂志，能架起一座走出隧道，走出山海，通往更广阔天地的廊桥！

祝福用自己的姿态，生活在生活里的每一个人！让我们，与相伴身边的青山碧海一起，在自然的生态中，成为一道道不可或缺的亮丽风景！

白色巨塔之间

徐云芳

日本女作家山崎丰子——日本当代文坛三大才女之首、社会派三大作家之一。她的现实主义巅峰之作《白色巨塔》，因探讨医病关系的尖锐内容而引起社会的广泛讨论，多次被改编拍成电影与电视剧。同名电视剧在日本曾红极一时，央视也曾热播过。

医学，伴随人类进步一同发展。在白色世界里，医学的初衷和本质是什么？这是每个人都要面临的问题，谁能逃离生老病死呢？这更是每位医务工作者不可回避的思考和要面对的问题。无论你是医生、护士，还是医学教育者或管理者，谁逃避和忽略这个问题，谁是不是亵渎职责，不尊重生命，违背医学的本意呢？

故事线索和人物关系

浪速大学，是日本东京知名的国立大学，是国家顶级治疗癌症的医院。财前和里见，是这个医院内科和外科的骨干，是曾一起毕业的同学。他们各自的医学理念和向"塔顶"前行的方式不同。围绕着他俩的周围，是老师、上级、下属、同事、家庭、病人等，他俩与周围的种种关系互动而至的所言所行，是剧情展开的主线索。

财前是外科顶级的一把刀，手术做得几乎完美无缺，从上到下，谁不称赞？就是走出国门，在欧洲，面对傲慢的国际医学会顶级人物，看过他手术的人，也不得不伸出大拇指，由衷地表示赞赏。在可以触天的城市摩天楼的顶层，常常可以看到财前，对着青天，将烂熟于心的手术步骤，像艺术家那样，全情投入，一遍一遍地演练着。

许多病人都是慕名而来，特别是一些大企业的董事，手术成功后，总要为大学医学部捐赠，以示感谢。浪速大学真可谓因为财前，名利双收。因此，大学校长和医学会长都在极力推荐财前，当任下一届的外科第一教授。

丈老头不惜重金，常常在关键的时候，设宴宴请能在女婿晋级上说得上话的要人，或以重金礼品相送。太太也一步步地接近并取悦教授会的太太们，用夫人外交为丈夫出力。

知心知性的情人，是一家高级酒吧的老板，欣赏爱慕财前，却有清醒的头脑，能够冷眼看待医坛的风起云涌。财前无论得意还是失意，都会去她的酒吧坐坐，说说心里话。从他俩的私密话语里，才知道，原来她本人也是当年医学院的高才生。因为不愿陷入医界那些见得人和见不得人的角逐中，最终放弃了从医之路。财前对这位风姿绰约，能干有见地的美貌红颜，更是欣赏有加，恨不得时常伴其左右。

太太对他俩的交往是心知肚明的。这个女人，对丈夫的升迁不是没有益处的，社交的场合还可打情骂俏，探听虚实。何必去挑明，更不会去大吵大闹，关键的时候还会登门拜访，关照收敛一些即可。太太更在乎的是教授夫人的头衔，有了这个头衔，可以参加"红花会"，与夫人们一起去打高尔夫，或邀请来家里开PARTY。

唯有财前的妈妈，当年用自己的肩膀，支撑了儿子的求学从医。这么多年来，一直是自己独居在远方的小镇。儿子，为了一步步升迁，总是对妈妈说，等我到了某某职位时，就接您过来。可这一等，就是十几二十年了，自己从没去见儿子一面。

浪速外科，挑选第一教授的竞争，是极其激烈的。主审是病理学大内教授。他和财前的老师东教授，各有各的理由，并不看好财前。而校长和会长们，是非推举财前不可的。大内，更看重做人做学问都脚踏实地的内科大夫里见，碰到机会，就推荐里见去出席国家的学术会议。里见的演讲，反响很好。连财前都称赞说，他这个同学真没有偷懒。毕竟财前和里见，分属内外两个科别，专业不同，构不成竞争对手。况且，里见对争名争利的事，完全是置身事外。他一心是在病人身上、在研究上，其他人际关系的事，只是按本分行事。他这种自始至终的态度，让财前难以理解，甚至为他着急。

财前与自己的老师——他的前任外科大夫东教授的关系是复杂的。在财前的眼里，技术上他心里只承认自己的老师，但是为了急于登上教授的宝座，他已不再想在老师面前卑躬屈膝了，不会还去怀有一份敬畏和感激之心了，即便装也不愿意。更何况老师在自己的晋升之路上处处设障，推荐一个其他大学的医坛新秀与自己竞争，是可忍孰不可忍。

在东教授离任前的最后一次查房里，财前带着一帮助手，浩浩荡荡地查房，又匆匆地去上手术台，似乎故意把东教授与零星的一两个随行撂在一边。甚至对内科里见医生和下属柳原医生，由于手术病人术前肺部有阴影，慎重提请再作进一步的检查后，再考虑是否手术的请求，都置之不理。

正是这台手术，术后三天，病人极度痛苦，挣扎不堪地死去了。死者妻子曾多次请求主刀医生来看看病人，但财前一次也没有。丈夫现在死了，她对此毫无准备，原以为手术能挽救患癌症的丈夫，却不想会让丈夫送命。她与儿子对此完全接受不了，发誓要将财前告上法庭。这时的财前，刚以两票之差险胜，晋升为教授，又从国外载誉归来，被媒体大肆宣扬。

里见为了弄清死因，建议进行尸体解剖，大内教授的解剖，也支持证明了死者体内确有癌症的淋巴扩散，这是导致病人死亡的原因。而对财前说死因是术后肺炎的解释，他们认为站不住脚。鹈饲校长和财前等人极力反驳，认为尸体解剖只是事后推断，不能证明这例手术治疗是错误的医疗行为，主刀医生，更不该为病人的死负责。否则，今后医生还怎么当？财前在法庭上，坚决地表示，他选择手术为治疗方案，完全没有错。今后要是遇上相同病例，手术还是他外科的第一选择。他的观点得到了上级评审权威的支持。

这支持的背后，财前和岳父，当然是要做些"工作"。以校长为首的支持派认为，医生们对病人的治疗，各自即便有不同的意见，为了维护医学的尊严和权威，应该统一在医学范围内，决不拿到法庭上去争论。尽管财前对这件事，内心也有不安，后来几次去病房，看见类似病例的病人，恍惚间总觉得是死者平庸先生，从躺着的病床起身，质问自己。夜间的噩梦里，更是被死者纠缠不休。

现实焦点与两种追求

手术是不是导致死亡的错误医疗行为？这是法庭上的争论焦点。这场官司打得异常艰难。浪速大学名气之大，关系之深，几乎没有一位律师敢去为原告作代理，所有人料定这场官司，原告必输无疑。那位被告代理，是打医疗官司的常胜将军，信心满满。一切手段——涂改病历，销毁或篡改病历记录，收买拉拢证人作伪证，都能轻车就熟，堂而皇之。大学、医学会所有的权威，都证明财前的手术措施和术后肺炎的诊断以及用抗生素的处理是正确的。

一审，被告顺利过关，眼看财前一方就要打赢这场官司，这颗日本医坛耀眼的明星，仿佛随着校长，以及他们申请筹建的日本国的癌症中心的摩天楼，在一天天升起。

然而，功亏一篑。原告，一位妇人，家族里唯一支持和伴随她诉讼之路的，是刚刚成年的儿子。死者的弟弟和其他亲属，坚决不同意让快餐店倒闭而把钱拿去打官司。这位妇人，因为信赖浪速大学的名气，在听完里见医生防治癌症的讲座后，就动员自己的先生前去就诊。从丈夫入院、手术，到抢救、死亡，不到一周，完全还没回过神来。不知道丈夫病情究竟如何，为什么死得那么突然，那么挣扎痛苦。丈夫在咽气之前，眼角还渗着一颗大滴的泪珠。主刀医生——大名鼎鼎的财前，术前谈话，只是毋庸置疑的一句"不开刀就得死！"术后病人出现危急情况，她三番五次地请求财前医生来看看，哪怕就一眼也好。可是那个不可一世的财前，只是忙于自己国外学术会出发前的宴请，他根本顾不上这些。

柳原（财前的下级医生），特地带着病历去宴会等候，瞅准时机，胆战心惊地提出治疗方案中的疑问，恳请老师去看看病人，被责骂了一顿。里见医生放不下病人，因为这是他推荐给财前的病例，几次去外科看望病人，被无理地赶出来，说不用内科插手，根本不听他的意见。虽然里见一次次地去打探病情，在财前外出开会期间，还用一封封电邮，告之佐佐木平庸先生（死者）的病情和他本人的判断（非肺炎，是癌症术后扩散），期待财前的关注和积极回应。而财前，会休期间去游览、与情人相会，对自己病人根本不闻不问。看到里见的邮件，没有任何回应，直到看到"平庸先生死亡"的报告，也只是稍愣了一下，仍然是不动声色地删去电邮。

当然这些，妇人并不知道。只是她每次去求里见医生，从他欲言又止无奈的表情和财前的助手们回避的目光里，在面对猝不及防失去丈夫的痛苦里，感到深深的疑惑。这不解，让她想要探个究竟：不是说手术可以根治癌症，为什么没有挽救丈夫，却那么快要了他的命？为什么主刀医生术后不来看看自己的病人？甚至在病人病情恶化和危急的情况下，自己苦苦哀求就是不露脸？为什么尸检报告是癌症扩散，不是肺炎却没有人解释？为什么一审二审专家们争来争去的，都是她听不懂的话？为什么来丈夫的葬礼默哀的，只是里见医生而不是主刀的财前？

不搞清楚这些疑惑，丈夫的灵魂，怎会在天国里得到安宁？就是这个信念，在所有的律师都拒绝代理时，她还是在一张废报纸里，看到了一则就要关门的律师事务所招聘最后做清理工作的人的广告，好说歹说，把快餐店——家里唯一的生活来源变卖，作为代理费的预付款，这才找到了自己的代理律师——关口先生。

关口律师是专打医疗官司的，虽深谙此道，却几乎没有胜诉过。这不，他的事务所也开不下去了，正准备收拾完后就回老家去。第一个敲响这关闭许久的门的人，是佐枝子小姐，那位即将退休的东教授的唯一爱女。研究生毕业后，她不想遵循父母安排，在家做一个像母亲那样的教授夫人。父亲给她介绍的人，虽是医坛新秀，财前强有力的竞争对手，年轻英俊有为的免疫专家，但却不是她心中的理想人选。

清秀美丽，外表纤弱，内心执着的佐枝子，闲暇时，经常去她的一个女性朋友家，这个幸福的家庭中有一个淡泊社交，不热衷钻营，温柔贤惠的妻子和她那一心只为病人的丈夫，一个佐枝子心目中真正的医生。他们还有一个身体虚弱，时常需要医生父亲的呵护和母亲细致照顾的孩子。一家人的温馨，总让她这个外人，都能感受得到暖融融的。

她眼中这个真正的医生，就是浪速大学内科副教授里见。她萌生了自己都未曾意识到的情愫，母亲从她拒绝父母的安排，不时从言谈中流露出的对里见一家人的热情中，觉察出女儿的心迹。父母张罗他们心中的"未来女婿"与女儿的见面更频繁了。而两个年轻人，在长者安排的送别中，已把话都摊开了，他们彼此礼貌地道别，谁也不会听任摆布。

佐枝子坚持自己去找工作，哪怕困难重重，也不管母亲的嘲讽和讥笑。这次求职的单位，正是关口律师事务所。已是贫困潦倒的关口，哪还有钱请人，那是几个月前的广告吧，居然还有人来。美女惹眼也无奈，自身难保呀，请回吧。失望和尴尬，一刻也不愿停留。

就在佐枝子转身离去的时候，仓皇匆忙中，撞掉了桌子上的一大堆材料，拾起一看，竟是一份医疗官司的卷宗，佐枝子被吸引了，决定留下来，无偿劳动，整理并了解这些遗案。关口当然求之不得。

几天后，再次来敲门的，是那个坚持要为死去丈夫讨公道的佐佐木太太和她的儿子。

关口无心再战，可他们硬拿出一沓变卖家产的钱，他无法不动心。虽早已灰心，并无胜算把握，但这是母子俩唯一的寻求之地呀，面对他们誓死到底的决心，既然推脱不掉，何不试试？

从调查取证就开始受阻，所有的病历资料都封存了。关口想请的医学权威都拒绝出庭，说不愿卷入这场官司。当时参与治疗抢救的其他医生护士也不见踪影。即便找到，不是躲避、拒绝，就是要按鹈饲校长要求去说，以维护浪速大学的声誉。

院方让当事人柳原出庭做证。柳原的证词，必须按鹈饲和财前设计的要求去说，否则就得离开浪速。为此，财前又是给柳原介绍女友，又是旁敲侧击地示意，说将来会让他接班等。柳原在正义与利益之间很挣扎。虽然心里很痛苦，但他还不想放弃浪速大学的工作条件，因而只能任人摆布了。

而里见坚定地"说真话，说一千遍，说一万遍，都不会改变"。从始至终，他都坚持会出庭做证，决不推辞。任何压力，都不能阻挡他说出真相。尽管一审他的证词不能改变被告方轻而易举地获胜的事实，之后，他就被通知调往另一家医院，名义上是被提升为教授。但为了自己的研究和医学理念，他放弃了校长的"好意"。自己选择一家与所从事研究接近的私立医院，继续做他的癌症早期诊治——为病人治病，同时搜集临床资料，做相关的研究工作。

一切也都在关口的意料之中，他再也无心恋战。一个回合下来，准备撤退。毕竟是干了活，拿报酬也理所应当，分几张票子给这个自己上门的助手吧。不料，被佐枝子退回了，她说她不是为了钱才留下的。并反问关口拿这笔钱，心安吗？当然不安。可关口心已冷。而佐佐木太太和儿子坚决要求上诉。摆地摊继续卖快餐，誓死抗争到底。在关口进退两难的当口，佐枝子这才透露自己的身份——浪速大学前外科医生东教授的女儿，并且打算说服父亲二审出庭做证。关口这才似乎看到了一线希望，决心抖擞精神，重整旗鼓。

佐枝子的请求，父亲拒绝了。东教授已从浪速退休，被朋友聘为另一家医院的院长。被告是自己的学生，接班时，弄得不欢而散。现在官司的事，还是不插手的好。母亲也责怪女儿不懂事，这样的事何必去招惹呢？

最终让东教授答应出庭的，是里见出庭到底的坚决，病人家属对医疗问题的一个个质疑，以及关口律师破斧成舟、不管输赢的决心，还有突然意识到自己最后一次在浪速外科查房，与财前急于做这台手术，正好"巧合"缘由的解读。

果然，被告律师以东教授与学生财前的过去有矛盾，两人不和为由，向法官指出，并质疑东教授出庭动机，甚至对他进行人身攻击。同时又请了东教授之上的医疗权威证明被告方的医疗措施正确无误。

二审还是被告取胜。可是，关口却忽然悟出了官司的思路，从一开始，辩论的方向就错了。不应该是治疗原则的争论，而是应该回归到最基本的思路，那就是病人的生命权的尊重，以及医生在病人和家属面临生命权的选择时的告知义务和沟通的态度。

这个思路的调整，让原告方乌云密布的天空豁然开朗。现在只需就这个问题，去搜集证据——手术前的谈话记录，寻找证人——当时在场做记录的护士。

这名护士叫龟山。一直是主管医生柳原的得力助手。她亲眼看见了，柳原为了这个病人术前术后诊断的苦恼和困惑，甚至每次看到柳原在面对里见和财前不同的诊断，不知该何去何从独自痛苦时，都会动员柳原坚持去做自己认为正确的事，大不了辞职，她会和他一起离开这里。可当时的柳原，权衡再三，还是拒绝了。后来她独自一人辞职，去了另一家医院。一次，恰巧碰到了新来的院长，原来是东教授。

现在原被告方都在找他。他躲避不及。柳原在一审时按校长和财前拟定好的口供做证后，与财前走得更近了。常常被财前拉到家里吃饭，业务上也能得到他的亲自指导，俨然成了财前和校长面前的大红人。财前夫人还给他介绍了一个赫赫有名的医药公司总裁的千金，这位千金很满意这位未来财前地位的接班人，主动上门给柳原送这送那。可柳原却没有半点的春风得意，私下里陷入了更深的自责和困惑，尤其碰到里见时，这种折磨更是让他不得安生。

在他一次次徘徊在佐佐木遗孀和儿子的门前时，关口早就注意到了，终于有一天，关口截住了柳原，柳原矛盾挣扎的心，在关口面前无处逃遁。当龟山最终躲避不过这场官司的时候，她最后还是决定做原告的证人。柳原也放弃了内心的挣扎，与她并肩。

在原被告都去寻找手术前的谈话记录及证人时，一天夜里，柳原潜回外科，却比财前派去的人晚了一步，没能拿到原始记录单，已被财前塞进了碎纸机。

二审后，被告律师上门去找里见的太太，希望能阻止里见第三次出庭。这位律师对里见太太说，里见如果还执迷不悟，三审也难逃失败的命运，那样的话，会遭到医疗界的公愤，那么现在的工作也难保了。里见太太对此真是很担心，自己跟着里见过苦日子倒不怕，可儿子身体不好，没有工作哪有钱给孩子治病呢？再说，凭女人的直觉，好友佐枝子常来家里，从她眼神里可以看出她对丈夫的喜欢。为了这个案子，单身的佐枝子常来找里见，虽然她信得过他俩，但毕竟心里总不是滋味。思前想后，只有对里见亮底牌，并以回娘家要挟。

面对贤惠的妻子和病弱的儿子，里见的坚持有点为难了。但关口诉讼思路的调整，他也看到了希望。这样的思路，更是他作为一名医生，长期以来秉承对病人生命呵护的思考，以及他要求自己从医的行为准则。这样的时刻，他怎么能因为妻子的眼泪和哀求而退缩呢？只有和妻子好好谈谈，妻子一直是通情达理的，也一直理解支持自己。唯一能答应的是，照顾妻子的感受，尽量减少与佐枝子见面和相处。有了这个承诺，妻子不安的心，有了着落。

　　然而，按照新思路，离原告获胜希望越近，里见的心就越不安——为他的同学财前而感到不安，为自己为什么要坚持为原告做证而困惑。他觉得自己迈向法庭的脚步，越来越沉重了。

　　不可否认，财前是浪速的"一把刀"，赫赫有名，无人能比。这样的医生，如果官司失败，医学院还会用他吗？如果这把刀，不能再为病人服务，那将是多大的损失？财前发展到今天，只是他自己一个人造成的吗？看到财前满脸的疲惫和越来越差的脸色，他真为财前的健康捏把汗。想着想着，不由自主地给他拨了个电话，提醒他注意健康，财前没好气地说，他的健康很好，用不着他操心。然后，是一阵嘶咳。作为内科医生的里见，一听到这样异常的声音，立刻就有了警觉。

　　三审开庭时，迟迟未见到里见。原告律师关口，一开始法庭陈述，就直接询问原告母子，你们为什么要打这场官司呢？佐佐木太太缓缓地站起身，满面哀戚地说，医学专家们说来说去的，她都听不懂，她真后悔让丈夫去浪速看病，要是不做这个手术，丈夫可能不会那么快就离去。她就是要为丈夫的死讨个公道。关口紧接着问被告财前，术前是怎样与病人和家属谈的？正在这时，法庭侧门探进了一位谁也不认识的老妪，财前愣住了，那是他多年未见的母亲呀。多少次他在电话里对妈妈说，等忙完了这阵子，就把妈妈接来，可是……妈妈一定是从报纸上看到了这条消息，千里迢迢地一个人找寻而来。怎么能让妈妈在这种场合见到自己呢？幸好他的目光扫射到了那个红颜知己，尽管丈老头和太太都在场，但他们都不认识。酒吧女老板很快懂得了财前的意图，马上出门，把老太太带了出去，恰巧来的路上她们相遇过，老太太认识她。她这才告诉老人家，她是财前的好朋友。老人家从站在庭中央（被告席）儿子的神情中，得知儿子是不愿在这个地方见到自己的。老人家随后被带到癌症中心的建设工地，被告诉说，他儿子将是这里的中心主任。可是妈妈心中只有担心。

　　这时，法庭所有的目光，都在关注财前的回答。就连匆匆赶到的里见，也未引起人们的注意。财前看到妈妈离开，心思总算能回到现场。他清了清嗓子，对法官说，这是个重要问题，请允许他回忆一下当时的情形。当时他脑子里出现的是，术前那天面对佐佐木夫妇期待的目光，自己斩钉截铁地说："不开刀就得死！"也许，此刻他才意识到，这句话多少是不妥当的。但决不能在这个场合如实说。稍顷，财前是这样陈述的：通常术前谈话是交代主管医生去进行的，可能主管医生的术前谈话不够全面，当然作为科室主任，自己也是负有平时管教的责任。

听到这里，坐在龟山身旁的柳原情绪失控。从病人病危、死亡，到官司开庭，一审时又作为被告证人，内心一直都在受着良心的煎熬，在这三审开庭后，他内心斗争得更加激烈。此时此刻，柳原跳起来大声叫道："他撒谎！他们让我作的是伪证……"顿时，法庭乱作一团。财前一阵呛咳，一头栽倒在地。里见一个箭步冲到财前身边，大声叫救护车。三审只能休庭。

送到医院的财前，被诊断为肺癌，而且已是晚期。

生命挽歌与医学思考

对财前的病情，告不告知他本人，让人们颇为犯难。按财前的岳父（妇产科大夫）和鹈饲校长的意见，暂时先不说出真相，可是怎能瞒得住财前呢？先只是轻描淡写地说可能是肺癌早期吧。柳原自告奋勇要为他的老师财前日夜留守陪护，可是同事们仍对他侧目而视：都怪你，是你出卖了老师，是你把他气倒的。柳原心疼难当，却无言以对。财前苏醒后，询问病情，看过事先被替代的片子，很是怀疑，这是我的肺吗？面对财前的质疑，人们处处搪塞。财前思来想去，他打定主意，绕过他们，去找自己信得过的医生——他的老同学，现在另一家医院的里见。

法庭上的三审，最后的判决是原告胜诉，被告败诉。理由是：医生在术前沟通上，未能详细向病人和家属讲解治疗方案有两种——手术和不手术。选择是否手术，将要承担相应不同的后果。让病人只是被动无奈地接受手术，使家属在毫无准备、全然不知的情况下，去面对亲人的死亡，是医生的过失。而财前仍然认为，对无专业知识的病人和家属，选择手术与否的利弊，是无法判断的，只会拖延时间延误病情。并向代理律师表示准备上诉。

最后在法庭上，里见按捺不住地感慨陈词：如果财前的医疗理念有错误，那不是他个人的错误，如果财前对此病例的病人和家属要负责任，那不应该只由他一个人负责任！

里见见到自己找上门看病的财前后，很吃惊也很理解，二话没说，重新做过一遍检查，证实了财前对自己病情的判断：不仅是晚期，而且已经有了脑转移。财前坚持手术治疗，可是想请他唯一信得过的东教授主刀，却觉得难以启齿。里见主动说由他去请。东教授很意外很认真地做了手术准备，可是打开胸腔，却无从下刀，满视野都是癌细胞，半小时就只得关上。

在财前麻醉要醒未醒时，鹈饲校长来看他，表明还是想把他报上去，作为东京癌症中心主任时，财前一反常态，翻脸不认了，叫他出去，滚……岳父见此，捂住脸痛哭。

这样的结果太残酷了。人们不约而同地向财前隐瞒实情。而财前从种种迹象，已判断而知自己真实状况。此时，他已接受这一事实。也与大家"合作"，隐瞒起不知真相的妻子，在她面前表现出假象：手术很成功，癌症已切除，很快就要出院了。而私下告诉岳父，只能让他这个父亲来照顾他这个从没有受过苦的女儿了。妻子却从外人格外的关切中，最后还是嗅出了这不可阻止的悲伤。当丈夫的情人来探望的时候，她很有礼貌地请她进去，并退出了病房，把最后的时间留给了他俩。

财前再也掩饰不住了，面对知心知性的人，他再也控制不住生命将逝的悲恸，靠在情人的怀里，交代身后对母亲的安排。

弥留之际的财前，脑海里，不断出现一个生命的岔道——那是上次去华沙开外科国际学术会期间，导游带他去参观，二战时犹太人的一个人体实验的遗址：一条轨道向前延伸，延伸，不久就分开两条岔道，将男女老幼，分别带向不同的实验室。讲解的是一位老人，是当时唯一的幸存者。他指着那条铁轨，用苍老的声音说："那是一条生命的岔道啊！那些医生（做实验的），是刽子手。"这个声音，一直回响在财前的耳边。

在片尾主题歌响起的时候，里见和柳原都穿着白大褂，推着覆盖白床单的财前的遗体，走向大内教授解剖室。浪速大学的医生们，带着无限惋惜和哀痛，站在走廊的两旁，送财前最后一程。财前的声音，从他的遗书——那最后越来越乱的笔迹中飘出：把我的遗体捐献给我为之奋斗一生的医学事业。而我生前对医学的理念和实践，留给后人去评说吧……

电视剧《白色巨塔》直面现实，勇于揭露，触及灵魂。片尾《爱的颂歌》，更是宗教般的奇异恩典。初次遇见，剧情已过半，断断续续中却被深深吸引。作为一名医务工作者，第二次碰上就欲罢不能了。结合当今我国医疗的现状，细细地品味中，感慨无限。记下记忆中的点点滴滴，期待你我一同去思考……

深圳的色彩

徐云芳

周末的傍晚，乘车从东向西，晚霞中的深圳，是一片瑰丽的色彩。

空气中淡淡的灰霾，在燃烧的夕阳的映衬下，竟成了这般浪漫的色彩。

玫瑰红的背景，剪影着一幢幢各具形态的建筑物，这些记录着深圳各个历史时期的地标肃穆耸立，如碑林着、如群山……

那些或大或小的窗户，是建筑的眼睛和鼻孔，凝视着远方，吐纳呼吸。

日落渐暗，光影退场，霓虹初放，新潮时尚的深圳，又成了色彩斑斓的不夜之都。

大路小路，车流、人流如河。

静音之刻，幻如梦境。

最初的深圳，是拙朴的木刻，四周大大小小的山脉，深深浅浅的海湾，与一河之隔的香港相依相伴，难舍难分。

小渔村的生息，逐渐演绎成墟镇。边陲的落寞，演变为边境的森严。铁网阻隔起 20 世纪东西方社会的切割与分野。那时的深圳，只是山水本来的自然色。

红色革命席卷中华大地。新中国的建立，北京、上海、广州，依然是北方、南方和南方之南的新坐标。而无名的深圳，只是一个内陆对外进出口的小通道。在一个伟人向南海边画了一个圈之前，在蛇口开山炮震响之前，深圳是张寂静的白色的纸。

30 多年来，一代代创业者，就在这张白纸上，绘出了最新最美的图画。

绿色，肯定是深圳当之无愧的色彩！地球上最年轻的城市，地理上向北的是大片的山脉。青春、活力、创新、引领、动感……哪一个不散发出春天绿野的气息。

世界大学生运动会，把深圳的绿色，向着全世界泼墨式地大大渲染开来。

绿色，不仅仅是青春之色，更是城市发展的理念。绿色之城，总有盎然的春意。从绿地之城，公园之城，向着低碳环保之城，文明文化之城进军！

金色，是深圳的色彩吗？

"到北京知道官小，到上海知道土冒，到深圳知道钱少"这坊间曾经的流传语，把深圳镀上了一层金。而深圳大道东起罗湖段的土豪金大楼，也好似金钱深圳、经济深圳的一个醒目注解。

经济特区的出身，谈钱大方不耻。遍地黄金，是个气概！敢摸着石头过河，敢为人先，永远是深圳的金字招牌。

蓝色，海洋之色！地球之色！中华的地域之南，连着南海，通往太平洋。蓝色是深圳独有的色彩！北上广深——从籍籍无名，到一跃老四。唯咱之特之尊。

包容接纳五湖四海、天南地北人，宽容失败，鼓励创新。汇集江湖河流。从激进到安静，从引领到沉淀，有个发展的必经过程。

灰色，介于黑白的中间色，曾几何时是中国人统一服饰的颜色。在姓资姓社的争论与疑惑中，白猫黑猫论开启着经济改革之窗，看见与未看见的眼光，不禁犹疑出许多灰色地带，多元纷乱的价值观也渐进生长，人间缤纷的色彩却如春之大地的万物。时间的年轮，渐进消散着灰色地带，却不料淡淡起看不见的空气，从北向南，在不经意间腾空弥散，遮蔽起日渐扩张的城市山河。站在雾霾之中反思，却在日出日落时分，看到周围居然也透着迷人的玫瑰之色，而人心不禁更是向往起白云悠悠的蓝天，以及青山绿水的田园自在。

黄色，成熟的稻谷，中国人至尊的权威；向日葵的忠贞，也曾是黄色注释与体现。走向成熟，是一个人、一个城市、一个政党、一个国家的追求和必经之途。深圳也正迈向自己的成熟与至尊。

严歌苓：八百分之一的不同凡响

晓　月①

　　深圳读书月十年，共邀请过八百名演讲嘉宾——文、史、哲、军事、艺术、健康等各界知名人士登台演讲。与之相遇又印象深刻的有龙应台、毕淑敏、余华、严歌苓……他们中一人是其中的八百分之一，而作为听众，我只是八百八十万分之一吧。

　　2014 年 11 月 18 日之夜，深圳图书馆五楼演讲厅，楼上楼下被塞得水泄不通，从中学生到白发老者，男男女女，连没有座位的走廊、过道都挤满了人，两边站着，中间过道和前面都是席地而坐，黑压压的人几乎要挤上主席台了。

　　开场前半小时（18 点半），为争位子，有人低声文明地吵着："（位子上的人）去吃饭了，你不能不讲理！""公共场合谁先来就先坐。留什么留？占什么占？"抢座的人，任对方说破大天，也不让！"你去报警啊，打 110。"这么强势的主，终于还是稳稳地坐在第三排的位子上。被抢座结伴的一群人很不满，也无济于事。毕竟只是帮同伴占着的位子，怎么可能真去投诉？就要开场了，当然要噤声了。第一排和第二排的两边位都贴着工作单位。（以前没有）是给管场工作人员的关系们预留的，也算是个福利吧。

　　《生命的阅读》——严歌苓用一个小时演讲了这个自选题，又用一个小时答问。最多一次听众！最高一次规格！除了主办领导全程陪同，还有讲台撤在一边，台中央放着一对柔和色的沙发，与演讲嘉宾的服装刚好协调。为什么大家热度这么高呢？连她的一本书都没读过，为什么就非要来见识呢？好奇、好奇、好奇。来自部队，舞蹈演员出身，战地记者，海外求学华人写作，父女驰骋文坛、外交官之妻？受电影大导演李安和张艺谋的青睐并与之合作，且作为编剧，

------

　　① 晓月：中国当代作家，中国作家协会会员，编剧。

拍了一部又一部的电影？是的，是的，这些元素，已足以吊高我们日渐挑剔的味口。（据说与几年前的金庸先生来深演讲的听众差不多呢。如今严歌苓受莫言之聘，在北师大文学创作班驻校讲授）。

生命的早期，偶像的力量，严歌苓开启演讲话题。

英国诗人拜伦，年轻时曾是个大胖子，当他向自己心仪的女人求爱时遭拒。这女人私下对闺蜜说，那么肥胖，不拿镜子照照自己。这话传到了拜伦的耳朵里，从此他发奋写诗，严格饮食，终于成了一名身材矫健，风度翩翩的世界级诗人。拜伦的减肥毅力和诗歌成就让严歌苓崇拜佩服，曾是她少年时的偶像之一。

她另一个偶像是俄罗斯获诺贝尔文学奖的作家索尔仁尼琴。他在监狱里服刑，被要求在劳动时，每搬一块砖就要想一句诗，这顽强的毅力，终让他成为一名伟大的作家。

"文革"时，少年严歌苓与小伙伴们无所事事、懵懵懂懂，看过几起自杀的经历，又激发起她关注人性善与恶的"扳机"。

当晚她讲述了一位舞蹈演员和一对老教授的自杀。女人自杀后尸体躺在地上，许多人去看，一位电工挤在人群里，左看右看，不过瘾，还非得翻开尸体去看私处。严歌苓说，死者活着的时候，你电工连脸都没资格近看，现在死了，你看脸还不够，还非得去看屁股？义愤填膺之情，难以自抑。接着她说道：可见人性之恶，在一定环境条件下（有人称为扳机时刻）就会跑出来。后来走上写作之路，她很着迷于这人性的扳机。但除人性之恶，更多的是执迷于人性之美。

那对教授夫妇，相拥走到楼顶，跳楼前把家里剩余的糖果，一颗一颗慢慢地吃完，然后把攒下来的一大把花花绿绿的糖纸，从楼顶上使尽全身力气抛撒下去。冰天雪地，飘飘洒洒，五彩缤纷的糖纸。这对老夫妇，临终前为自己营造了一个凄美的世界。他们经历了怎样的内心拼杀？最后选择以这样"甜蜜"的方式来告别人世？这样绝美的境地，是他们对生以最美的期望吧？

云南前线一个满身鲜血、负伤断腿、入伍才一年、刚满18岁（隐瞒年龄）的小战士，本来卫生员要接他去野战医院，途中，当听说有一个运送物质的大车队，不明前方路况，而他正是从那里下来的，就不顾自己的伤情，自告奋勇地去带路。要知道，这是一个非常腼腆、平素很难开口的一个农村兵。而这个激发他人性勇敢忘我之美的扳机，就是战争前线这个特殊环境。

少年时有人问："你长大了想做什么？""跳独舞。"严歌苓不假思索地讲。

但看看别人的反应似乎有些诧异，便立刻改口："领舞"。一个敏感的小女孩形象，跃然而出。

唐人街街头，近而立之年的严歌苓，说是等男朋友吃饭。沿着嘈杂的街道走着，一路被一个冷艳略带神秘色彩的女子的一张张大幅照片所吸引，一打听原来是个来美多年的中国女人。这样的女人，为什么来美国？在美国又干什么呢？带着这样的疑问她从此开始关注起唐人街中国移民这个群体，并积累了许多创作素材。

《少女小渔》，她第一本写于海外小说，应运而生，招来了李安导演的电话和合作。（当然那时的李安还没有多大名气）并开始了与陈冲的合作与友谊。从上海去美国的女演员陈冲，在80年代的中国，知名度很高，后来当过导演，如今又活跃在"舞动人生"的舞台。还担任过台湾金马奖的评委会主席。最近因电影《归来》巩俐的最佳女演员竞选失利，又引起了许多娱记们的关注。

改革开放第一代出国留学的人，除了公派，可能几乎无一没干过端盘子的活。为赚取学费，严歌苓还在白人家做过家政。一次，高傲的女主人的一个珠宝戒指丢了，将怀疑的目光锁定严歌苓。为洗清自己，严歌苓花了一整天时间，终于在吸尘器里找到了那枚戒指。可当她交给女主人时，竟没有收到半句道歉和感谢的话，怀疑的目光也没淡多少。这深深刺痛着严歌苓。（这或许是她当作家的动力之一。）

年轻人早早地当专职作家，没有其他生活工作体验，严歌苓认为不利。而做编剧，她又不能掌握自己的作品。于是决定以后还是写小说吧，也来写写自己熟悉的生活。

一小时的演讲很快就结束了。讲者一个人面对台下乌泱泱的人，仿佛与朋友促膝谈心。优雅从容，娓娓道来。

提问环节到了，如梦初醒。而急于提问的人，手臂举得像森林。

前排的、楼上的、左边的、右边的、长者、学生。挑些起眼，有代表性的。

后面人堆里，那个举着花伞拼命摇晃的女孩，幸运地被台上的严歌苓看见了，或许她内心涌动着，有欲踏进文学创作领域的一千个疑问，或许透过她那双有些泪光闪闪的目光，有种电流般的感应触动了严歌苓，当她被叫到时，声音是颤抖的，问题是模糊的一串。

前面的一个中学生，被点到后，用流利的英语读着早已准备好的问题。当主持人请她翻译成中文时，她还带点清脆童音般的声音说，感谢爸爸的支持！在同学们紧张复习备战期中考试的时候，让她能如愿地来听这场演讲，听到了课堂上书本里听不到的故事。

楼上一个有点标致的中年男士，大嗓门都不用麦，开口与严歌苓攀起了战友，说自己是部队转业下来的，现在深圳龙岗打工。主持人让他行军礼以隔空"验证"。他说自己这辈子已是世俗了，可是不想让孩子再继续世俗下去（是不是有点天真?）。从严歌苓生命的早期，偶像的力量引发当今孩子的教育问题（是不是有点不靠谱?）。严歌苓说，自己有个 11 岁的女儿（后听人说那是抱养的）。孩子的教育问题，恐怕一直都是——悬而未决的!

......

晚上差十分九点，楼上楼下站着、坐着的人，仍是举手像森林，叫谁都是幸运啊!

余下的十分钟，最后一个问题，严歌苓提议，谁的姓笔画最少，就叫谁吧。丁姓的女孩，这一刻居然是爹妈给的姓成了她的幸运。小姑娘激动的拿出写在纸上的问题，台上的严歌苓依然也是认真地答她所问。可惜已没人再有耐心听了。人群在动，要签名的急不可待要排队，路途远的急着去赶车，工作人员不得不提高声音维持秩序。

聆听曹文轩的"真文学"观

徐云芳

读书月是读书人的节日；读书论坛，大师的演讲，可谓读书人的盛宴。深圳第五届读书月的第二场演讲嘉宾——学者型作家曹文轩教授，北大中文系现当代文学博导，为深圳文学研究者、创作者和爱好者，带来了他对文学要义的独特诠释：那就是他的"真文学"观。

"无中生有""故弄玄虚""坐井观天""无所事事"。曹教授从这四个精心挑选的成语入手，阐述了他理解的文学内涵以及相互关联的四种含义。

"无中生有"，是指想象和虚构是文学的基本能力。文学不能真实地再现客观世界，是由作家个人的经验、感受，通过想象和虚构，自行创造出来的第二世界，是"抄本的抄本"。绘画、摄影，同样不是客观世界的真实反映。它们都是平面的，有视线的局限。绘画，是用颜色，调成光和影的画面，此乃"赤裸裸的欺骗"（丘吉尔语）。正因为如此，毕加索创立了立体画，即他不仅画出被画对象的正面，还把其背面，也在同一画面上呈现给观众。

关于想象，曹教授讲述了日本女作家写的一个美丽动人的故事：《去年的树》。

一只小鸟给一棵树唱歌。

春天唱，夏天唱，秋天还在唱。

冬天到了，大地一片白雪皑皑。

小鸟瑟瑟的，来跟树告别："我要飞走了，明年春天，再来给你唱歌吧！"

第二年春暖花开时，小鸟飞回来了。可再也找不到听它唱歌的那棵树了。

175

  "树，去哪儿了？"有人回答说："给人砍伐了。"

  "砍到哪里去了？""砍到伐木厂去了。"

  小鸟飞到伐木厂，找不见那棵树。"它去哪儿了呢？""送到火柴厂了。"

  小鸟又飞到火柴厂。见不到那棵树的踪影。"卖到千家万户去了。"

  小鸟飞呀飞，终于找到了一根火柴。它用嘴擦亮了那根火柴，点上一根蜡烛，开始给蜡烛唱歌，直到蜡烛燃尽。

  听到这里，朋友，你的灵魂是否会得到一次短暂的洗礼呢？是的！这就是文学的力量！这个故事，肯定不是真实的，但是想象的，虚构的。但这就是想象的作用！

  中国作家与世界作家的区别在哪里呢？太现实的实用主义，恐怕是妨碍了中国作家的创造力。对《狼来了》故事的另一种解读是，不要把那个孩子看成是个撒谎者，其实他应该是个创造者。作家就应该是这个有创造力的放羊孩子，而不仅仅只是个牧羊人。

  "故弄玄虚"——玄想。曹教授分别以阿根廷作家波尔荷斯对镜子种种感觉：恐怖、委琐、污秽、阴气森然的细微深入的描写，以及意大利作家卡尔维诺笔下对马可波罗与忽必烈，他们各自心中想象的各种各样的城市的夜间神聊的叙述，阐明了小说中的细节应该是"微妙之处深藏大义"的。别出心裁的作家总是思考和感悟着时间、空间，以及人类从哪里来、到哪里去的终极关怀等种种形而上的问题。

  "坐井观天"，曹教授认为，创作的资源是人的内心。任何作家所写的作品，都是自己的一孔之见，好比井底之蛙所见的井底之天。文学要回到自身，书写个人的经验。通过个人的经验，反映历史的集体经验。个人经验表达得越好，越能代表社会经验，作品的价值就越高。这是一个悖论。

  "无所事事"讲的是，作家和知识分子的立场和社会功用是不同的。以鲁迅为例，他以小说表达文学，以杂文投入社会。小说和杂文分别是鲁迅用来表达作为作家和知识分子不同立场和社会功能的手段。比如，城市新建一处厕所，它的位置不合适。作为有良知有社会责任感的知识分子应该打电话给市长反映，而作家却不应看到这个厕所。而中国作家往往扮演着双重身份，似乎表达着强烈的社会责任感，却往往削弱了其自身的文学价值，使其文学作品成为应景之作，没有生命力。

文学作为语言艺术，和其他门类的艺术一样，是无国界的，应该表达人类共同的情感、面临的问题和生存状态。这样的作品才能跻身世界文坛，经得起时间的考验，具有长久的生命力。语言及语言以外所包含的东西，是否可以翻译成其他语言，这些是衡量作品的尺度。

曹教授在回答听众（主要是中学生）所提的：虚构与贴近生活，怎样评判作品的好坏，中国作家的现实主义与国情的关系等问题上做了上述阐述。

诚然，曹教授的"真文学"观是他个人的表达，你可以同意也可以反对。一开场，曹教授就表明了这点。多元社会，尊重各种声音。学术争鸣更要百花齐放。

对于深圳的文学研究者和创作者以及爱好者来讲，"听君一席话，胜读十年书"，一定都有着各自的领悟和启示。

由"一"想到的

黄　玲[1]

今天是正月初一，是一年中寓意最深，最是充满希望、充满活力的一天，有一种天地万物重新开始的感觉，也有很多流传了近四千年的风俗需要我们遵守：（以我家乡的风俗为例）吃去年的剩饭剩菜，表示年年有余；不扫地、不丢垃圾、不往外倒水，表示财气不外漏；不说不吉利的话，心情要愉悦，不到不得已不要吃药，表示一年都会健康快乐……我很舒适也很快乐地感受着这新年的第一天。闲暇之余，我由"一"和"1"想象开去……

首先我想到了道德经里"道生一，一生二，二生三，三生万物"。万物都源自"一"，也就是"道"。由此可见，"一"是宇宙万物的根源，蕴含着规定和制约宇宙的能量、原理、规律。我们常说"玄生万物，九九归一"，归根结底，宇宙万物最终要回归到"一"上来，天下万物才能相安无事，永享天年。我理解的"一"是指遵从本性，尊重自然，遵循规律，在生活中如此，在工作中更应如此。

由"一"我又想到了初次和所有。在爱情里面，"一见钟情""一见倾心""一心一意""一生一世"等成语无不代表着唯一、永久。我们也经常祝福人家"一帆风顺""一路平安""一本万利""一举成名"等，也表达了最美好、最纯真的祝福。

由汉字"一"我又联想到了阿拉伯数字"1"。"1"看上去像一个人，挺拔笔直地站立着，具有坚强的意志力和顽强的生命力，但又会给人以孤独傲慢、毫不留情的感觉。据说在数理里它代表着"吉祥""幸福""健全"，在网络用语里代表着"赞成""可以"，与"2"相反。

---

①　黄玲：盐田区海涛小学副校长。

　　在具有普通意义的价值观中，排在第一位的是健康，健康是1，地位、权利、金钱等都是1后面的零，没有1，有再多的零也没有意义。

　　女儿正在弹琴，我忽然想到在音乐里，"1"还代表着中央，是钢琴键盘最中间的那一个。是啊，"一"也罢，"1"也罢，不完全代表着开始，也代表着结束，"九九归一"，也代表着"中央"。"多言数穷，不如守中"，提醒我们"中庸之道"实是大道，如众妙之门，值得我深思并多践行。

　　任想象的翅膀飞翔，是为乐！

感悟生命

瞿拥君①

（一）

蓦然回首，翩翩思绪如烟似梦，多少往事涌上心头。过去了的，是欣慰，还是遗憾，也无法说清，还是让岁月点点滴滴地渐渐去印证吧！

也许，我们时常对生活感觉有不如意处，但又何必要抱怨与悲叹？韶华如梦、生命短暂，顾虑与抱怨太多，就必然失去与痛苦得更多。生命如此，勇敢、积极地面对，快乐、精彩过每一天！

（二）

生命对我们来说，不是玩笑，不是捉弄，更不是亏待，而是考验。生命中，我们每一次的选择、登攀和逾越，更意味着我们又一次新的考验与收获。我们不必怨言与害怕，更应感谢，感谢因为考验与挫折给我们一次又一次进取和思考的机会。

人总是要有所希望和期待的，唯其如此，人活着才有了生存的意义与动力；人也总是有所信仰与选择的，唯其如此，人活着才有生活的准则与目标。我们难免为失败而叹息和沮丧，但不能总是如此，事实上，又有什么好叹息和后悔的呢？即使失败，颜面丧尽，那也不过是人生中的又一次教训、尝试和经验积

---

① 瞿拥君：深圳市盐田区美术家协会副主席、盐田区作家协会会员。

累罢了。

　　成功和失败，常结伴而行，也许失败越多，反而取得的成功更多。我们可以有梦想，但不能空想，更不能强迫现实。生活中总是有太多的诱惑，如果我们不能看清和抵制它们，我们必将会被这强大的诱惑和欲望所吞灭！"掀起她的盖头来"，把一切看得真真切切、明明白白，甩掉虚幻、快意前行！

（三）

　　生命中的每一天，对我们来说，总意味着开始，而不是结束。也许，人总有一天会有心衰力竭的时候，但我们精神与灵魂将在，它不随我们生命而消长。

　　世间之事于我，乐耶，悲乎？范文正公云："不以物喜，不以己悲"。生活对每个人来说，也许是公正的，但愿能公正，事实却不尽然。生命对每个人来说，都只有一次，她太短暂了，我们没有理由不去珍惜。珍惜生命中所有的美好，认真过好每一天，幸福就会悄悄来到你身旁！

白石情真

瞿拥君

每次看白石老人的画，总感觉那么亲切与生动，油然而生欣喜与感动。这份感动是轻松的，可爱、有趣、诙谐，常令人会心一笑、拍手叫绝。这便是白石老人艺术的绝妙处，何为此？吾以为老人对艺术最难得的是把握了两个字：即"情"与"真"，就是因为老人在艺术上非同寻常、不加掩饰的质朴本色与情真意切，才创造出如此令世人所喜爱与感动的绝妙佳作。

白石老人言："学我者生，似我者死"，对于艺术，强调"妙在似与不似之间"。这个"似"表明老人对生活、对艺术师承与表现的一种理念与态度。老人一生在求学、求艺上均把这个"似"把握得很好。白石学过青藤、八大、缶庐等，但绝不死学，首先尊重自己的内心与感受。老人创作强调艺术对生活的"似"，纵观老人一生的创作，几乎没有见到有脱离与现实生活关系的作品。用老人的话说"太似为媚俗，不似为欺世"。老人一生创作从不沽名钓誉、欺名盗世，总是用最诚恳、最真挚的心在创作。读白石老人的画作，扑面而来一股清新之气，生机无限，意蕴无穷。这股清新的生命力量，可以说在中国几千年绘画艺术的历史上都是一个特例与标杆，难能可贵的高度，可以说无人能与比肩。因此，白石老人的艺术，是开创性、划时代的，是高山奇峰，是参天大树，美丽在即，亲切如斯却难以企及，如黑夜中的一道闪光，熠熠生辉、光彩夺目。几十年过去，试问，当今风涌云动的画坛，又有何人、有几件作品能如白石老人的作品般散发出如此勃然的生机与魅力？

白石老人的艺术造诣与成就，不独在中国画，书法、篆刻、诗词领域等样样精深，就中国画而言亦是花鸟、山水、人物全面精深，可谓中国画传统艺术数千年来之集大成者。老人的书法，并非归于书卷气十足、技法精美一类，但却直率、质朴、亲切，与一般书法家拉开了许多的距离。篆刻一如书法，大刀阔斧、苍茫朴茂、开创新风。老人自认为自己在各类艺术中诗词第一，也许很多人包括我也并不苟同，但老人的诗词也确实并非只是虚名和自我标榜，看老人在自己画作中的题款，情真朴素、幽默诙谐、别具一格，与画作可谓相应天成、妙趣横生。

爱白石，因为白石的可爱纯真；敬白石，因为白石的崇高伟大。泱泱中华、群贤蜂拥，在中华大地上高耸起白石这座艺术奇峰，乃时代、风物之造化，亦民族、艺术之大幸矣！

唯愿白石有灵、天之相助，愿中华艺术如不尽长江天际流，不断开创新的神奇与伟大！

增江水碧润小楼

李玉章①

阳春非是三月，岭南春来早，草长莺飞，柳醉春烟，二月的轻风已经染绿了珠江的河，增城的水，高山的枝，池边的叶。这无边的绿，不是普通的绿，而是一种嫩嫩的绿，绿得滴着清清的气息。淡绿么，却是浓浓的甘甜；浓绿么，却是一种淡雅的似乎荔枝的微香。

当初如壮士般从中原毅然南下广东，是为什么呢，为了事业，还是为了爱情？想了许多年，我才渐渐明白，往昔的南下可能就是一种懵懵然的飞翔，如一只小鸟试翼，只是为了飞，不是为了什么而飞。又过了许多年，我又会莫名地否定刚才的答案，自问为什么远走天边。那些时候，我总会想到苏轼，想到他的"日啖荔枝三百颗，不辞长做岭南人"。在来广东前没有见过真正的荔枝，难道，隐约中是这句诗词带的路，把我带到了广东。忧伤时，就可以恨自己那么早认识苏东坡，恨自己从小对古诗词那么着迷，恨书本上那么早收录了《南州六月荔枝丹》小文。高兴时，我恨的一切，其实就是我爱的一切。风景总是像梦，忽远又忽近，大多是在远方，而在远方待久了，又怀念近处，心也总是离不开故乡。人就是这样矛盾着，醒且醉着。

我就是在这样的季节来到了增城，这里有它独特的美丽，如风，如景，如诗，如衣，如山，如水。如这里的安静，懒洋洋的狗，单纯的老人，一个97岁的长者。

游过如画的增江，我的脑海中总是浮现杭州之西溪湿地公园，那是一种如诗如幻的美。当时是去年秋天，人在杭州，遐想于西溪湿地公园的游船上，我面对人间美景叹为观止，想不到就在家门口广州的这个增城，也有如此相近的

---

① 李玉章：广东省作家协会会员。

如诗如幻的美。

一个城市之魅力，有时只源于一事、一物、一景，甚至一句话则足亦，而增城之美，除了江，有狗，有牛，有小楼，还有一个人。

在增城的小楼镇东西镜村口的菜馆定了一个盆菜，听说是在一个村民的大食堂吃，坐惯了小包房，能有这么一种大食堂的气氛吃盆菜，当然别有滋味。

主人为我们定好晚餐的盆菜，就带我们一行逛小楼古镇一条街。先是在路边看到了久违的手扶式拖拉机，冒着黑烟，那烟黑得特亲切。再往里走，一路上都能见到夕阳中耕作回来的水牛，一只长角老母牛身后跟着两只短角小牛，轻摆着尾巴，低着头，摇晃着，慢慢地走，走一步点一下头，时不时"哞"地叫上一声。路边卧着很多或大或小，或白或黑，或胖或瘦的狗。有一只小白狗可能是挡住了老牛回家的路口，老牛过来，放慢脚步，对它"哞"的一声，小白狗就吓得猛然爬起来，往旁边挪几步，又卧下，继续打自己的瞌睡。我知道了，它们之间有它们的规矩，好狗是不挡道的，再想下现在的人，行人冲红灯，车辆冲红灯，已经不知羞耻，理所当然，谁胆敢说他一句"要守规则"，那不被骂个狗血淋头才怪，若升级了，动刀动枪也是正常的。看来，很多地方，人并不如狗，动物的世界里，牛有牛道，狗有狗窝，它们都在生活中自觉地遵守着，所以和谐。

节奏被不紧不慢的夕阳放得很慢，牛的叫唤声也悠扬起来，全然没有城市中高音喇叭的喧嚣，心里静静的，看这里的一切就如看一张老照片。老照片暗得虽已经看不清它的年轮，但那种怀旧，那种亲切，那种美好，是一种久违的感动。

为了追一只顽皮的小狗，我走到了一个叫"下二巷"的地方，在朝街面的一间平房遇到了位老奶奶。狗是她的，说叫"小胡扒"，意思是这小家伙淘气。老奶奶97岁，让我猜时，我竟参考着我母亲的模样猜了个70岁。老奶奶身板很硬，吃的是粗茶淡饭，90多年，一天也没有离开过小楼镇。透过她住的低矮平房里那暗暗的过道，看到老奶奶家墙上挂着草帽，勺子，旧旧的长衫，屋内家具很少，很旧，很黑。我突然想到一句话，"快乐与拥有成反比"，曾一直偏执地怀疑，说，吃肉就比吃菜香，穿鞋就比光脚好。现在看来，我的偏执是幼稚的。老奶奶说，她以前没有名字，老公姓何，90多年一直叫何氏，直到政府让每个人要办身份证时，才自己给自己取了个名字叫何胡，随便了，其实没有名字才好，阎王爷不知道名字的收不走。老奶奶很爱笑，她讲的客家话连我们的当地向导也是半听半猜，但这丝毫不影响老奶奶的快乐。

老奶奶的牙齿已经脱光了，说话时满嘴口水，她就用一块褪尽了色的小手绢擦，边擦边笑。夕阳中她的欢笑，总如一张老照片，在我心头展现，一遍又一遍，轻轻地，慢慢地。

当时只道是寻常

李玉章

1996 年大学毕业后我直接从沈阳到深圳工作，两年之后结婚时才回到河北老家，记忆中那是与母亲分别最长的一次。

快到家门口，我远远望见了那个熟悉而瘦弱的身影，母亲穿着白色的圆领短衫，风一吹，衣服晃晃荡荡的。我鼻子一酸，泪在眼底转了几转。当我用家乡话喊了一声"嫫"时，母亲才回过神来，眼泪像断了线的珠子滚滚而下。

回家的第三天收到单位的通知，因为工作需要必须立即返深。我歉疚地不知如何向母亲开口，她听说后没有说话，马上转身跑进厨房和面、剁馅，包我最爱吃的韭菜饺子。我故意吃得很慢，撑着吃了许多饺子，母亲坐在一旁看着我吃，满脸的幸福与满足。父亲去世多年了，我是母亲心头最大的牵挂。临走，我留下一张纸条给母亲："走时，不要送我；回时，风雨中要来接我。"

2002 年，我的女儿出生了，母亲高兴极了，时时刻刻盼望着早日见到自己的孙女。女儿 1 岁时常常拿一张小板凳骑着，嘴巴里咕哝着："我要回河北，我要找奶奶。"孩子还没有见过奶奶。不久我们换了大一些的房子，我决定把母亲接来深圳。

听老家的堂哥说，母亲接了电话，像个孩子一样欢喜地奔走相告，逢人便说："我们章子要接我去深圳，我要去深圳见他们啦！"高兴的何止母亲一人，那段日子，我们一家三口不住地念叨：再过十天，再过八天，再过三天！期盼着与母亲团圆的时刻。

临行的前夜，母亲打来电话说她不来了。原来她怕加重我们的经济负担，怕自己身体弱帮不上我们的忙还需我们分心照顾影响工作。我不甘心，在电话里反复做母亲的思想工作。许久，电话的那一头，母亲只哽咽着说了一句话："你们过好日子嫫就放心了，我一个人在家能照应好自己！"

如今，母亲不在了，她与我永别在龙年那个大雪纷飞的清晨。从此，我失去了心灵的故乡。无泪未必真豪杰，四年来，我一直不敢回首，不敢回忆母亲的面容。而今，终于鼓足勇气小心翼翼地翻开这一页，翻出当年我写给母亲的一首《五味》小诗：

> 常忆儿时战孤灯，北风窗纸碎，凌雪为春风。
>
> 一别慈父念成空，少年白发泪，月缺梦魂惊。
>
> 酷暑寒窗载十匆，一身橄榄绿，天地两冰清。
>
> 人间母子情意重，泾渭一相逢，挥袖彩云东。

戏曲三味

穆　琳①

京剧《霸王别姬》

京剧《霸王别姬》曲《夜深沉》。

有多久，没有细细听听戏曲了？

曾迷乱于虞姬流光溢彩的罗裙、如水如光的剑影，曾会心于项王乾坤朗朗的笑声，但你可曾注意过虞姬舞剑的旋律中，那一阵紧似一阵的鼓音？

"渔阳鼙鼓动地来，惊破霓裳羽衣曲。"

好一段《夜深沉》！

声声，铿铿。那女子，踩着兵败如山倒的步点，举着翩若惊鸿、婉若游龙的长剑，横向颈间，一刎别君——惨淡如水袖低挽，高蹈如白雪青莲，也只有这鼓声才配得上！而那京剧里的君王，总是满面虬髯，油彩斑驳，黑白相间，让我时常忘记，原来，他当时仅仅是 24 岁的青年——史铁生怎样说的？最狂妄的年龄——也是一个最狂妄的人。结果，血肉横飞的游戏终止，千秋功罪的帝王梦断。

而那场边，奋力击鼓的年轻乐师，衣装笔挺，头发飘起，双臂展开，慷慨激昂的形象竟比想象中的项羽还要狂妄——令年届 30 的我一唱三叹、百转千回后幼稚地放声大呼："帅呆！！！"

声声，铮铮。他来到了他的末路，现在轮到她，担当起"勇毅"二字。这

---

① 穆琳：深圳市盐田区作家协会会员。

场烽烟牺牲了她，也成全了她。有此一舞，她已不再仅仅是他的注脚，不仅仅是精彩后世青史的谈资。她撒手放开是非、放开尘世、放开情爱纠缠，走去了，或是回到了她超脱的生命中去。这曲《夜深沉》是她生命唯一的注释，与如丝的眼波、如霜的长剑、如月的高冷之姿一起，划破这千百年来昏昏漫漫的长夜。由此我们才知道，有些东西值得以生命相殉；铁骨铮铮的人，也可以只是女子。

越剧《陆游与唐婉》

"浪迹天涯三长载，暮春又入沈园来。输与杨柳双燕子，书剑飘零空自回。"这样的淡淡香芬、浓浓萦怀，只能用哀婉舒徐的越剧来承载。

山盟海誓，可赢得了流年似水吗？情已入骨，人已散场，唯剩一句——"沈园偏多无情柳，看满地，落絮沾泥总伤怀。"

一曲收梢，纷纷扰扰的尘俗之间，一个人静静听到此处，心都跟着抽搐。

——没有呼天抢地的哀怨，没有同坟共穴的决绝，更没有时下的死缠烂打机关算尽楚河汉界俗不可耐。

情到极致，总是无言。唯有低头，看那伤心桥下碧绿的清波，油然地想起你曾经临水照花、惊鸿照影的容颜——

从青春韶华，到八十暮年，于我思念的路上，竟也只是片刻之远。

你一生都在期待，我一生都在等待。可惜命运注定我们只能是两条大大叉成一个错号的直线，一次金声玉应的撞击之后，永远不会再有交点。

一杯酒，仅仅一杯酒呵，能不能醉我一世，来还你三生石畔带泪的缅怀？可惜啊，命运如剪，断了我们手上三尺的红线。

昆剧《公孙子都》

（郑国伐许，副帅公孙子都因争功心切，暗箭射死主帅颍考叔。之后终日惊惶，自责而亡。）

子都！

——山有扶苏，隰有荷华。不见子都，乃见狂且。

山有乔松，隰有游龙。不见子充，乃见狡童。

那夜听戏时，心中若有若无地，忆着诗经里的句子。

古琴幽幽，埙音漠漠，旌旗之间，点将台下，合该是你——公孙子都！

世代簪缨，少年得志，军功赫赫，又是风度翩翩的天下第一美男子……原以为这样的人，注定可以谱写一世的佳话。这样的人本是用来仰望的，如夜空中最明亮的星子，诗经里最嘹亮的句子，光华一闪，便足以眩晕所有的时空。这样的生命，本应如陌上桃花般妖娆绚烂，哪怕曲终香殒，也会化作点点飞红，腾溅一滩绮梦，缭乱凡世人生。

那武生襟袖翻飞，举手投足间的狂放恣肆如写意泼墨，洒得我满头满脸，由眉尖沁漫入心上，无处躲藏。仅是表演本身，已令我不惜用更多的溢美之词，更遑论那临风浩叹里的声声质问，字字诛心——

"一念之贞成仁，一念之差成鬼。成仁艰难，做鬼容易。"

沙翁式的低语，是梦醒，还是更深的沉沦？

转眼舞台，帷幕烟霭，用有限的能指勾勒出无比的寥落，让你心无旁骛地跟着，步入他历史的沙尘。青山不幸，黄土无辜。埋骨的处处，自有灯光替你诉说。满台的红色，满满的、血的猩红色——一道、一道；一道、一道……越来越多，渐成星河。

"子都，你将后悔莫及呵……"

谶语如钟。

颠倒黑白成王败寇的烽火之间，他茫然而立。良人说得好，这是中国古代的罪与罚。

有人永远在等待，有人永远在徘徊。

为何喜欢戏曲？激越或婉转，他有他的活法，我有我的，本不必费疑猜。可那心灵一瞬的悸动，岂愿辜负太久；锦瑟如斯的年华，自己也不想于无知无觉中，轻抛虚掷。

天意深深高难测

——上海天蟾逸夫舞台越剧《甄嬛传》观后感

穆 琳

小令尊前见玉箫，银灯一曲太妖娆。

原来地地道道的海派越剧，如此清亮又如此婉媚，百转千回之中流光溢彩，带着昆山玉碎的裂响，演绎出了凤凰于飞的绮绝。

简约而唯美的舞台，灯光点染着翩跹的衣带。开篇的背景唱腔柔软到深处，竟生生刺痛了被坚硬外壳裹紧的看客——"天意深深高难测"，你，在替谁诉说?!

王孙们长身玉立，背后扬起飞动的长襟，倨傲得如临涧孤竹、云间皎月。从前只觉得徐派的唱腔浑成流丽，现场听来方知也有高亢刚健。君王的刻画惊艳至斯，风流倜傥又幽怀无限。面对翻覆的社稷、颠倒的皇权，难道爱情的乌托邦真的可以倚仗？覆巢之下又安有完卵！你仰天大笑又失声痛哭，在你唯一表露过、唯一坦诚过的女人面前。你的悲剧不在于你的多疑、猜忌、执迷和不信，而在于男人来自火星女人来自金星，不同的气场有不同的浩荡。其实她的决绝总归是场幻灭，如果不是戏剧性地设置出一个亦真亦幻的玄清，你，会是最终赢下的那个人。

玄清、玄清，咬字太重生怕弄伤这玻璃般的姓名。润泽飘逸，如这支《杏花天雨》，梦里不知身是客，花间吹笛到天明……翠绿与湖蓝是你的底色，雪白的襟摆上瘦竹斜逸，你的存在便是生机。"你若安好，生死由天!"——是啊，感谢这世上、这些女人的文本中、这纠缠千年销魂不变的古典里，还有你这样不染尘俗的存在。纵使明知多情终归会输与宿命，哪怕再抗拒也要坚决地相拥，因为你知道若再错过这个知音，怕还要在三生石边、忘川河畔做万年的寂寂残梦!

越女们蟒首蛾眉的妆容蕙茂清芬，楚腰辗转、飞花逐水般兀自翩翩。

若人生只如初遇的乍惊乍喜，我们又该是何等感激——那惊鸿飞动的灿然流盼，那瞬间执手的相顾无言，君王啊我的四郎，我知道你的心底也有如潮的汹涌，可惜的是，你终归要一掌这如棋的江山！

"一步路，一道坎"，四人想望又纠结地轮唱——是谁，常徘徊于是真是假的梦魇，放不下权柄又舍不下爱恋？是谁，渴望着真心又动摇着真情，始终有一句未曾启齿的话，从不敢破出唇瓣？患得患失，相猜相忌，"天意深深高难测"呀，既已心为形役，任谁都是这巍巍皇室灿灿宝光的注脚，纵使打磨掉了棱角、洗礼成了珠玉，也早失了淡泊的风华，成为逃不脱的你我他！

可，总归要有一些信徒……

12 世纪的阳光里，《清明上河图》诉说着一个人的挺拔，一个城市和一个朝代繁华背后的暗流激湍；14 世纪的烟波上，倪云林散尽千金焚尽典藏，只为于乱世兵燹中安放自己清洁的精神；20 世纪的唱诵里，"一花一叶，孤芳致洁"的弘一法师成就了自己的慧业，从此世间再无春柳社的茶花女、西泠印社的金石客……这些风流到疯魔的家伙，到底是聪明人，还是糊涂者？谁输了谁的大好？谁，又成就了谁的大美呢？

天地为熔炉，万物为薪炭。若被命运遗落在繁华与时尚之间的我们，依旧能保持天成的风流，对影起舞，自在蹁跹，还要戏曲、还要文学、还要这些古中国的声音做什么?! 庙堂筹算从未成为绝响，巍巍宫墙、森森楼宇，总在虚幻嵯峨的高台之上沉静地诱惑着。岁月裏挟着荣耀与不堪，铿锵地奔到你我跟前，零落成泥，又冷凝成剑——

下一个待宰的人是你我，下一个书写的人，也是你我。

唯有历史，在冷眼旁观着。

故乡纪行

魏一格①

　　五月的中原流金滴翠，一望无际的麦野黄灿灿的在初夏的微风下摇晃着麦穗，而被白杨树、槐树、果树所遮蔽的村庄则像碧绿的宝石镶嵌其间。布谷鸟"嘟嘟嘟"地叫着，蝴蝶成群地在路边的野蔷薇花丛上翩翩起舞，空气中漾溢着令人沉醉的清香。此间，这美丽的田园风光所给予你的美的感受不是什么花廊宝殿、奇石通幽所能比拟的。

　　世界上，我什么都能忘却，唯独忘却不了故乡。虽然父母早已去世，那里只留下几位姐姐，可故乡永远是美好的，而一年中最美妙的就是盛春初夏这段时光。我选择了这段时间，40多年来第二次回到了我的故乡豫南。省亲前，我决定去探望两个人，那是我们村仅有的两个前辈老人，在100多人口的村子里再不可能找到第三个上辈的老人了。她们是四代村史的见证人，是探寻和回顾过往风俗人情的活化石，只有从她们身上才能感受到往昔的村貌族俗和我那无忧无虑的少儿时光，也只有从她们身上我才能再次看见我母亲的音容笑貌——她们是灿姐，过往相处甚密。平常日子里差四缺五的从不吝啬，如果我娘因事外出，她们就来照护我。合作社时，她们一起下地干活，在农闲开会时，她们纳鞋底也坐在一起，有时竟也插科打诨笑得前仰后合。记忆的神功一下子将往事的镜头拉在眼前，我分明看到母亲笑出的眼泪。

　　是的，二婶和四奶奶还活着，高龄80有余，她们的存在是村子一个时代的延续，没有了她们就等于念念不忘的整个上辈历史的彻底结束。

　　这一天终于来到了。

　　2004年立夏这一天，我告别了家在县城的三姐家（我已在县城小住了两

---

① 魏一格：原深圳市盐田区作家协会副主席。

天）。她告诉我二婶因是五保户住进了羊台寺的福利院里。我在读小学的镇子里下了公交车，打算买点小吃再雇三轮车前往羊台寺。就在我盘算着在那等候客人的三辆车中挑选一辆时，我发现50开外一个戴着墨镜的车夫已观察我良久。我问他车子到不到羊台寺，需要多少钱时，他闻而不答，最后取下墨镜反问："你是不是大伟?"老大爷！我惊讶万分，在这座阔别48年面目全非的小镇子里竟有人喊出我的小名！我迅疾在在记忆中搜寻一切故交，想不起此人是谁？这时他提醒一个名叫富山的人，我恍然大悟，"你是富山的哥哥猫子!"我脱口而出！怎样惊人的记性呀！倘若是六七十年代的故交还记得我，我还能相信，因为这期间我回乡见过他们，而长达48年，从未有任何来往的人居然在两鬓飞霜时还能认出我，不禁令我心中叫绝！而更令人惊讶的是，他正巧是我前往拜望的二婶的外甥。我二叔夫妇无子女，当时把他过继到家作后生，但不知怎的，他两口就是不喜欢他。没过多久，他就走了，就是在他跟着二叔的日子里我也从不曾同这个镇子里来的孩子玩过，在一生记忆的名单中压根没有这个人。我迅速调整着这意外的感情激动。我清楚，我们只是激动，但两人并无旧情的背景，要说的话不多。他听完我简短的述说后爽快地说："上车吧"。

我跳上车，坐进他带有篷顶的三轮车。踏车人和坐车人相隔着一道布墙，我们也无法交谈。车子出了牛头镇便笔直驶向田野里的乡村大路。大路两边也是白杨树，白杨树旁边是麦野，这笔直的林荫路，这平坦的麦野在不快不慢的车速的带动下一一向后闪去。半小时后，车子转一个弯驶离了水泥大路，进入了一条人迹罕至的真正意义上的原始牛车大路。放眼望去，充满神话色彩的羊台寺已出现在前方，福利院就坐落在一个地面已下沉的寺庙旧址上，两排红色平房被一行行整齐葱茏的梧桐树掩映其下，金黄的小麦地漫过树林一直铺向屋后。我们的小三轮车一步步将镜头拉近，眺望远处，羊台寺福利院在蓝天白云后的剪影，高高的树林，林中的房舍，四周旷达浩渺的麦原一下子把我带进苔丝在远处路边树荫下挤牛奶的木刻画面。那条路，那棵儿茂盛的树，那四周的原野和眼前的景象重叠拉开、拉开又重叠，真的是如梦如幻。在这一望无际小麦的海洋中，小三轮车颠簸着，空气中洋溢着野花、青草和泥土的混合气息，我陶醉了……

车子从屋后东面绕了半个圈停在大门向南的路边。我让猫子就地等候并示意他会见时间不会太长，我理解生意人的心情。经询问后，一位70多岁的老头领我向平房最西边的一间走去。老头说你二婶睡觉了，这时我才发现昏暗的屋子后面床上有一张苍白的小圆脸。进了屋子一股霉臭气扑面而来。看见门口有人影，二婶在床上蠕动了一下，颇有一会儿才费劲地下床站定。她侧头神情朦胧地看着我，此时我被告知，她已失聪多年，几乎连打雷也听不清。站在我面前的已不是未说话人先笑，看人眼神专注，丰满健硕的二婶。她五月天还戴着一顶过大的毛线编织的小帽子，一缕白发贴在头皮下，那张小脸显得不胜重负，原本带点小碎花的夹袄领子想必从未洗过，油垢压过原色，像剃头匠的磨刀布一样硬邦邦地竖在颈部。她用一只眼睛侧头观察我是谁。我颇为窘迫地凑近她耳边大声告诉她我是大伟。是直觉也罢，是经验也罢，二婶终于喊出了我的名字，同时她如柴棍一样的手将我的手拉向胸前。我扶她坐下，带路老人说已多时不见她走动了，说有一位年轻一点的老人打理她的起居。我这才想起在三姐家曾经听闻关于二婶的绯闻，村子里的人说 80 高龄的二婶在福利院居然梅开三度和一位比她小 20 多岁的男子结婚了。这浪漫的举动挑战了千百年的戒律，以前逢年过节，村里常有人提着东西去看她，可现在被人们嗤之以鼻，没人再去看她。望着眼前这位风烛残年、生活难已自理的老人，我感到人言的可畏可憎，真所谓唾沫星子淹死人啊！我提高嗓门贴近她的右颊说我很想念她。她的神智已趋清醒并问我姐姐身体如何，我回答了她，她怔怔地看着我，还像以前那样专注，没点头，可能这话又没听清。不少苍蝇在破烂物上飞起降落，带路老头依然好奇地盯着我在吉隆坡买的花上衣。

交谈是困难的，我撕开一条芝麻酥片放进她手里，她本能地放进嘴里开始咀嚼，混浊的眼睛依然怔怔地看着前面，我的记忆镜头已经闪回：

二婶原本是我大姐村里一位远房弟弟的妻子，那男子是夜盲症患者，晚上串门都得妻子牵着走。家景逐年破落，丈夫死后，由我大姐和母亲说合就嫁给了死了妻子的二叔。二叔高大威武，脾气粗暴，爱打老婆，说起话来如雷贯耳，他拎起二婶像老鹰抓小鸡，用不着拳头，就那么一抛，被丢在数米远的二婶就半天爬不起来，即便这样她还得摸索着给他备上饭菜。二叔是村里独一无二的赶大车的"车把式"，三套车中驾辕的那匹桀骜不驯的大灰马是部队转业的军马，非二叔不能降服，左村右屯的几乎都把他当成大马车的代名词，这样的人打老婆似乎是天经地义的，可怜白勺二婶进他家门没有享受一天舒心日子。后来据说二叔在运粮的一场车祸中结束了二婶挨打受气的生活。当我第二次凑向二婶喊话时，车夫猫子走进来。由于他先前过继时是二叔的原婚，对后来的舅母来往甚少，故未表现应有的关切而欲离开。二婶拉着我的手未放，她径自咕哝着："你下次回来可能就看不到你二婶了。"我大声对她说："不会不会。"带路的长者也起身送我出门。我退出屋门，二婶挪动到门边，跨越门槛时，一只鞋子滑脱在门槛里边，我看见她一手扶门，用脚尖将鞋子勾出来又蹬进去，晃动着走了几步。我忙上前扶定她并示意叫她别送，我100米以内退行而别。看着阳光下惨白、病弱、瘦小而可怜的二婶，我感到我的探访是多么的无能为力。交谈已经不能在正常状态下进行，天堂的门已在向她缓缓开户，我带着失落和抱憾蹬上三轮车原路离开这块古老的圣地——羊台寺——羊台寺上的福利院。

我正在与那令我魂牵往昔的故乡告别。车子折返时停在了生育我17年的皇村。半路有人上车，我跳下车让猫子不必等候，我不容他推拒地付了他数倍于原价的车费。早已获得住处的堂哥已等候在路边，未寒暄便将我领进四奶奶住的小院。全然陌生的小叔子夫妇用诧异的目光审视着我，堂兄大声对躺在床上的四奶奶说大伟回来看你来了。老人听后神情疑惑地望着大门口。她想起身但动不了，我猛上前扶起她的上身并用一包细软依在她背后，比起二婶四奶奶除听力稍强外，健康状况更糟。据小叔讲，她瘫痪在床上已多年不起，身上生满褥疮，左手颤抖得厉害，胃口不好，一餐只能吃下半碗稀饭。我心里一揪，谁都知道老人靠的是"饭力"，在谈不上营养和治疗的情况下，连饭都不能吃，这样的病态，身体还能维持多久？令我宽慰的是她在咀嚼着我送的糕点。她说她常念叨我，"这么久不回来，没有你父母，俺家也是吃饭的地方啊！"我告诉她我在武汉读完大学后又调到南方，在那里结婚定居。我握着她抖擞不停的左手，她低着头轻声对我说大伟你回来得正好，到明年你也许就再也看不到你四奶奶了。我忙打断她，叫她不要这么想，劝她说从前的日子那么苦不都过来了吗？如今温饱不愁该多活几年。她摇摇头似有难言之隐。我无奈地凝望着她的满头银丝和我很熟悉的她红亮的额头。画面淡入，眼前是一位身着兰丝绞上装，头上插一朵大红绒线花，在鞭炮声中双手抱着头走过红布铺地的新娘，四爷胸戴红花，头扣瓜皮帽在众人的簇拥下进了他家的大西屋。四奶奶个性内向但为人实在，进门后一年多，村里人很少见她走出大门。合作社那年头，只要是劳力谁都得下地干活，这样她才融入了村子里的人家。四爷是个不倒台的生产队长，他像钟摆一样每天吆喝着人们下地干活，那时为了挣一分，我们学生哪有什么假期，回到家里就干活。

四奶奶不经意的一句话让我永世难忘。有一次派十人挑土打坝，四奶奶望着丈夫说："大伟身子骨弱着呐，你别让学生去。"其实挣十分没有行政命令厉害，那是上面分派的任务，谁敢不听。四奶奶一说我就没去。回到家，娘听说我不去干土方活才松了口气。当镜头淡入，再望着四奶奶那骨瘦如柴抖动不停的手时，我鼻子一酸泪水夺眶而出。四奶和我一起唏嘘起来，在同她的交谈中折射出许多她和我母亲交往的情景，这极大地满足了我的斯泰普斯情节，重温那段最美好的少年时光。时间不早了，我怕麻烦她们留下我吃饭便起身要走，四奶用右手拉着我的衣摆，我抠开她的手说，只要我回来就一定会再来看你，我故意放松语气说她会长命百岁，可我和她心里都感到这种安慰和祝愿是多么空洞啊！在极难名状的心态下我离开那半间小瓦房，离开了我们村唯一辈分最高的长者。在当年，论族谱，我们已是满了五代的远房族亲，但只有她还在，只有她一人还维系着20世纪人文世俗的蚀锈欲断的链环，看见她你就还有可能再现过去的一切，可她的离去就意味着你将与之永远告别。

没有了三轮车，我只好徒步二里到公交站坐车回城，但这更合我意。我谢绝了堂哥用车送我的提议，我解释这样走走对身体有好处，其实我是想更多地看看我的故乡——他们站在村头目送我离开皇村。

家乡是美好的、迷人的，虽然几十年的变迁使它有点陌生，但地貌依然如旧。笔直修长的田陌，平坦无际的原野，朴实厚道的人情，词汇生动的俚语，这一切叫人心里永远流淌着一股甜丝丝的温馨。

路上人很少，我不时转过身退步而行。这条路是我儿时到镇上读书常走的路，望着退向远处的我的人生褓褓——皇村，我的心灵像游丝般在那些老屋的屋檐下、丛林中留恋徘徊，那里深埋着我人生最珍贵的东西，无论我走向哪里，到最后它都会翻山越岭、漂洋过海回到这里。我坐上了小巴，那难忘的情景又闪现在我面前：小燕子迎着门头，柳条轻轻荡着，艳阳喷薄而出。

公交车向县城驰去——

"我们四个小孩，刚好两个摊，玩什么呢？""好，就玩'拍蹬脚'！""来，我们在麦地头的草坡上席地而坐，双双盘起腿脚，四目对视。" "好！我先来……"

公交车飞驰着——

"拍、拍、拍蹬脚

哑哑葫芦水簸箩

簸箩那，簸箩北

北地里，抽沤莓

沤莓老，当糊炒"

公交车飞驰着，我流着泪，头一直朝向窗外——

"大奶奶、二奶奶

都到俺家洗脸来

　　大脚站着洗、小脚跪着洗

　　小脚不倦俺不依……"

　　多童稚的儿歌，多好的韵脚！这是我们小时候喜欢的许多游戏中的一个。那时我们才七八岁，把羊群一撒开，我们就玩自己的。

　　我的眼前再次一片模糊，喉头噎得喘不过气来。我知道，无论作任何解释、作任何努力，逝去的永远不会再来，留下的只是记忆——远去的皇村啊！

雪花飘来的时候

施培瑶①

今天，是雪花飘来的时候。我终于在这个陌生的城市里见到了素未谋面的飘飘白雪，内心充满了激动和愉悦。

由于比较冷，今早我在被窝里缩了很久，醒来时已近中午了。睡眼蒙眬中不经意望向窗边，哇，雪！是飘雪！灰红的屋顶上已披覆上了一层白白的积雪，很亮，很白！下雪了，雪花飘飘地。想来昨天夜间就已经下雪了。我赶紧翻身下床，都顾不及多穿衣服，跑到窗边，打开窗门，一片雪花夹着一阵冷风吹了进来，我不禁打了个寒战。雪，不大，一片一片的，在空中飞动漫舞着。我禁不住往窗外伸出了手，几片雪花飘落到了手中，很晶莹、很剔透，也有点毛茸茸的感觉，还来不及再细细端详，雪花就已慢慢融化成了水滴，从指缝中渗落开去！一阵冷风夹着几片雪花又吹了进来，有点悚然，我赶紧把窗门关上，穿上了毛衣和风衣。

真的很难得，可以看见下雪。我长这么大还没有真切地体验漫天飞雪的感觉，我决定要到比较空旷的地方去好好欣赏一下这美丽的雪景，红梅公园应该不错。

我背上相机刚要推门出去，正好碰见了对面宿舍的胖子也正要出门。我第一句话就是"下雪了！"能碰见下雪，我很开心，我要把这种愉悦的心情传递给身边的所有人。"我想去红梅公园看雪景，你去吗？"小胖是湖北人，其实对于"雪"他是再熟悉不过，雪景也应该见多了，不像我这个岭南人这般感到新鲜和激动。不过他好像也被我所感染，欣然答应和我一起前往。

我们匆匆吃过午饭，赶紧打车前往红梅公园，生怕一会儿雪就停了。"江南

---

① 施培瑶：深圳市盐田区作家协会会员。

下雪很少的，一般下得也不是很大的雪，也不会下太久。"他告诉我。不一会儿车就在公园门口停了下来，公园里游人还是很多。特别是有一群小朋友，手舞足蹈地跟着飘飞的雪在公园的入口处嬉戏打闹。

公园的路面上看不到有积雪，就是湿漉漉的，由于雪下得不大，刚飘下来的雪花遇见地面余温即刻就融化掉了。可是在公园里的一些绿色植物上，特别是有大片叶子的花草间，绿绿的叶子上就总能看见被托付着满满的一大沓积雪，银灿灿，晶莹莹，有点娇娇欲滴。在树枝上、树丫树杈间，也会镶嵌着一小撮或是一小块的雪片，有的也会沿树干积累着一溜溜的白雪。公园里一眼望去，在绿与白、黑与白、灰与白、红与白之间，跳动闪动着的色彩相配和谐、相间有致。

冷风一阵阵，飕飕地。我和小胖一路沿着公园的小道拍着照片，看来他即便是个北方人，面对着这秀美的雪景也是很陶醉和愉悦的！

天宁宝塔上没有积雪，但是由于有了雪水的洗礼，显得非常清晰和灵动，平添了几分亲和的禅意，映衬在灰蒙蒙的天空下还是很深邃和威严的。雪花漫舞着，在枯枝和柳条间穿梭，在我的发际和衣领间掠过，转身却是消失在了波光粼粼的湖面上。湖水的倒影里看不见雪花飞舞的痕迹，在微微闪动着的是那近处的宝塔和风吹过处柳枝上滴落的水珠。

游人真的不少，有嬉笑相拥的情侣，也有蹀躞前行的老太太老爷爷，还有一群年轻的男男女女在公园的草坪上随着雪花集体起舞。只看见一个小女生，双手捧着从天上飞动而下的雪花，旋转着轻盈的身段，身上的羽绒服也敞了开来，红色围巾随着黝黑的秀发一起飘逸着，煞是美丽！可是距离太远了，超出了我相机变焦的范围，只能远远地驻足欣赏片刻。飘雪里的红梅公园，是跳动的。这里的雪大多不是积雪，也很少有积雪，可是它们都是飞舞的，雪花愉悦地飞舞了起来。

不知不觉在公园里流连了好久。感觉耳朵有点冻僵了，冷风还是飕飕阵阵地吹来，夹杂着片片白雪。虽是冷，可游兴却是越浓。继续往公园的深处走去。远远可以望见，在一些亭台楼阁的顶上有不少积雪。白墙黑瓦被覆盖上一层白雪以后，真的就是"银装素裹"，分外妖娆。这妖娆不是浓妆艳抹，这妖娆是一种清凌秀丽的朴素美，如妙龄少女不施粉黛，眉宇间却自然流露的一丝清秀！观景台旁边的走廊，那顶上也是被披覆满了雪花，银白白的一整条长廊穿梭在树林间，含苞待放或是刚刚吐蕊露丝的红花黄花点缀其间，若隐若现，就如刚刚扑涌上岸的一排排雪白的海浪花，将花绿各色的贝壳冲撒在了空旷的沙滩上。

这雪景的美丽，让人顷刻浮想联篇。美是相通、共融的，美也是同生、一源的！美由心生。

　　这一场江南的小雪，为我孤寂落寞的宿舍生活带来了不少"美"的享受！这雪虽少，没有塞北雪飘大河停顿的苍茫大气和沉雄肃穆，可却有了江南固有的那一种婉约和惬意。别看这雪虽没有"大雪压松"的凝重，可是在那绿叶上、树丫间的点点留白，恰似那水墨写意画里的绝妙用笔用意，令这严冬的画面既显得空灵，而又充满了春的遐想逸思！

　　在来常州之前我就曾跟自己说，"告别这里去那里，过一个有雪的冬天。"看来我如愿了，如愿以偿的快乐是不言而喻的！愿这一份快乐与你分享。此刻，雪花还在窗外纷飞飘动呢！

静美秋叶

海　涛①

　　秋叶是秋天的主角。当秋雨、秋风拉开秋的序幕，或凄婉或悲壮的一幕也随即上演。绿叶潜滋暗长的生命轨迹，永远定格在秋风袭来的那一夜，画上了圆满的句号，完成了酿造生命的神圣使命。从此，生命开始了另一段新的嬗变。叶绿素逐渐地、一点一滴地褪去，先是一小片，后是一大片，最后整片叶子彻底失去了绿的光泽。取而代之的是或黄或红的艳丽光彩。绿叶固然令人兴奋，那种生命的涌动，时刻洋溢着青春的活力。然而泛黄泛红的叶子，一片接着一片，直至染了整片树林，整座山冈，又何尝不是秋叶馈赠给人间的壮美图锦。那种不可阻挡、傲视冰霜的冲击力，直逼人的眼球，直击人的心灵。

　　湛蓝的天空，遥远、深邃，扯着薄薄的云纱，在高空尽情玩耍，折叠或飘洒成各种童话般的形象。那层林尽染的群山在这样的世界里更显苍莽。蓝天、白云、秋叶、群山，融为一体，和谐共美。拉长镜头，整个拍下这绝美的瞬间，冲洗成艺术品，成就秋叶演绎的大气辉煌的经典；取出画笔，坐在枯草托举的独石上，用难以调和的颜料，倾情描摹秋叶奉上的华彩，装裱成惊世的秋叶图，也不枉了秋叶短暂的华美人生。就这样，完完全全陶醉了，似生出双翼飞翔在辽阔的蓝天，身下是一望无际的林海，是那种色彩惹人的秋季林海。时而踩在枝头，时而掠过林梢，让内心的震撼纵情释放。

　　绿叶到黄叶、红叶的精彩转身，莫不要为之而遗憾、痛心，这并不是秋叶的初衷，这是一种破茧而出的蜕变，就如蠕虫惊变成彩蝶。只有为之庆幸、欣赏就够了，那耀眼的红、通彻的黄，比绿叶更丰满、更浓烈。何等荣耀，何等荣光！

---

　　① 海涛：深圳市盐田区作家协会会员。

秋风的威力越来越强了，晨露凝成了冰霜，暖阳收起了慈祥，一个"生命即逝"的秋季真的来了，来得不可一世、不容商量。秋叶还是那样红、那样黄，但已零落可见飘落的身影，一片两片，最后竟成了秋风中的"落英缤纷"。红黄的叶子应声飘洒，遮天蔽日，从天顶到地面，整个被红黄的锦缎连为一体，融成一色。那流动的锦缎铺满了山梁、沟汊，铺满了整个山野，似一场秋叶雨从天而降，而后翻转着、跳跃着、激荡着生命最后的律动。

秋叶何尝舍得离开母体，孤独地结束生命旅程呢？当叶柄渐渐萎缩，与枝干完全决裂的时刻，那种痛叫作撕心裂肺吧！秋叶肯定在歇斯底里地呼喊，不要抛弃我，不要扔下我。然而秋风就像利刃一般斩断了那无力的拉扯，彻底地与枝干决离。深情的回眸瞥见那深深的凹陷处，曾经留下自己多么坚强有力的身影，让这一切远逝吧。秋叶打着旋儿飘摇在枝头与地面之间。这漫长的路呀，撒下了秋叶多少痛心与不悦，与众兄弟、姐妹、伙伴一起躺在树的脚下，分不出你我。渐渐地，秋叶失去了任何色彩，干枯的叶片也悄无声息地消失在自然的世界里，腐烂成了泥土。将试图珍藏的秋天的红叶抛向林间吧，那里才是秋叶的真正归宿。

叶落，无须神伤、叹惋，应该为秋叶自豪、祝福，完美的人生从此精彩谢幕。腐烂的泥土孕育着对生命的渴望，用自己的身躯化作母体成长的力量。来年的春风春雨中，又从萌芽开始新的生命轮回。

秋叶的情怀，或许不同于常人所揣摩赋予的那样，或许是颠覆凄婉、苍凉的另一种豁达、洒脱。因此，不必为秋叶流下悲伤的眼泪，走进秋叶的情怀，奉上衷心的祝福与祈祷吧！

"80"后——夜行车

林 溪①

天是朦胧的，大地是朦胧的，就连眼前的街道和厂房也是朦胧的；人影是朦胧的，人的神情是朦胧的，就连人们的行动也在定式的机械的运作后出现朦胧的变化，疑惑、盲目、冲动与犹豫不决……

"听说上头有新精神了。"

"别听他们瞎说。"

"不，这回是真的，本来么老百姓自古以来是靠地吃饭的，离了土地谁能活？"

"听说陕西煤矿要人啦，一天能赚好几块呢。"

"好多人都去广东了，那里要建经济特区，听说跟咱内地政策不一样。"

"那不是要搞资本主义了，人们都去经商，谁还老老实实做工种地呢？"

"我不管谁怎么说，反正准许干就干，我先出去贩点毛线什么的回来赚几个。"

"……"

风吹过大街小巷，吹过村庄田野，人群像潮水般流向车站、码头，放眼看去，背包袱的、挑担子的、携小孩的，有的干脆把东西顶在头上，熙熙攘攘，前后蠕动，我随着人群在进站口一步一步地朝前移动着，多亏我没带什么东西，缩着身子拼命挤，居然凭着别人的力量把我从台上去塞进了车门，我举上去的画轴（我仅带着的一件东西）差点擦着闪在门边的女乘务员，她厌恶地看了我一眼。挤进车厢后前堵后拥，又是一段"滞留期"。孩子的哭叫声、杂物的撞击声、人们的叫骂声、乘务员的哨子声响成一片，经久不息。列车的时刻表好像

---

① 林溪：深圳市盐田区作家协会会员。

跟着旅客的速度走，而不是按时开行，不知过了多长时间，列车终于吐着气，轮子开始滑行。

列车上从这头到那头，叠床架屋、水泄不通。经过进站上车的拼搏，人们坐着也罢，站着也罢都带着松了一口气的神情无奈地看着满堂堂的行李架和对方脖子上渗出的汗水，我发现所有的人都学会了包容，不然车厢就会爆炸。

这样的交通秩序已谈不上进餐和欣赏沿途的风光了，人们疲劳了，要想那些没用的心思也太多了，现在只要列车能把自己拉到目的地，别的什么也不重要了。除了有的妇女给孩子喂着奶，几乎没看见有人吃东西，有座位的趴在桌子上，没座位的坐在行李上，有的挤靠在左右边的椅背上，还有的硬是占据了一席之地坐在地上双手抱头，把头放在竖起的双膝盖上，任凭脑袋随着颠簸的车厢左右摇摆。入夜时分整个车厢内部的高度降低了，你可以从人们垂下去的头顶上看到车厢那头，除了间或有少数人下车外，便没有别的动静了。

白天让位给黑夜，现实进入了梦境。

夜露能滋润白昼的日燥，梦境能昭示人们行为，这里没有掩饰，一切回归于生命的本位。

在一个双人座位上，一位老头已倒在同样睡着的姑娘的怀里，嘴角还流出口水；一个颇有品位的先生整个人被睡神征服，脑袋垂得低低的，几乎是零距离地顶着一只已脱掉鞋子的臭脚；一位肥胖的女人，喂过奶后未扣上扣子，任凭右边那硕大的乳房顶着一位先生的脸；过道的人全都伏趴在他们的行包上，如其种种形形色色，他们全都被准睡神带进了梦乡。这若是发生在白天，无论哪一种失礼都将使双方拔刀相向，可是此刻夜神把他们拉回一条线上，不分男女老幼、不分贫富尊卑。他们都做着自己的梦：快速运转着的皮带运输机、流的不是煤是黄金，塔吊把巨物高高举起放下；推土机将一个个小山啃掉、铲平；整齐的队列，紧张的操练、嘹亮的歌声；第一次去见面他是个啥模样，他长得俊吗？领导只给我三天假，来得及吗？如果对方要求试用一个月怎么办呢？这个人想到这里，侧身把一只胳膊无意中搭向邻人的腰部……

车厢上空交织着各种各样的梦境，静夜里你可以依稀听见有人发出梦魇，甚至有人鼾声大作；乘务员一晚上看不见人影，她把小屋关得死死的，不进也不出。黑夜统治着一切，连列车也不放过，只有车轮的嗒嗒声在夜雾里穿行。

夜沉沉、梦沉沉，生命静止了，行动停止了，你可以看到人类最原本的面貌，这里没有传统也没有文明、没有秩序、没有形式，只有一息生命的物体。

子夜时分，从车厢北端突然响起一个人的叫声，车厢里暂无反应，那人高高卷起双脚、两手把着左右两边的椅背，使双脚高高吊起，快速地从走道上人头的上空向前一档一档跃行，口中不停地喊着原本是"让路"的"让"字，可怜他不知是何方人士，竟把"让"字喊成"狼"字，这样"狼——狼——狼"地喊过去，梦中的人们以为真的是狼来了，一个个像四月的春蚕一样举起脑袋睡意惺松地望着前面，看着原来是有人急去厕所方便，而不是什么狼来了之后，那些脑袋惊慌之后又一个个低垂下去，重新沉入梦境，车厢里又复归平静……

像以往一样，我乘坐任何交通工具从无睡意，因此，我有机会看到这种特殊场面，并乐于迸发对这种场面体会的感想。眼前这一派亦庄亦谐的场面，我在大脑里整合着历史知识，究竟是时势造就英雄还是英雄推动历史？我热爱过他们，我视他们的利益为己任。像鲁迅那样为贫穷呐喊，像裴多菲为民主那样高歌，然而我个人再回过头来看看青年时代的狂热与偏执却感到脸红！我想起了郭沫若的"我是我非，我非我是"的诗句，我意识到有时候人什么都不是，只是一种生命的力。看着眼前这一片千奇百怪如同烂泥一样的睡态，心里犹然生起一丝莫名的恐惧。

静夜是深沉的，夜雾是朦胧的，这钢铁巨怪拖着一车静止的肉体，同时也在拖着一车飞翔的灵魂穿过河流、穿过涵洞，像一匹训练有素的军马，奔驰着将一个个主人送达目的地……

东部华侨城之旅

许　译①

2008 年的春节前夕，我们一家三口去了东部华侨城。

东部华侨城建在海拔 400 米至 700 米的山地，在连绵起伏的山地新建起一个大型娱乐项目。大巴在葱郁的山路上盘旋，满目尽是绿色，南国春来早，在山脚处，不知名的花灿灿地怒放着，传递着春的气息。你不得不佩服设计者的眼光，久经都市喧嚣的人们，多么渴望找到一片望峰息心，窥谷忘反——皈依心灵的净地。

半个钟头后，我们抵达了东部华侨城。

这是一个在山之深处开发的集观光旅游、餐饮、游乐大型主题公园。它迎合现代人回归自然的需求，充分利用了三洲田的山地、丘陵、水库等自然资源，成功开发出的生态公园，自从 2007 年 5 月开业以来深受游者追捧的公园。今天我们怀着兴奋的心情来一睹养在深闺的她的芳颜。

进门后，是一座仿欧建筑——因特拉根（Interlaken）小镇。由于我们入园较早，小镇十分宁静。沿着左手，我们来到湿地花园。为了应时令，人工地营造了一个巨大的雪地。在雪白的沙地上有常见的圣诞树、梅花鹿、小木屋。雪地里还有几个雕塑，走到近处这雕塑忽地眨眼，哦！原来是真人所扮。如果游人提出要求，他还能与你一起合影。走到半途，柳絮般的"雪花"纷纷扬扬，体会到了谢道韫幼时的"未若柳絮因风气"诗句的妙处。

穿过雪地，一只用黄色叶片堆砌成的硕大的金鼠突兀在开阔院子中央，鼠下菊花、葫芦花环绕着，菊花、葫芦均取吉祥、福禄之意。在南国的春节里菊花、年橘是宠儿，它们的身影遍布了大街小巷，也成为了春节里最常见的祝福。

---

① 许译：深圳市盐田区作家协会副主席。

由于是移植不久，道路两旁的大树光秃秃的，树丫的中央挂了不少人工的鸟巢，不知当大树郁郁葱葱之时，鸟儿是否会把巢安在绿荫深处。突然想起在批改学生随笔时看到曾经有学生提出"鸟儿会把家安在那树上吗?"的疑问，是呀，也许这只是设计者的一厢情愿吧!

院子边是依据山势修建，在山顶有一个欧式风格的小亭，四周有潺潺的流水顺着台阶而下，由于推着小车，不便上山，就没有上去。但是总觉得欧式的亭子，没有常见的中式小亭秀气、小巧。

远处的歌声响起，我们循声而去，原来小镇的舞台表演开始了。只见四个秀气的女骑士盛装而来，四个中年绅士弹奏起欢快的音乐，悠扬的旋律，送来了春天的祝福。在歌声里，我们走进小镇的深处，浓浓的欧式风格建筑林立在街道的两旁。一条铁轨横贯小镇，一辆花车缓缓驶来，小车上装饰着各色鲜艳足以乱真的鲜花，与小镇街道角落的郁金香、菊花相映成趣。在拐角处两个乐手弹着欢快的歌曲，几个游客忍不住翩翩起舞。小镇被流水缠绕着，几条长廊贯穿了小镇。缓缓的流水，曲曲的长廊，怡然自乐的锦鲤，在这里你会有恍若隔世之感，仿佛徜徉在风情十足的 16 世纪欧洲小镇里。你要做的只是放缓你的脚步，静静地、静静地沉浸在其间。我想如果能选一个绵绵细雨的日子，撑一把纸伞漫步在小镇，可能更别有一番滋味。节日的因特拉根人太多，嘈杂破坏了这份宁静的写意。

午饭后我们登上了山间小火车，火车的速度很慢，穿行在绿色的山间，窗外不时有树枝划过车窗。迎面而来的绿色简直让你窒息。车厢里人很多，不时兴奋得大叫，也许是久违的绿色让游客十分兴奋。火车从高架通过了一片深绿色的湖，我还记得几年前，曾在这片水面垂钓过。湖水依然是沉静的，默默听着游人的尖叫。看着小火车蜿蜒在湖光山色里，看着山中央巨大停车场上密密麻麻的小火车，不知怎的，我总也高兴不起来。喧嚣的都市侵蚀了山的宁静，烦躁不安的都市把烦恼与喧扰留给了大山，却带不走一点山水的宁静。

在下午三点左右，看了一场大型歌舞剧《天禅》。讲述了茶的故事，通过茶来演绎人生的哲理。中国是茶的故乡，从种茶、采茶、制茶到品茶，后者是颇为讲究的。千百年茶不仅与国人相伴，而且还走出了国门，成了深受世界欢迎的饮品。小小的茶叶里，蕴含着什么样的奥秘，让人如痴如醉。《天禅》通过绿色、水、火、陶、人的关系阐述了茶的魅力。我惊讶于那独特的声、光、电技术，把茶的诗意淋漓尽致地表现出来。尤其讲述了茶在走出国门时的艰辛，漫漫黄沙，残阳如血，惊涛骇浪，电闪雷鸣，历尽磨难的茶叶承载的不正是人生的追求吗？茶是天地的精灵，是水与火的交织，最终沉淀成内心深处禅意般的宁静——闲敲棋子品清茗。

在薄暮冥冥时分，我们告别了东部华侨城。车在崎岖山路上缓缓前行，陡然间，路边的山石跃入眼帘，那些熟悉的山石，曾经是如此的亲切。

记得三年前也是春节，我们一行人曾经溯溪而上，小溪在山径里欢快地流淌，我们一路沿着山石而上。累了，席地而坐；渴了，掬一口山泉；摔了，引来阵阵笑声。那时的三洲田美得让人心醉：我们曾陶醉在云雾飘飘的野人谷，曾经惊讶于那满山遍野的山花，曾经震撼于那看不到边际的芦苇荡。那时的三洲田是敞开心胸的，她唯一需要的是你的勇气与体力，你洒一份汗水，收获的是无边的景色。

三年后，我再次看到你时，你已经从深闺无人识的碧玉少女变成了经精心打扮包装后的绝世美人。虽然如今你已经是人人仰慕的美人，但是从心里上讲，我还是更喜欢本色的你！可爱的你，你能再回来吗？

好书伴我走天涯

朱正安①

我从小极爱读书，并始终觉得上帝在赋予我生命的同时，仿佛也在我命运的轮盘中投下了一道咒语，此生是离不开书的人生了。阅读给了我人生最大的快乐和慰藉，我不知道没有书的日子，对我而言将是怎样一种了无生趣的生活？

真正痴迷阅读应该是从中学时代开始的，我还有个同样读书入迷的哥哥，兄妹俩几乎把父母给的零花钱全部用在购买图书上。反正也说不清为什么，莫名地就特别喜欢看书和逛书店，只要看到书架上码得整整齐齐透着油墨香的书，心里就感到舒坦。有事没事就爱去书店溜达，去到哪里看到书店，必定要拐到里面去看看，心里才觉得踏实。对书的这份痴迷，就好像有个失散的恋人永远在某个地方等着我，在不经意的时候总是祈盼着与他重逢。常常在书店一待半天一天的，饿了，就在附近吃碗削面或者米粉什么的，转身又一头扎进书店，那种无忧无虑的少年生活因为渗入了书香而显得格外地有滋味。

跑得最勤的是五一路的新华书店，主要去的专柜还是：文学、艺术、哲学、生活等这几类。隔着不远处大概近百米的距离，过一条马路，就是批发零售报纸杂志的邮电总局，里面有全国各地名目繁多的报纸杂志，我和哥哥喜欢的杂志都可以在这里买到。

邮局再过去五十米的地方，还有一家外文书店，里面全是昂贵的进口外文原版书籍，贵得让人唏嘘咋舌。而且外文书店的营业员也牛气得很，看人的眼神和服务态度也不同，因为大多数人都只是翻翻书过过眼瘾，难得有几个真正的买主，反正在我心中形成这种概念，能买得起外文书店的书就是相当有知识

---

① 朱正安：中外散文诗学会深圳分会副主席、广东省作家协会会员、湖南省美术家协会会员。

修养，而且还是最有钱的人了。特别是彩色图片多印刷成本高的书，营业员从来就吝啬让人翻阅一下下的，好像让我们手多摸一回多看一回，金子也会跟着掉价一样，偶尔极不耐烦让我们翻一下，那满是不屑鄙夷的眼神仿佛也透着一句凉心窝的话："哼，买得起嘛!"

那时我正踌躇满志要考中央工艺美院的服装设计专业，最关注的就是那些标价惊人的时装书，我向来只买得起打折的过期进口时装书，就算是打了折也要好几十元一本呢。后来跟书店的人混熟了，竟然获得开恩，可以让我随意翻阅挑选那些一堆一堆的过期书籍，毕竟我也算是真正的少数买家，有时还可以跟他们讨价还价打更低的折扣。而对于印刷精美的美术画册就只有垂涎三尺的份，从来没有任何折扣，那时超过 30 元一本的书籍就算是很贵了。记得 90 年代初我哥买的《书法大辞典》76 年修订版，也才 34.5 元，现在再版的都卖到二百多元一本。而外文书店的进口书，随便一本都要几十元，多数是几百的价钱，上千元的都有，即使我咬咬牙、跺跺脚也买不起，那时我毕竟还是个没有任何经济收入的高中生，买书的每一分钱都是父母给的。因为太馋这些书，还不禁生出这样一个念头：要是哪天发财了，我一定也要开家书店，想要什么书就有什么书。

再就是小吴门一家古旧书店，我和哥哥常在这里淘到不少自己喜爱的书籍，还经常买到便宜至极的二手书，有的旧书几乎跟新书无异，很是诧异这样好的书何故被原来的主人遗弃，而且版本比新版的还好，最是让我们心动。有些由古籍书店出版的，透着浓浓怀旧色彩的影印书，从右手起首竖排的繁体字，这种别致古朴的风格，我很是钟爱，在这里就买过一套五四时期优秀作家的影印书，像艾芜的《南行记》，无名氏的《塔里的女人》《鬼恋》等书，哥哥也买到一套昂贵的线装影印珍本《奇门法窍》。记忆中，书店对面有家小吃店的刮凉粉和臭豆腐也很可口美味，如今也随着书香飘在我记忆的片段中。

有一段时间我们兄妹还特别喜欢闻那种油墨书香味，翻着刚买的新书，一页一页翻过去，把鼻子深埋到书里去"吃"书，两个人傻傻地吸嗅着那种让人感觉清爽崭新的气味，令人心神一振，如品尝美酒般陶醉其中，兄妹俩那样开心傻笑的镜头此刻又恍惚闪现脑海。

那时痴迷读杂书甚至到了荒废学业的地步，对于今天真的难说是有幸抑或是不幸，那时的潜心阅读，毕竟成全了我今日的作家梦。晚上常常躲着父母，在被窝里打手电筒通宵达旦看小说，第二天上课不是在打瞌睡，就还是在课桌下偷偷地看小说。功课自然耽误了，唯独作文成绩十分突出，由于看杂书开阔了眼界，思维方式也活跃了，思想也比其他同学成熟。喜欢做梦，常常独自发呆做梦云游，天马行空胡思乱想。呵呵，如今想来，真是要感激那段青春年少痴书的年月，那真是一段毫无杂念快乐的读书时光。

书读得越多，心气难免也高了，高考时尽管专业成绩突出，但是文化成绩只勉强考上一所普通大学，不是自己理想的名牌学府。年轻气盛的我，郁闷至极，干脆放弃读大学的机会，自费到北京某名牌学府学习服装设计。虽然少了在大学里系统学习的机会，好在爱读书的我自学能力极强，靠着卷不释手的书引路，不断充实完善自身的知识和素养。

步入社会参加工作，人生的第一站就是到珠海找工作，美院短期快餐式的学习，那点可怜的专业知识在实际工作中根本发挥不了作用，只有买厚厚的专业书籍自学了，从书里寻找门路和答案，遇到不懂的问题就找人问，实在没人问就自己死啃书本、瞎琢磨，在工作中不断尝试寻找规律。到目前为止真的为自己感到骄傲，完全靠自学从事过多种专业性很强的工作。

我们兄妹读书还有一个习惯就是做读书笔记，看书看到精彩的地方必定是要画记的，引发了感受就随手写在书的空白处，也算是仿效金圣叹做些批注，往往那些灵光一闪而过，不随手记录下来就会彻底丢失。像我最钟爱的作家张爱玲，看她的书做的批注和画记是最多的，往往一本书看完，多处写得如蝗虫般密密麻麻。印象中做批注最多的有两本书，一本是余彬写的《张爱玲传》，还有一本是余华写的《活着》。因为做了太多关于张爱玲的功课，为了纪念这位对我影响至深的伟大作家，根据多年的读书笔记整理，专门写了一篇六千多字纪念她的文章《繁华旧梦》，不曾想此文还在 2005 年深圳读书月某征文大赛中荣获一等奖，至于奖金嘛，竟然有人民币三千元，也让自己乐上一回。嘻嘻！真得感谢作古的张家姑奶奶。余后来在艺术圈子里撰写评论有些名气，也有人捧着银两登门求文之事屡有发生，也算是为穷酸文人争了光，读书写作在现实中有了它的价值体现。

从 1997 年开始发表文学作品至今，忘记到底发表过多少字的文学作品，N次参加和举办过各类画展，给建筑设计院画过室外设计效果图；在服装厂担任过设计师；给杂志社报社做过美术编辑；在装饰公司从事过室内设计；曾经同时担任三本杂志的执行主编……并获得诸多嘉奖与颂誉。而当一名服装设计师的梦离我越来越远，最终选择了当一名画家和作家作为我终身的职业，这都得益有书引路，明确了我人生的方向。

长沙成长，北京求学，珠海打工，深圳寻梦，辗转漂泊，如今我还是一个人在路上走着，向前走，从不拐弯，只朝着自己梦想的方向奔赴。广博的阅读，让我的心灵变得敏感多思，情感丰富心思细腻，书中丰富的知识丰满着我的内心世界，也让智慧深植入心，有书为伴的人生，生命从此也平添了几分别样的欣悦，几分感世的伤怀。

今夜的月光仿佛也印证了我的泪与笑，爱与忧愁都在风中吹散，在阳光里蒸发，被岁月河流清洗。往事如梦，无数纷至沓来的记忆中都有书为伴，我记得并钟爱每一本给过我心灵慰藉的好书，只有书是我不离不弃的良师益友，风雨兼程一路伴我走天涯。

春去春又来，回首凝望过往蹉跎岁月，那段痴迷读书的花样年华，如今像一束美丽的光芒投射在我的波心，照亮了我所有的梦想前程。就这样一路走过来，今非昔比，才一步一步抵达今天"朱正安"这个人生角色，自己一点点完成对"她"的塑造。此时此刻朝朝暮暮的记忆尚且鲜活，像来时路上如歌的行板，吟唱着的那首古老歌谣，才惊觉"我们是从什么时候开始变老了？"那样痴迷阅读的美丽时光，仿佛只是转瞬之间发生的事情。读书中乾坤，沧桑已过千年，今朝梦醒，只是再也回不去了。

山海庶地　育品质盐田

彭海霞①

　　盐田是一块山海庶地，古来盐业盛极一时。1998 年 3 月，盐田区，一个依山傍海的狭长福地，承载着山海的使命而来。在 14 年风雨兼程的建区史中，盐田一直在思考，该如何描绘这块有近 50 平方公里土地位于生态线内的庶地。

自然的馈赠，从近海到亲海

　　"日出沙头，月悬海角。"海是盐田最重要的一个命题。"河以逶迤故能远，山以陵迟故能高。"19.5 公里长的海岸线沿大鹏湾蜿蜒而行，它是大自然的馈赠。当然，近海并不代表亲海。有了海，并不等于有了海洋文化。因此，盐田一直以一个"近海人"的身份，向"亲海人"的姿态转身。正因为如此，所以有了每年一届的海洋文化论坛，有了海纳百川的海洋文献馆和古代海图展，有了大梅沙国际水上运动中心，有了"镶嵌在岩石和海浪中"的海滨栈道，还有了屡获殊荣的盐田帆板队、万人狂欢的沙滩音乐节和大梅沙国际风筝节、众人竞技的沙滩排球赛以及"中国（深圳）国际游艇及设备展览会"，还有最新的以山海资源、游艇观光和体验式消费为亮点的翡翠岛广场项目……

　　盐田，以蓝色为基调的海洋文化是文化盐田的血脉所系。因此，它一直紧握海洋文化之魂。在自 2007 年开始举办的海洋文化论坛上，盐田聚众思、广忠益，广邀国内文史地理、海洋学、图书情报学专家学者，纵论海洋与人类的关系，探索海洋图书与文献建设，探讨海洋文化的命题，寻求近海之城的亲海之策。从首届"海洋图书与文献"的主题，到 2008 年的"海图与世界观"，再到

---

　　① 彭海霞：《中国文化报》记者。

2009 年的"航母论剑（舰）"、2010 年的"粤港澳海洋经济文化历史与未来"等，海洋文化论坛的视野一次比一次拓宽，盐田建设海洋文化的思路一次比一次清晰，并一步步把构想变为现实。2008 年 11 月揭幕的海洋文献馆便是首届海洋文化论坛上专家构想的结晶。

建区 14 年来，盐田的发展定位与战略从来离不开海。从建区伊始建设"现代化旅游海港城区"，到"十二五"期间"全面打造'新品质新盐田'，加快建设现代化国际化先进滨海城区"的战略目标，我们看到，海是品质盐田发展之本，它将为盐田挥洒出一幅绚烂的"蓝"图。

如果说海是品质盐田之本，那么山则是生态盐田之根。海与山从来都是不离不弃的。在深圳八景中，盐田所占三景——"梧桐烟云""梅沙踏浪"和"一街两制"，前两者便是一山一海。为盐田津津乐道的是，它的森林覆盖率达到了 65.55%，位居深圳市各区之首，森林面积达到 4294.1 公顷。

生态盐田不折不扣。在东部，国家生态旅游示范区东部华侨城印证了人与自然的和谐相处。盐田更明白生态悦民的道理。它率先建成生态型、郊野型、都市型绿道网络，倡导低碳出行理念，为市民所称道。

历史的积淀，人文的情怀

早在清康熙时期的《新安县志》里，盐田村、盐田墟就已出现。

盐田，有一段历史，它是红色的，血染着革命烈士的风采；盐田，还有一段历史，它是黑色的，辛酸地记载着一个国家的悲欢荣辱。这两段历史是时代的，也是国家的，因为它实实在在发生在盐田。

那段红色历史是发生在 110 余年前的庚子首义。那一年是 1900 年。在孙中山的领导下，无数肩负"驱除鞑虏，恢复中华"使命的义士，大义宣誓"剑起灭匈奴，同伸九世仇，汉人边处立，即日复神州"。历经近一月的血战，虽然革命最后以失败告终，但为辛亥革命谱写了雄壮的序曲。如今它的历史已被载入庚子首义雕塑园和庚子首义馆，百年前的那一声枪响似乎依然回荡在庚子首义纪念学校。

那段黑色历史也是发生在 110 余年前，先于庚子首义一年。那一年，1899 年。中英两国在盐田沙头角勘界，"光绪二十四年中英地界第一号"的界碑生生将国土一分为二。随着 1997 年香港的回归，中英街也终于回归了。"一街之兴衰，关乎国势；百年之荣辱，窥于一斑。"历经百年沧桑，中英街几经辗转沉浮，如今，凭借独特的"一街两制"的历史背景和人文景观，它已成为"中国历史文化名街"。

滚滚长江东逝水，浪花淘尽多少事，在历史大潮中，顺境逆境或许皆身不由己。时代的这两段历史都被盐田铭记。沧海桑田，世事变迁，如今，在今人看来，它们都已成为盐田的人文历史资源，或激励人前行，或警示人奋进。今天，我们若能以人文的情怀对待这段历史，我们或将发现盐田独有的人文精神符号。

产业的崛起，战略的高度

在前两年盐田区为文化发展"十二五"规划和文化强区战略开门纳谏之时，诸多专家强调，盐田不仅可以形成海洋文化观念的传播高地，还可以是创意文化产业的输出地。在生态盐田，发展创意文化产业无疑是新的战略路径。

在2012年第八届中国（深圳）国际文化产业博览交易会上，盐田的展位一如第七届主打蓝色格调，彰显盐田特色的滨海风情。盐田携手12家文化创意企业大放异彩。其中，北大青鸟音乐、东部华侨城、大梅沙湾游艇会、百泰珠宝等著名企业，分别代表了盐田区原创音乐、文化旅游、会展、珠宝创意设计等行业的最高水平，较全面地展示了盐田区着力构建的高端、原创、休闲文化产业体系。

一直以来，盐田经济的发展都是在低处徘徊。迈入新的历史节点，盐田区积极拓展文化发展路径，把文化产业上升到战略的高度。正因为如此，区内以周大福为龙头的黄金珠宝加工业异军突起；华大基因研究院成为全球最大的基因组测序与分析中心，国家基因库依托华大首次组建，生物医药、信息技术等领域民营科技企业发展迅速；以东部华侨城为首的文化生态旅游继续发挥顶梁柱效应……

山海庶地，品质盐田。盐田有它"背倚梧桐千秋绿，面向鹏湾万顷波"的得天独厚的优势，在举国上下都在描绘文化产业的宏伟蓝图时，我们相信，屏山而富民，近海而庶家，一个山海与人文兼富之地必将在南海之滨屹立而起。

春 天

邹卫华①

对岭南的春天，我无视了很多年。

刚居住鹏城时，读小学的儿子对着"春天的景象"几个字苦思冥想。我未想过要带他出去观景，还暗想老师太为难这些孩子了，这岭南的四季树木永远都是绿的，哪有什么特别的春景？

在故乡生活了那么多年，便是和江南的春天谈了许多年的恋爱。每一年的春雷响起时，春天是怎样惊了天、动了地地来临；河岸上的残雪和枯木怎样地消失；杨柳怎样地挂了条、待放叶的苞象绿的宝石在阳光下亮闪；鹅黄的报春花、粉的梨花及胭脂红的桃花怎样地倚了新绿浴雨嫣笑……我总是懵然与之相遇。忽然春风抚了面，河水又泛绿。春风和春水是春神的魔具吗？所到之处都从严寒里获得了新生！

烟花三月，也就是阳春四月下扬州。我总告诉朋友要在春季里游江南，才能感知到江南那独特的水灵和新生。但是我现在又有一份担心：即使在这个季节里你去也未必能完全领受到那里的美景。因为你没见过那没有一丝绿色的冰白或灰霭世界；太阳未出的日子，天地像个大冰箱，你没有在那冰箱里生活过。江南的春，那是生离死别后的重逢，是数九严寒后的重生，是江南人春生、春喜、春心、春望、春梦又一年的轮回。

所以我对岭南春天的无视，一方面是"曾经沧海难为水"，另一方面也说明我还不能算作一个地地道道的岭南人。

终于在某个说不清的年份后的某年春季里，总会有个第一次，不知道走到哪条道上，杧果花的馥郁气味就会不期而然地扑鼻而至。我于是抬头去寻，杧

---

① 邹卫华：深圳市盐田区作家协会会员。

果树已经把它的小宝塔状的花枝簇拥着怒放了。杜果树是很普通的街树，花瓣细小如米粒，本来可以被忽视，可是它开得那么茂盛，枝头簇拥下来一地缤纷。特别是它浓郁的花香散发着我难以描述的气味，比之芥末似乎多了一些绵醇，少了一些辛冲，冲昏着我的头颅又牢牢地吸控着我的嗅觉神经，它禅竭这花香宣扬着它的生命力。这性感的杜果花香，令我想起女人所带的耳环，又想起当地的少女或少妇。

木棉树也是岭南春天傲人的一景，树干挺拔高达十多米，枝丫也绝不委曲，全都直愣愣地伸展出去，令人妒羡。春雨初来，木棉树就开始焕发华光，尽管还是一树绿少黄多陈杂的去年旧叶。树要发青、叶要死，欲生又欲死的美感交织在如水天空。是的，旧叶们选择在这个生机盎然的时节里华丽地退场，过不多久，殷红的木棉花爬满在没有叶片的树干上，一树血染的风采。刚劲柔美的结合让我想到那些历练后的大气女人，以及那些独身撑起一个家的女人。离开男人，她们照样盛开着，开得灿烂、孤傲，开得悲壮。

有心去看时，岭南的春天也是无处不在的，看得见的细雨拔新枝，赶集般的春雨催草茂树肥。看着那些蹿长成绣球般油绿的树，你仿佛看见了树里面住着的一个个小精灵，又仿佛是一个有些迷失有些颓废的人遇见了激活其生命的朋友，禁不住地笑。

当然，如今的我已经饮了东江水20年了，我不仅看到春天，更看到岭南春天的离别。生命的交接在江南大起大落，在岭南却是一番特别地淡定从容。原以为四季常绿不变的树木选择在春天落叶换衣。有些树是边生新叶边掉旧叶，像白兰花、小叶榕……你深吸着迎风送来的白兰花的香气——那种大牌香水竞相效颦的名贵花香，抬头看时，葱郁的树叶放满了瓷白的花却同时夹杂着年老的金黄的旧叶，虽离别，容颜不枯气韵犹存；或者青云散开，阳光怒放，小叶榕上旧叶瞧着密匝的新叶透亮，在春光中幸福地含笑而去。如此的老去不正是我们每个人的希望？有些树则是在春天里先落完旧叶，再长新叶，像大叶榕、紫薇等。我见过一条街的大叶榕约好了似的叶子被春雨催得亮黄，一街透明的黄。风起叶落，春风扫落叶，丝毫不见秋风扫落叶的哀婉叹息，却似吸着天地之灵气燃烧自己的弗拉明戈舞。生命，偶然的生，必然的死。放下生的执念，在春天里带着华贵尊严地死去，化为万物。我想起这片热土上那许多浩气长存的英雄，想起这个城市里常常涌现的那些貌似平凡的普通人千钧一发之际地舍生取义?!

现在的我算不算一个岭南人呢？假使我再迁居到另一个地方，春天再来的时候，我会像想念江南的春天那样想念岭南的春天了。

鸽子的家园

邹卫华

　　早晨，我坐在餐桌前吃早餐，从厅里放眼望去，前面是天水相接的海，淡淡的浅墨色的天，淡淡的浅墨色的海，波澜不惊的海面上浮着些宁静的小山。有时候阳光忽然从某个云层里漏落下来，海面上便有了一处或几处波光粼粼，而别的地方依然是平静的青蓝色，阳光照到的那几块就忽然地变了戏法一样的碎银荡漾，像无数的流光闪烁的小星星，又像无数的小鱼在阳光下欢欣起舞。每看到这样的影子，我就坐在餐桌边情不自禁地笑了，再也不愿动，就坐在那儿看着、笑着；要是风浪较大，看吧，那一块被从云层里漏洒出来的阳光照耀的海面，像有无数条簇拥在一起的大鱼在翻腾跳跃……心激动地提到喉咙口，睁大眼睛确定自己看到的不是一派丰收的渔家景象。这本来是一湾毫不张扬的尾海，从南海拐进了大鹏湾，又顺势流到了沙头角，在中英街那儿收了尾。如果没人告诉你而你又没走近去海边看，你甚至不知道这儿有这湾海水。如果你从梧桐山的盘山路下来，在山腰里便能眺望这片依偎在梧桐山下的海景，海的南面是香港的数不清的小山，像一串有些连环又随意洒落的铃铛，总是在海风里顾盼着梧桐山吟唱。如果你也选择蜗居在这一带的高层楼盘里，你从常见的喧闹市井回到家里，便是进入一个与世隔绝的纯天然世界，席地而坐，落地窗剪辑一幅流动的画，每每惊艳如初见。偶然在凌晨五点左右醒来，一柱新鲜的金红色从窗口斜射上房顶，柔嫩却十分耀眼。窗帘一拉，天边山海交接处的青暗云堆里一坨鲜活的红黄慢慢地上升绽放，日出了……来不及去思考我看见日出了，在自家的房间里只是幸福得呆住了。那些中了六合彩大奖的人的幸福感觉想必如此吧。夏季的气候风雨刮走了春天的湿闷，也洗净了天空的尘霾。如果说春季时的天空时常如美人出浴，夏季下午的天空则如才俊清朗飘逸。才俊的彩笔恢宏，天空有绵延的雪峰巍峨绚烂，或者凝思的湖水湛蓝无边，或者像宁静旷远的草原湿地；又常常在这草原上迁徙着状貌万千的巧云，好似各种各样的动物如明星般走着走不完的蓝地毯，抑或演着如《胡桃夹子》般的舞台连续剧。我又时常在夜晚关掉电视电脑及家里所有的灯，立刻，沉静的海与海上沉静的灯火就把我溶了进去，所有的浮躁与不快被抽吸无踪。若是月朗星稀——有一次我真的看见月盘如玉般明黄纯润（那是真的亘古的明月呀），月辉落在墨黑的海面上，像极了舞台上的追光灯，偌大的海面是静待主角出场的舞台，我总相信在那天然的追光灯下一定有精灵在跳舞。远处时有高楼崛起，两年前就看不到日出了，海景也被遮蔽了不少。我并不在意，景观是属于大众的。内心里却有个隐蔽的奢想：能和这美丽的海湾匹配的是一个悉尼歌剧院那样的剧院或音乐厅，世界各地的乐团纷纷到这儿演出，人类的精神在这深邃沉静的海面上天空下穿越激荡。

把目光收回到地面上来吧。就在这眼前的地面上，有个属于大众的大约200亩地的广场。著名的明斯克航母世界占了一小部分，航母停泊在海滨，每晚亮着的各种浅彩颜色的罩灯，罩去了战火的硝烟，在那黑沉沉的海面上散发着浪漫的梦幻气息。海岸栈道上人潮不绝，远道而来观看的、本地来散步锻炼休闲的。岸上有大型雕塑群和音乐喷泉，还有鸽子，好多的鸽子。鸽群不时在天空翱翔，时常成对地停靠在我们房外的窗台上，早晨我甚至在它们的咕咕声、扑哧声中醒来。此外的地儿全是绿化地，没脚的草坪和树林，其间有人行道和石凳。这是块风水宝地，面朝东南是海天一色、航母世界、香港岛屿；回眸转身，房屋、树林、峰峦、蓝天渐次而上，云烟从山顶腾挪下来，灵秀荡漾。广场也就当然地成了广大人民群众的福地，舞蹈、秧歌、太极拳等各种队伍早晚热闹，打工妹仔们读书休闲恋爱的好天地。我有一次在其间散步，看见一个80多岁的老人坐在石凳上晒太阳，再一看旁边站着的人竟是我朋友。朋友说他每周带母亲来这里晒太阳，老人家眼神不太好使，喜欢这里阳光、泥土和青草的气味。有时候他事情多忙忘了，老人会主动提醒他来。

每当我有远道而来的朋友，我也会带他们来这里走走坐坐，心里其实挺自豪的：我们这儿有这么大的绿化广场，民间不消费的天然大氧吧。不用说，我和老人、鸽子一样，已经把这里当作了自己的家园。

某天下午，我一个人待在家里，听见房间里传来扑哧扑哧的声音：不可能有小偷从这高楼上破窗而入呀！走进去一看，却是一只鸽子！一只孤零零的鸽子站在了房间内的窗台上，它并没有外伤，但神情落寞。我这才想起我已经很久听不见楼外鸽群翱翔展翅的声音了。我把目光投向广场上鸽子的家园，广场已经全部被围栏圈起来，里面的一切已全部被摧毁！某知名集团要把这里打造成商务城，要在这里建数十栋高楼。当然，没有一个是歌剧院，也没有一个是音乐厅。

报春梅

蔡继东①

梅花，我国人民对她有着特殊的喜爱。一是因为她原产我国，迄今已有3000余年的悠久历史。二是因为她有美的别名：春梅、山樊、南枝；好的雅名：清客、罗浮仙子，为中华十大名花之首。三是人们习惯把她与雾松、青竹合称"岁寒三友"，并独赞"梅占花魁"，我看她是当之无愧的。

梅花，一直成为诗人吟哦、画家挥写的对象。从魏晋南北朝有记载开始，至现当代，有多少文人墨客和政客咏梅、赏梅、挥梅、观梅、题梅、画梅，留下了许多名垂千史的墨客。许多摄影爱好者选择衬体拍摄梅花：一则以枝干为衬，表现梅花谓气；二则以残雪作衬，表现梅花之品质；三则以昆虫衬托，显现梅花之灵气；四则留出"空白"，方显梅花之大气。更有甚者，挂在人民大会堂三楼中央大厅那幅珍贵的《报春梅》，将梅花报春展现在国际友人的面前，不仅有深远的政治意义，而且有重要的历史意义和现实意义，细品内涵，回味无穷。古往今来，又有多少雪梅迎春的诗词篇章和梅蕾启绽的俏丽丹青哪！

每当隆冬将至，早春欲抵之时，只见百花凋谢，野草冬眠，而梅树铁干横斜，银花数点，傲然挺立。越是寒风凛冽飞雪漫天，她越是枝头怒放，芬芳竞吐，分外妖娆，给大地平添无限生机和姿色。报载广州流溪河林场种植的3000多亩梅林，是东南亚最大的一片赏梅基地，也是全国最早开放的梅林，被誉为"中华梅开第一弄，南国报春第一枝"，已举办十几届"梅花节"了。在这里欣赏梅花，尤以横、斜、倚、曲、古、雅、苍、疏为美；还以贵稀不贵繁、贵老不贵嫩、贵瘦不贵肥、贵含不贵开之别为趣；更以梅开三度，有曰"梅花三弄"，赏其变，闻其香，韵其神，不亦乐乎！据记载，梅花一度时，花开稀少，

---

① 蔡继东：盐田区委宣传部原调研员。

底部枝丫花朵绽放，疏花点点，满树梅花含苞待放，欲露还藏，暗香浮动；梅开二度时，中部枝干梅花大片盛开，清香远溢，满树洁白，如雪似霜；梅开三度时，枝梢梅花次第而开，花开稀落，有绿芽相伴，有小草相随，象征春天的到来。

　　然而，由于人生观和世界观的不同，胸怀和心态殊异，托同一梅花所抒发的情怀却是千差万别的。南宋诗人陆游，把梅花写得离群独处，孤芳僻傲，饱受风吹雨打，十分寂寞凄惨。陆游写道："驿外断桥边，寂寞开无主。已是黄昏独自愁，更著风和雨。无意苦争春，一任群芳妒。零落成泥碾作尘，只有香如故"。这是陆游抒发士大夫清高而孤独的情怀，选择黄昏风雨中、断桥边的梅作为他当时孤愤与愁苦的寄托物，透露出他坚守文人的气节，不因风雨而自弃，不因零落而消失，梅花的清香就是他品格高洁的象征。而鲁迅则对梅花的性格特点作了很好的比喻，他说："中国如同梅树一般，看它衰老腐朽到不成一个样子，一忽儿，挺生一两条新梢，又恢复到繁华密缀、绿叶葱茏的景象了。"毛泽东主席所写《咏梅》词，不仅明白道出梅花用艰苦奋斗的毅力及精神向万花报告新春消息这一可贵品格，抒发一代革命家伟大情怀，而且有反陆游词之意，同时也超越了古代一切咏梅诗词的境界，更是对中国梅文化的继承与创新。毛泽东写道："风雨送春归，飞雪迎春到。已是悬崖百丈冰，犹有花枝俏。俏也不争春，只把春来报。待到山花烂漫时，她在丛中笑"。毛泽东此词，无论从天气环境、地理环境、情绪态度，还是从思维角度和思想境界等方面，都突破和发展了陆游词咏梅意境，而且在词的后面更蕴藏着深刻的寓意，特别是词中的她，不仅仅是共产党人的象征。由此，梅花的形象扩大到了一个整体，不再是孤独的个体，成了一个民族、一个国家、一个政党的高大的象征。这正是毛泽东咏梅词的创新之处。毛泽东还鼓励人民学习梅花的坚定性格，勇于克服困难和战胜困难的大无畏精神。在怀念周总理等老一辈革命家的时候，群众中就出现过许多咏梅诗词，其中一首写道："……铁骨原皆千郡仰，奇香更入万人怀，岂忍雪中埋……今日望重开。"多好的寄托了中国人民对老一辈的无限深情！歌剧《江姐》中那支扣人心弦的《红梅赞》不也是把一种突兀峥嵘、坚忍不拔的革命精神，附于俏丽坚贞、形神俊逸的梅花身上吗？

　　梅花傲霜斗雪报春来，而当春天真正来到，百花盛开时，她却果实累累，挂满枝头。这是大自然的规律，也是我们中国时代的象征。你看，我们的老一辈革命家和人民群众，在毛泽东思想的旗帜下，无论是十年内战，十四年的抗战，三年解放，用小米加步枪顽强战斗，万里长征知难而进，大转折那么艰苦，大决战那么坚定，中国共产党和人民军队，以及广大人民群众多么像傲霜斗雪的万树红梅！正是这千树万树红梅开，才迎来了以毛泽东为代表的新中国威望崇高的领导人，庄严地在天安门城楼举行开国大典，并自豪地向全世界宣告：中国人民站起来了！这一声庄重的宣告，标志着中国人民当家做主站起来了。在"左"的思想影响下，国民经济曾一度走向崩溃边缘，在这"非常"时期，又有多少红梅、金梅、蜡梅在人民心中孕育，中国共产党十一届三中全会的召开，催开了亿万人民心中的蓓蕾，给中国神州大地送来了改革开放的明媚春天。在喜庆中国改革开放 40 周年，迎接中华人民共和国即将成立 70 周年，欢庆中国共产党第十九次全国代表大会胜利召开之际，古老的新中国又披上了节日的盛装，万众一心又以崭新的面貌，巍然屹立在世界东方，全世界华人举目仰止，伟大的祖国，占世界经济总量第二的中国经济富起来、强起来了！这岂不是又迎来中华民族史上又一个春天吗？在以习近平同志为核心的党中央坚强有力的领导下，中华人民共和国这艘战舰又在扬帆起航，又踏上了新的万里征程，向着中华民族的伟大复兴，向着实现中国梦的伟大理想，正不屈不挠，开拓前进，那迎接中国两个"一百年"压弯枝丫的累累硕果难道还会远吗？

春游泰山

蔡继东

春游泰山，风光占尽，情景几重。时值旅游旺季，游人接踵而至。春回大地，桃蕾初绽，满谷芳香，春意盎然，泰山成了远足踏青的极乐世界。不游泰山，焉知群峰拱岱，林茂泉飞，殿宇辉煌，琼阁掩映，文物荟萃之风景；不游泰山，怎知独以坚忍不拔的信念和蓬勃向上的力量招来五洲宾客、四海游侣。春游泰山，步入"会当凌绝顶，一览众山小"的神奇意境，享以"稳若泰山""重如泰山"美誉，领略"国泰民安"的精神内涵。春游泰山，不仅让游人观赏到祖国大好河山的自然风光，而且给人以更多的精神文化的求索。

那天旭日东升，我们沐浴阳光乘汽车经天外村广场进入泰山盘山公路蜿蜒攀升，汽车时而傍溪而行，左看溪水清湍、飞沫溅珠；时而穿入林海，右观草木萌发、青翠满目；车行崖上，坡陡崖危，即使无恐高症，也会有剑气揪心之感。饱览窗外美景，聆听泰山典故，仿佛在读一部关于泰山的史书。导游说，泰山之最首肯中国最早的诗歌总集《诗经·鲁颂》称赞："泰山岩岩，鲁邦所瞻。"孟子说："孔子登泰山而小天下。"汉武帝登泰山后称颂它："高矣、极矣、大矣、特矣、壮矣、赫矣、骇矣、惑矣。"泰山，以五岳独尊的盛名称誉于古今，数地理位置，东临黄海，西接黄河，地处华北大平原东侧，盘亘于山东省东部，总面积426平方公里。主峰在泰安市北，海拔1545米，雄伟壮丽，气势磅礴，风光旖旎。有关资料显示，泰山是天之骄子与天对话的地方，只有到泰山进行过封禅的帝王才能算得上是奉天承运的天子。秦始皇在泰山封过五大夫松，汉武帝八次登封泰山，乾隆十二次巡奉泰山，历史记载前后有12位帝王到泰山封禅。封禅活动在泰山留下了大量文物古迹。文人墨客游泰山书画了多少东方文化的篇章。

跟着导游边听边行，不知不觉到达中天门。踏上登山梯道，仰望云雾缭绕的山顶危崖，旁边凹处矗立着一座红墙金瓦的城门楼，导游指着讲那就是进入天庭的大门——南天门。路过步云桥，登至望人松，当年的五大夫松已无踪迹，后人补植的五株就耸立在路旁。沿梯道进入山石夹崎的峡谷，谷壁如刀斧削，真不知如无这样的峡谷，人如何登得上位于危崖之上的天庭，慨叹间跨过升仙坊，得以位列仙班，欣欣然，悠悠然，不以为然，同行的女同伴双颊透红，脸上写满"生命在于运动"的哲理。

泰山十八盘以陡峭闻名于世。导游一边吟涌乾隆帝《十八盘》诗，一边教我们品赏山东曲阜师大孔子研究所副所长骆承烈写的"十八盘上勤登攀，汗流如注苦亦甘。脚踏实地九千级，挨得一步上青天。"的诗句，感慨万千：世人多谓事业难成，苟能"脚踏实地九千级"，何愁不换得"一步上青天"的喜悦！我敢说，中外古今游客遍游名山大川，不仅仅为游山玩水欣赏美丽自然风光，而且亦当以敦品励志为目的。

到达南天门，只见门上有"摩空阁"，系一座红色楼阁。该阁和十八盘几乎成了泰山的标志。站在南天门，顿觉心胸开阔，登临快感非言语所形容，唐代诗仙李白登南天门一诗得以证实："登高望蓬瀛，想象金银台。天门一长啸，万里清风来！"导游进一步解释说，天门即南天门，为泰山盘道尽处，距极顶仅1公里。蓬瀛即蓬莱、瀛洲，俱为仙境。今日游人登南天门亦有长啸者，非如此不足发泄胸中之快感。

乘着位列仙班的喜悦，我同导游漫步天庭街市，如同问卷调查，比同团旅友了解了更多的泰山古老文化知识：得知这里不仅有寒武纪标准剖面地层，是国际寒武纪地层对比的重要依据；上古周天子巡狩泰山、会盟诸侯的遗址——周明堂；春秋战国时中国最早的兵事防线——山齐长城；历代帝王封禅祭告故址——古登封台；碑书最早的刻石——泰山秦刻石；大字鼻祖刻文——经石峪《金刚经》，还有天下洋洋大观之铭——唐玄宗纪泰山铭；中国历代天然书法展览——泰山摩崖石刻；中国古代三大宫殿式建筑之一——宗天贶殿；道教壁画之最——泰山神启跸回銮图；自唐代就号称域中四绝之首的古刹——灵岩寺；在祠庙建筑中规格最高的东岳神府——岱庙；海内第一名塑——灵岩寺罗汉彩塑；御赐镇山三宝——沉香狮子、温凉玉和黄瓷釉葫芦；还有那动人的传说、浩瀚的典故及琳琅满目的祭品供器等，筑成了古老文明的泰山。导游员如此熟识泰山，我多少次投她以佩服眼光，真可谓"话不投机半句多"啊！临别泰山，告别春游，导游员还作了一番广告宣传：眼下是春游泰山，大家是如此感觉。夏游泰山，你会看到整个泰山成了绿色的海洋，那瞬息万变的气候，忽而阴云滚滚，忽而晴空万里，忽而狂风大作，忽而大雨滂沱，别是一番风景。如果秋游泰山，你会看到五角枫、菠萝树、野海棠等，在苍松翠柏中透出片片红叶，似锦乡绢织；山崖上的黄花菜、百合欢、野葡萄、南蛇藤等，金灿灿、红艳艳、果累累，大自然的赏赐会使你感到生活的充实。如果你是摄影爱好者，冬游泰山时，那银装素裹，按下快门，更呈现出一派壮丽的奇观：殿宇在阳光下放射出绚丽夺目的异彩，犹如龙宫洞府；树丛上结满了毛红艳艳的冰挂，像一珠珠巨大的白珊瑚；那傲然挺立的松柏更显露出泰山的风骨哩！

热爱自然 热爱生活 笑对人生

——游湖北黄州"东坡赤壁"有感

蔡继东

    闻名中外的"东坡赤壁",俨然屹立在长江中游湖北黄州的赤壁矶头,美观而绚丽。

    旅游之际,会同几位学友一同走进"东坡赤壁",迎面便见矗立的苏东坡白色塑像。他头戴方巾,脚穿云靴,背手执卷,昂首挺胸,仿佛在向您吟唱:"大江东去,浪淘尽,千古风流人物。故垒西边,人道是,三国周郎赤壁。乱石穿空,惊涛拍岸,卷起千堆雪。江山如画,一时多少豪杰……"A学友用黄州方言,完整地背诵完这首"大江歌",被我们笑称今日的"东坡夫子"。

    当我们沿着赤壁矶石阶而上,抬头望见门楼上工整秀丽的"东坡赤壁"四个楷字时,B学友考问:"还记得这四个字出自何人之手吗?"C学友马上回答说:"这匾额原是清代画家郭朝祚任黄州知府时,最先把这里的'赤壁'和苏轼的名字连接在一起,以与'三国周郎赤壁'相区别。后人因苏轼写了著名的前后《赤壁赋》和《念奴娇·赤壁怀古》而名扬天下,文人墨客便习惯性地把"东坡赤壁"爱称为'文赤壁'。"

    穿过由李鸿章题写的"二赋堂"匾额门楼,踏进宽阔优雅的堂内,中立一个巨大的木壁,正面刻的《赤壁赋》全文,我曾耳闻这是程之桢1922年所写。壁的背面是《后赤壁赋》全文,是近人李开凭所书。每个字都有碗口大,写得豪迈俊逸。我们四位学友伫立在《前赤壁赋》的壁前,情不自禁地你一句、我一句地吟诵起来,大家伴随着明朗的声音,细细品味全文共537个字里行间的神韵。吟罢《前赤壁赋》,接着,移步壁后又吟诵起《后赤壁赋》357个字的全文。学友们的雅兴即至,有的从赋的释义,有的从"二赋"的结构，还有的从苏东坡热爱自然、热爱生活、快乐人生等方面热议起来。A友说《文心雕龙．诠赋》："赋者，铺也。铺文，体物写志者也。"两篇《赤壁赋》前者重点写水，后者重点写山，二者都是体物写志，在叙述中详见描写，在描写中带出感悟，在感悟中夹有议论，在议论中回复叙述，前后"赋"自然形成一个有机联系的整体。B学友摇头晃脑，带着神韵的口气分析说，我认为：前《赤壁赋》可分为三个层面进行深入理解；后《赤壁赋》也可分成三个自然段来加深印象。他望着我们三双期待的眼光，接着说，前《赤壁赋》第一层主要写作者与客人在何处做什么？一句话简言之，在"泛舟江上"。第二层伴随何物唱什么？伴随着饮酒，和着箫音唱什么？当然是伴随着酒兴之时，摇着用桂树做的兰木桨，划破明静如空的江面，逆着流动的月光，盼望我思念的人都在天边。唱道："桂棹兮兰桨，击空明兮溯流光，渺渺兮予怀，望美人兮天一方。"第三层议什么，以至于到了什么时间？那便是议论起宇宙人生，达到解脱精神枷锁，获得释怀和一身轻松之感觉，以至于"客喜而笑，洗盏更酌，肴核既尽，杯盘狼藉，相与枕藉乎舟中，不知东方之既白。""那后《赤壁赋》呢？"后《赤壁赋》则着力描写出了一幅美妙的夜景和一种美好的意境。第一自然段描写了长江、断岸、月白、风清、巉岩、蒙茸和幽宫。第二自然段写了雪堂、临皋、鲈鱼和斗酒。第三自然段写了客人与家妇、孤鹤和道士，可以说字字有诗，句句如画，吟诵起来，如临身境，面见其人，似真似幻，如梦非梦，不亦乐乎。我借B友话题，补充道：作为自然人的苏东坡，他酷爱大自然无可非议，因为人是大自然的一部分，生于大自然，死亦大自然，所以天人合一。

　　然而，在东坡的心中和他的笔下，大自然是那么多娇美丽。比如：风是初秋温柔的风，山是坚硬峭立的山，水是七月长江的水，月是圆满皎洁的明月，身在自然中，感受着清风、高山、流水和明月，令人"顾而乐之"。作为文人，苏东坡从小就出生在唐宋八大家之一的苏洵家里，父亲留给两个儿子苏轼、苏辙一个大宝藏——满屋藏书。兄弟俩热爱生活，发愤读书，学有成就。1057年，20岁的苏轼带着弟弟进京赶考。这一年科考的主考官是大文豪欧阳修，副主考是宋诗"开山祖师"梅尧臣。末解封时欧阳修赞叹其"妙文"、解封见卷作者是苏轼，便刮目相看，进而索要看看旧日文章，更是惊赞不已："读轼书，不觉汗出，快哉快哉，老夫当避路，放他出一头地也。"又过了4年，即1061年，朝廷举行了一场制科考试。何为制科考试？就是皇帝为直接选拔人才设置的考试制度。当时北宋南宋录取的进士一共有 4 万多人，但制科考试只有 41 人。制科考试设置分为一二三四五等，一等二等要求太高，就是虚设。结果，苏轼考了第三等，苏辙考了第四等。宋仁宗高兴万分，连连感慨：“朕为子孙后代得了两位清平宰相。”C 学友接过我的话由说：所以苏东坡能写出誉满世间的赤壁“二赋”和《念奴娇·赤壁怀古》的词，这与他出身于书香门第有关，更与他热爱生活、勤奋学习、刻苦钻研有关。他读书、抄书，仅抄《汉书》就有三遍，第一遍一段事抄三个字，第二遍抄两个字，第三遍抄一个字。后来，苏轼因“乌台诗案”被贬官黄州时，朋友朱载上去看他，随便说出苏轼抒写的一个字，苏东坡就能背出数百字来。回家后，朱载上对儿子朱新仲说：“比我们优秀的人还比我们更努力，我们有什么资格不勤奋呢？”“天才在于勤奋，聪明在于积累”，这就是苏东坡热爱生活的精彩之处。功夫不负有心人，苏东坡的文学造诣并非一日之寒，赤壁“二赋”和《念奴娇·赤壁怀古》词完全是“厚积薄发”而成。自南宋以来，许多诗人歌唱它，许多画家描绘它，甚至编成戏曲。歌颂这件事的诗，真是汗牛充栋，举不胜举。王世贞题“赋是双珠可夜明”；清代反帝爱国诗人张维屏唱：“髯苏二赋自千秋，佳境长留，佳句长留。”宋代王炎，更夸张地赞扬说：“东坡居士妙言语，赋到此翁无古人。”如无当年两首赋，哪有今日文赤壁？难怪胡耀邦同志在 1983 年 3 月年参观“东坡赤壁”时激动地说：“我在延安读书时就背诵过这两首赋。现在有人能顺利读下它，那就相当高中水平啰！”

从“二赋堂”侧门而出，依次排行、错落有致的便是四个亭子：酹江亭、坡仙亭、睡仙亭和放龟亭。坡仙亭内有三面石刻，其中有苏东坡珍贵的诗词手迹。东坡的《念奴娇·赤壁怀古》，不仅是“赤壁诗”的代表作，更是开拓了一代诗风，奠定了“豪放派”词在中国文学史上的牢固地位。苏轼是个文艺上的全才，在散文方面，他与欧阳修并称“欧苏”；在诗歌方面，他与黄庭坚，并称“苏黄”；在词作方面，他与辛弃疾，并称“苏辛”；在书法方面，他被尊为“宋四家”之首；在绘画方面，他是中国文人画开创者之一。因此，东坡在诗词歌赋、琴棋书画中无所不能。他对绘画主张“神似”，并极力推崇“诗中有画，画中有诗”的理论，开创了“文人画”的先河。

放龟亭外的湖中，有一个巨大的白石乌龟，蹲踞那里已是四百多年的历史了。传说，有一个秀才以此乌龟为题做对联：黄州赤壁白石乌龟驮青山浮绿水，上联巧妙地嵌进了六种颜色。可是他怎么也想不出下联，几位学友尝试而对，但都不及而放弃，亲爱的读者，你能今日替他帮帮忙吗？

说话间，我们已徜徉在"东坡赤壁"最高处的"栖霞楼"，极目四望，古城黄州，焕然一新。黄州美景尽收眼底。黄州宝塔、电视塔，耸入云表，如柱擎天。更有那与杭州西湖媲美的"遗爱湖"成为当今鄂东旅游的一处亮点。我们一会儿漫步楼边走廊，一会儿小憩在楼底石阶上，一会儿感悟苏轼是那样热爱自然而富有的真情，热爱生活而表现出的热情，笑对人生而保持着的快乐心情，一会儿感叹苏东坡被贬官到黄州的不幸遭遇而百折不挠的精神。"乌台诗案"使苏东坡坐牢103天，几次濒临被砍头的境地。出狱后被贬黄州任团练副使，相当于黄州民兵副团长，职位相当低微，不得擅离居所，定为软禁。苏东坡从显赫高位一下跌入低层，以犯人身份在黄州生活了四年又二个月。在这段时间内，他没有沉沦和被厄运所击垮，相反，他带着一家20多口艰难地生活。后来，实在难以维系，只得去求见黄州太守徐君猷，"能不能帮我想个办法"。恰好徐太守也是苏轼的粉丝，于是"把东门土坡50亩荒地给你吧！"苏轼才带领一家人开始了垦荒种粮大生产，勉强解决一家人的温饱，他还给自己起了一个名字——东坡居士。俗话曰："逆境之大成"。苏东坡公务之余，与友人刘倩叔共游南山，举箸慨叹："人间有味是清欢。"在贬官黄州第三年（1082）正值寒食节，下了很久的雨，东坡望着窗外淅淅沥沥的雨帘，突然间有了写字的冲动，于是研磨挥笔，写了著名的《黄州寒食诗帖》。更有趣的是，他还写过一篇《猪肉颂》，实际是描述"东坡肉"的烹饪方法。此外，一次同朋友前去沙湖，途中遇雨，朋友四散避雨，他却优哉游哉，一边走路，一边吟诗，回家后，便写下了那首著名的《定风波》。苏东坡从政40年，竟被贬流放33年。最高时他做过翰林学士、侍读学士、礼部尚书等职，最低也只不过是县处级的民兵副团长。然而苏东坡的坎坷经历没有成就他的政治上的事业，却造就了他天才的文学巨匠，为中华文化贡献了精品的经典。尤其是在黄州，他的文学天赋更是得到了充分的发挥。如今，有多少游客游"东坡赤壁"，诵前后《赤壁赋》，吟《念如娇·赤壁怀古》，唱《明月几时有》、颂苏轼、读苏东坡，无不感悟今天"江山如此多娇""数风流人物，还看今朝。"真可谓"古今往事千帆去，风月秋还一笛知"。民国大总统徐世昌对"二赋"的直接描绘，直接总结的这副对联，不仅意味着过去，意味着现在，乃至意味着将来，都会赋予新的内容，新的意义。试问：在一个具有"四大发明"的文明古国，有着上下五千年历史的国家里，在一个正在实现中华伟大复兴，立于世界强国之林，占世界人口五分之一的泱泱大国里，作为一名中国公民，难道不能为弘扬中华文化尽一份义务，一份责任吗？试想，作为一名自然人，从事某个领域，深居某个岗位，从事某一项职业、行业，纵然遇到一些坎坷，面临一点难事，不愉快不开心之事，就不能像苏东坡那样热爱自然，热爱生活，笑对人生吗？

探秘野人谷

董　毅[①]

　　2002 年 12 月的深圳阳光温暖柔和，山林里蚊虫稀少，是穿林溯溪的好季节，在这个季节里，又遇到一个晴空万里的周六。上午 9 点，盐田区登山协会一行 30 多人沿着大梅沙水厂围墙边一条杂草茂密的小路进入位于上坪水库下游的野人谷，行数十米，见一石土垒成的铁皮顶房，有人住，养有鸡、狗。

（进入野人谷）

　　在此右转进入林间小路，下一个小坡，见泄洪坝，沿泄洪坝左边小径，钻进溪沟，茂密的藤树把溪沟盖得严严实实。刚从阳光明媚的坡地进入溪沟，只觉得光线幽暗，眼睛还需要适应一下，溪沟里尽是硕大的石头，一股清泉绕石而下，一行人踩着石头跨过溪沟。过溪后，沿溪右侧的羊肠小道向东上行，小

---

① 董毅：深圳市盐田区登山协会副会长兼秘书长。

道多处地方有水渗出，浸湿鞋底，两边杂草丛生、荆棘遍布，有树的路段是林荫道，没有树的路段，茅草没人肩头，人在茅草中穿行，草叶抚身沙沙作响，好一派荒蛮的景象。

（野人谷瀑布）

走到小道尽头，向下钻进溪谷，苍藤老树遮蔽了整个溪沟，阳光只能从树缝间射进谷底，一缕缕穿过树缝的阳光更衬托出溪谷的阴幽深远，大大小小的石头落差毗连地铺满溪沟。溪流在石头间迂回曲折，哗哗作响，一行人雀跃般地从一块石头跳到另一块石头，一路上打趣话、嬉笑声不断。溪沟比较平缓呈20～30度坡度向上，每隔十多米就有一个1～2米高的小瀑布，跨过阶梯小瀑布群，在溪沟里前行数百米，只见山崖突然拔高70～80米，一股落差约有60～70米，如大水桶般粗细的瀑布从山崖凹处喷出，这是野人谷里落差最大的瀑布，水流沿山势转折坠落入方圆约30～60平方米的小水潭，山友们称其为三叠瀑布。站在瀑布前，只见得水帘跌落玉珠飞洒，只听得水气弥漫响声雷动。人说这是野人洗澡的地方，叫野人洗澡潭，枯水季节时只有一股泉从上喷下，雨水季节气势倒也不小。30多人到达这里，放下背包，舒展腿脚，放松身心，呼吸着一级大氧吧的清新空气，在潭边体验野人在潭边戏耍洗澡的游戏，一边休息，一边漫步摄影。瀑布下光线阴暗，照相需要使用闪光灯才能收到较好的效果。瀑布岩壁有90度的陡峭，没有装备，从瀑布岩壁攀岩而上，几乎是不可能的，幸好山友们早已在瀑布岩壁左侧的山坡上探出了小径，小径约有70~80度的坡度，在领队招呼下，一行人排着队沿小径向上攀行。小径虽然陡峭，但是沿坡而上有树根或藤条可以攀拉借力，难度不大，比较好爬，也很安全，不过要当心上面的人踩落石头，最好前后保持一定的距离，并要抓紧树根和小心脚下。

攀上岩壁顶后，又见蓝天，前面是一段比较平缓的溪沟，在这里要左转上到溪边的丛林里攀行，丛林里几乎看不出路，只能看见岩石上或树藤上有比较光滑的攀爬痕迹。沿途树撑藤、藤缠树，粗大的藤条与树缠在一起，很难分出哪个是树，哪个是藤，人只能在树与藤中沿着光滑的痕迹向前穿行，时而低头弯腰，时而绕藤而行，一不小心还会让藤条绊住脚，拉住手。天上虽然阳光明媚，沟里却是光线阴郁，在这里穿行，虽然没有惊心动魄的体验，丰富多彩、荒野蛮朴的景色已经给人一种无比的兴奋和欢欣，让人真真实实地体会到了返璞归真的山林野趣。溯溪野人谷比较休闲，一路都可以保持闲情逸致尽享美景，置身于山林溪流之中，景由心生，心因景美，听溪水絮语，鸟儿鸣唱，心中悄然而起的是一种自然之子的惬意，它使我们变得更纯净、更真实、更懂得珍惜、更容易感悟欢乐，这也许就是户外郊游的魅力。

（野人谷里沿溪流而上的山友）

继续前行300多米，穿出溪边的丛林，下到一斜着向下喷泻的瀑布，瀑布不高，约有5~6米，小瀑布边凹进去的岩壁上有一小径，需要十分小心地跨过，如不小心，则会滑掉入水里，这是野人谷比较险的地方。过了这里，溪沟又变得比较平缓，藤树依旧那么茂密，继续钻进溪边的丛林穿行百多米。突然，一大片蓝天出现在前面，阳光射进谷口，刚才还在阴幽的山林里，突然见到明媚的阳光，感到有点刺眼。阳光照到的地方是上坪水库的放水口，一股水从放水口飞出，跌落到下面的巨石上，玉珠飞洒，泉声阵阵，溅起的水珠在阳光下闪闪发光，有时还会看见折射出的彩虹，这就是野人谷上部出口。走出野人谷口，抬头看见一座约倾斜 60 度的水库堤坝横在前面，弯腰屈膝沿坝基攀上堤坝，已是 10 点 45 分。站在坝堤上，俯瞰刚刚穿过的野人谷一片翠绿茵茵，看不出一点溪沟的痕迹，再远处是盐坝高速公路隧道出口和大梅沙海滩。山风阵阵吹拂衣衫，林涛啸啸震荡耳边，望着无限的美景，一种穿越丛林的成功感油然而生，一身的疲劳顿时舒缓！好一个痛快！

走到对面的山顶上俯瞰上坪水库和野人谷，只见在群山之中，上坪水库下游的野人谷只是一小段，在野人谷里穿越时感觉还比较长远，但是俯瞰之下的野人谷竟然是这么一小段，就这么一小段也让我们走了两个小时，人在野人谷里又该是多么渺小。这让我们不由得感叹大自然是多么的博大，渺小的人更应该谦卑地对待大自然，保护大自然，顺应大自然。

另外，由于野人谷位于上坪水库的下方，过溪流时，行动要快，以防遇到水库放水。冬季野人谷流水比较小，溪沟里的很多石头露出水面可供踩脚，行走比较方便，整条线路难度和危险性都不大，是一个寻找山林野趣的休闲好去处。

2005 年以后野人谷成为东部华侨城的一个景点，改名为大峡谷，其实从旅游角度讲还不如野人谷之名吸引人。

走进山野　走近逍遥

赵洪宝①

我们对待生活的态度各不相同，我们选取生活的方式也不一样。这就是生活的百态，这就是百态的生活。

人生在世，有着很多的追求，很多的渴望，很多的企盼。

有人追求成功。想象自己有朝一日能成为政坛上的华盛顿、丘吉尔或罗斯福；成为商界的盖茨、巴菲特或李嘉诚；成为科学界的牛顿、居里夫人或爱因斯坦。能拥有显赫的权势，能拥有众多的财富，能拥有傲人的地位。可命运之神总是和他们开玩笑，并没能满足他们的愿望。至今他们仍旧卑微，仍旧贫穷，仍旧愚钝。

有人渴望爱情。非常羡慕矢志不渝的罗密欧与朱丽叶，非常羡慕化作彩蝶双飞翼的梁山伯与祝英台，非常羡慕不爱江山爱美人的爱德华八世与辛普森夫人。为了忠贞的爱情，不惜抛开荣耀；为了忠贞的爱情，不惜放弃王位；为了忠贞的爱情，不惜牺牲生命。可丘比特总是和他们较真，从未将爱神之箭真正对准他们。至今他们仍旧孤单，仍旧寂寞，仍旧寻觅。

有人企盼幸福。盼望繁忙的工作之余，能和父母家人共享天伦之乐；盼望能在夕阳西下的黄昏，披着霞光和爱人漫步在林荫道上；盼望能在孩子成长的过程中，和他们同经风雨共度彩虹。可幸运之神也和他们难以邂逅，常跟他们擦肩而过。至今他们仍旧痛苦，仍旧抱怨，仍旧彷徨。

无论你有什么追求，设立怎样的目标，都可以理解，都无可非议。世界很精彩，每个人都有选择的权利。能来到这个世界走一趟，是非常幸运的，必须珍惜这个机会，必须珍爱自己的生命。

---

① 赵洪宝：博士、深圳市社工委专职副主任。

其实，静下心来想一想，我们都是普通人，都很平凡，都很渺小。凡人就要有凡心，凡事都要以平常心来对待。一个人的心态如何，直接影响他对生活的态度，直接影响他选取生活的方式。我们都曾拥有快乐的童年，也曾享受过飞扬的青春。只是在成长的时候，在搭建人生坐标的时候，有人迷失了方向，有人迷失了自我，使曾经平静的港湾喧嚣起来，曾经开朗的心灵孤寂起来。于是，他们不再安分，不再循规蹈矩，总想给自己找点快乐，找点刺激，甚至美其名曰"实现人生的价值""追求真正的自我"。就这样渐行渐远，污染了心灵，扭曲了人生。

我们都是外出求学的游子，都是外出谋生的游客，都是带着美好的梦想来到深圳，也都想通过自己的打拼在深圳有立足之地、有停泊的港湾、有心灵的归宿。我们不断努力，我们不断奋斗。因此，我们倍感压力，倍感身心疲惫，以至于羸弱的身躯难以承受生命之重，难以承载生活之托。我们必须给自己的身体减压，必须给自己的心情放假。

不知道从什么时候开始，我恋上了走进山野。春光明媚，我走进山野，笑看百花争艳时，我也很灿烂。梧桐山腰的深山含笑，冰清玉洁；七娘山顶的吊钟花，美丽芬芳；排牙山上的兜兰，名贵高雅。我幻想自己变成了花丛中的一簇，在微风中摇曳；幻想自己变成了一片绿叶，衬托百花的繁荣；幻想自己变成了一只蝴蝶，在晨风中起舞。

炎炎夏日，我走进山野，笑看惊涛拍岸时，我也很激动。西冲的海湾，像一弯月牙，保持着深圳最后一块净土。海柴角的涛声，像震撼的摇滚，激荡着青春的跫跫。梅沙的海浪像曼妙的少女，散发着婉约细腻。

秋风习习，我走进山野，笑看硕果累累时，我也很恬静。那挂满枝头的木瓜，告诉我这又是一个丰收的季节；那饱满的玉米，告诉我这又是一个金色的晚秋；那泛黄的芦苇，告诉我这又是一个浪漫的夜晚。

无雪冬日，我走进山野，笑看浮华尘世，我也很安然。清新的空气，在群山环绕中，让我透彻心扉；欢快的小溪，在山间流淌，让我为之歌唱；顽皮的鸟儿，在林间嬉戏，让我为之动容。

采菊东篱下，悠然见南山。我走进山野，不为别的，就是为享受山野的清风，就是为享受山涧的溪流，就是为享受山脉的连绵。每当我驻足山顶，看旭日东升，看夕阳西下，我总是感叹大自然的神奇与平淡。每当我徜徉山沟，看老树缠绕，看彩蝶双飞，我总是感叹生命的恒久与短暂。每当我结伴山友，看团结友爱，看牵手相依，我更感叹世间的美好与温馨。

因此，我忠告各位朋友们一句：世上的道路千千万，生活的方式万万千。拿出你们的空闲时间来，跟随我们的团队，一同走进深圳的山山水水，一同享受大自然的馈赠，一同探寻生活的乐趣。只要你迈出双脚，走进山野，就能净化心灵，就能获得健康，就能走近逍遥。

一点登山感悟，谨以此文与各位朋友共勉。

聆听音乐之美

吴　非①

　　每一首歌，每一个音符，其实都是一个故事，音符上伏帖的是每一个主角的灵魂，唱出的是自己最赤裸的真情。那是让人生情的旋律，亦是艺术的真谛，那些曾经渴望拥有爱情和心灵停泊的港口，那些岁月里因吸收不良而屡屡铲除的草纤，那些在痛苦或甜蜜时的心灵颤动，都在跳动的音符上一节一节地剥脱，展现出它的魅力，倾吐着它的心声。感动是什么？激情又是什么？在那些歌曲中，在那些音乐中，你能感悟到伤痛的思绪、情感最揪心的无奈和欢乐时的奔放，恰似一朵朵无名花散放出的沁人心扉的芳香。

　　听音乐、听歌不能不说是一种欣赏，音乐是相当迷人的。歌曲本身、风格和内容都具有无法言表的凝聚性，有着一定的深度和与众不同的风格。每听一首歌、一段音乐，都能发现它带给你不同的感觉，都会是一次真正的享受，都能体验一番刺激的感受。它把梦想与信仰、希望与现实紧紧地融合在一起，诉说着万般风情，人生种种。

　　民族音乐在中国传统文化中占有重要地位，且历史悠久，早在四五千年前的原始氏族社会中，就产生了原始的歌舞和歌曲，到殷周奴隶主统治的时代，音乐文化已经相当发达。

　　中国民族音乐文化是根植于中国悠久的传统文化土壤之中，独特的中国传统文化造就了独特的民族音乐，表现在它与传统文化互相交融、互相联系、共同发展、共创辉煌的主要特质。民族音乐因其曲调或轻快舒缓、节奏或激越或轻松愉快而被广大听者喜欢。它可以给人以舒缓轻柔的感觉，那优雅的曲调，宛如漫步云端，有超凡脱俗之意。无拘无束的歌曲，亦如那一颗颗无拘无束的

---

　　①　吴非：中国收藏家协会会员、音乐教授、深圳市盐田区音乐家协会副主席。

心！那激越的声响亦可以铿锵有力，就像是在你的心尖上翻滚着五线谱。

你听，当《春江花月夜》这一曲优美的琵琶声声渐起中，夕阳西下晚霞未退，余晖染红了江面，春风吹拂下的一江春水涟漪，远眺皓月初升，渔舟唱晚，你仿佛跌进江南春江月夜的旖旎风光之中，眼望着眼前的仙境，恰似大珠小珠落玉盘。你在聆听中品味这其中的美妙时，二胡的哀怨渐入心肺，琵琶的婉转勾起遐想，古筝的激越按捺不住春的悸动，陪伴着优美的乐曲穿越了时空，走入了梦幻，在春江上独舟漫游。

中国民族音乐就是这样动人地刻画出大地的深邃，震撼着世界，展现了中华民族的情感、意志、力量、幻想和追求的凝聚，绚丽多彩。

现今不少年轻人都不喜欢唱老歌曲和音乐了，他们喜欢的是快节奏的说唱。说唱乐的起源可以追溯到黑人音乐根源中吟咏的段落中，到了70年代说唱乐正式确立了自己的风格，这种音乐是以一段固定的旋律、节奏，配上合成器、刮唱片和快得听不懂的说唱所组成，很多人觉得太怪异、太单调，所以预测它维持不了多久，可是事实证明，从它发展到现在，所有正式的音乐颁奖礼及歌曲排行榜上都有说唱这个项目的细分，便是了解美国说唱流行趋势的最佳指南。许多人认为所有的说唱音乐听起来都是一样的，其实不然。你要先去听说唱所表现出来的节奏和押韵的感觉，再去了解它要表达的内容，就会发现他们的各异。任何有话想说，且具有才华的年轻人，都可以在不同的说唱形式中，找到自己的天空。当我们听到精彩的说唱音乐时，全身便会舞动起来，随意地摇摆身体，随着节奏晃动头部，因为我们的血液有种沸腾的感觉。

还有摇滚，摇滚乐源于美国。直到今天，美国摇滚乐仍然受到青年人的喜爱。摇滚乐是由一种称为"布鲁斯"的爵士乐演变而来的。摇滚乐又称摇摆舞音乐或摇摆乐、滚石乐等，是当今西方世界极其盛行的流行音乐。摇滚音乐是少了几分妩媚与含羞，多了几分狂野！这种音乐是一种非常活跃的两拍节奏的音乐，节奏强烈、音响丰富，其演奏乐器和歌唱方面与其他传统的流行音乐也不一样。它以一套独特的演奏技巧，以完全不同和意想不到的方式运用人声达到了新的表现水平。它还以电子乐器取代了以往的器乐队，并把最早期的各种爵士乐风格的魅力同现代电子乐器结合在一起，形成了一种有强大吸引力的音乐风格，在激动的音乐中释放自我，通过金属般的声音寻找自我，释放自己压抑的心。由于它在创作过程中糅合了其他许多音乐的因素，所以，摇摆乐的种类相当多，如迷幻摇摆乐、乡村摇摆乐、民歌摇摆乐、拉加摇摆乐和爵士摇摆乐等。摇滚乐的魅力在于它使歌手和听众的情绪一直处于奔放状态，因此好的摇滚乐，不仅能使听众缓解工作与学习带来的压抑，还能使听众学会审视自己，理解世界，热爱生活。

经典毕竟是经典，即使已经不再流行、红火，也不会那么轻易被遗忘，就是有那么一种优雅的旋律，会永远留在我们心底。最让人回味的那些歌声，是那些足以震撼人灵的歌声。就像《洪湖水浪打浪》《游击队之歌》《在那遥远的地方》《花儿为什么这样红》《九九艳阳天》等一些老歌就不会被人淡忘。

在音乐的天堂里，你永远都不会老去。它是青春的伴侣，可以让我们找到梦与希望。它是那样的美丽，那样的浪漫，那么的迷人，却又有着不一样的个性与精彩！那一个个音乐天使，在柔与刚、冰与火中描绘它们五彩的华章！

平日的生活太过繁忙，太过劳累。太多的负担和厌倦总会令人心身疲惫。这时，不妨来段音乐吧。音乐没有国界，它可以带你去任何地方。让暖暖的风把你带到美丽的荷兰小镇、怡人的威尼斯、摇滚的美利坚、多情的江南、绚丽的北国，那就别有一番情趣在心头了。

从医学的角度上看，多听音乐，对舒缓压力很有帮助。音乐的元素可以使兴奋的脑神经得到恢复，变得平缓。又可以使颓废的情绪得以改变，变得悸动充满激情。

多听听音乐、多听听歌曲吧。

一盘家乡菜

陈建平①

提起家乡菜，不管是离家在外的游子，还是身处家乡的人们，一定会赞不绝口。

我心中最美味的一道家乡菜，是母亲炒的一盘蒜苗炒瘦肉。蒜苗、瘦肉，再加上家乡豆豉和红辣椒粉末等作料，简简单单的食材在母亲的巧手烹饪下，却有一种与众不同的味道，吃了之后，有一种感觉缓缓沉入心底，暖暖的……我是60年代出生的人，小时家里穷得很，一年到头，只有到春节才能吃得上这一盘家乡菜。那时我还是一个懵懂少年，每到大年三十晚上，总是快乐地绕着村子东奔西窜，到处捡拾别人放完鞭炮后落在地上没燃放的"炮仗"玩，贪玩的少年全然忘记了肚中的饥饿，待到哥哥们满村子叫唤我回家吃"年夜饭"时，才醒悟过来，有家乡菜吃咯！才猴急猴急地往家跑。一想到马上就要吃上心仪已久的家乡菜，顿时口水直流，急不可耐。家里兄弟多，我是老幺，吃菜时尽管抢得凶，但兄弟们还是让着我的。母亲在一旁慈爱地看着我，不停地说："孩子呀！多吃点。"待我风卷残云将这盘家乡菜吃完时，才猛然发觉母亲还未曾伸过一下筷子。小时候迷糊，也不知道让母亲吃点，至今心里还觉愧疚。儿子在母亲心目中永远是个孩子。现在每与她聊起我孩童往事时，母亲仍然不时地夸我小时候长得白白的、胖乎乎的，特别可爱！

而今母亲年事已高，在老家颐养天年，我和几个哥哥大多在外地工作，兄弟们商量分时段轮流回去探望和陪伴她老人家。今年11月中旬，我休假一周回家陪伴她老人家。母亲年纪大了，已经没法给我们烧菜做饭，除了多陪老人聊聊天，最实际的行动就是给她老人家做做饭。可我厨艺太差，仅会做几样菜，

---

① 陈建平：深圳市盐田区作家协会会员、驻港部队转业干部。

而且味道很一般，不知怎么孝敬她老人家好。细心的家属提醒我：你不是经常提到小时候很爱吃妈做的家乡菜吗？以前你一回到家妈都给你做这盘菜，现在，你也可以试着做一盘给妈吃呀！对！就这么干。第二天天刚亮，我就赶到镇上买来新鲜的瘦肉，均匀地切成片，放在碗里，洒上一点生粉，拌上酱油；又在自家菜园里拔了一些香蒜，在溪水中去须、摘去黄叶、冲洗干净，再用井水清洗一遍后切成一截截，同时备好香豆豉、红辣椒粉等作料。一切就绪后，点火开炒，往锅里倒上花生油，加热到一定火候放瘦肉爆炒，七成熟后倒入香蒜，最后加入香豆豉和红辣椒粉，拌匀后，加点盐，一盘香喷喷的家乡菜就炒好了。吃饭时，看到举步蹒跚、满头白发的老母亲低头吃得有滋有味，那慈祥的神态突然打开我记忆的闸门，我仿佛又回到了母子共享一盘家乡菜的孩提岁月，一想到往昔温馨点滴，我顿时百感交集，热泪盈眶。

刹那间，我明白了，我明白了为什么这盘家乡菜吃下去之后心里总会暖暖的，因为这菜里有母亲的爱呀！一盘家乡菜，承载着平凡生活的色香味，勾起我对人生往事的感慨，蕴涵着我对母亲良多的感触！这盘饱含着爱的家乡菜啊，随着时光的流逝，就像陈年的老酒，醇厚飘香……

咸鱼岁月

谢彩云①

咸鱼是一种泛称，凡以盐腌渍后晒干的鱼均可称为咸鱼。现代科学研究表明，咸鱼不可常吃、多吃，尤其是小孩。但在我的成长过程中，咸鱼，曾经是最重要的。

我的家乡在三面环海的雷州半岛。过去，无论城里乡下，几乎家家户户常年咸鱼不断。记忆中，家里常吃的咸鱼是红鱼仔，鱼身粗如脚拇趾，长不过十厘米，一元三斤。父亲煎鱼功夫了得，煎出来的红鱼仔整整齐齐排在浅盘里，一条咸鱼一碗番薯饭，陪伴我们走过艰苦的岁月。有时，为了省时省油——主要是省油，煮饭时，母亲会在灶坑的炭火下埋几条咸鱼，饭煮好，咸鱼也煨熟了，掏出来抖抖火灰，就可以下饭。煨咸鱼并不焦，也不脆，反而有点绵，有点韧，顺着鱼的纹路可以掰成丝状，那种味道，是其他烹饪方式所不能及的。

得了煨咸鱼的启发，我们小孩子又将咸鱼衍变成一种 DIY 零食。过去农村都有晒谷场。稻谷收割后，晒谷场上就热闹起来，夕阳西下，女人忙着收谷子，男人挥汗如雨地"车"谷子，孩子们则打着帮忙的旗号，满场追跑打闹，时不时绕到风车尾吹一身秕子、草屑，尖叫着享受"风吹谷打"的快感。夜晚，乡村安静下来，孩子们又从一个个院门溜出，各自兜着从厨房偷到的红鱼仔或大眼鱼，循着夜色来到晒谷场。白天"车"谷子留下的秕子和草屑堆成的一座座小山，已经被燃烧准备做肥料，但火苗未熄，温度尚高，大家各自用棍子掏个小洞直接将咸鱼埋进去（有时还会加一把颗粒结实的糯米谷子，受热膨胀后类似爆米花而有稻米的浓香），封实，做好记号，就放心地玩捉迷藏去了。估摸着火候差不多时，把咸鱼挖出来，天黑，看不清火灰，随便吹几下，就撕下来塞

①　谢彩云：盐田区辖区居民，盐田区作家协会会员。

246

进嘴里。

咸鱼茄子（煲）也是绝配，不过平时极少吃，倒不是因为咸鱼或者茄子有多么珍贵，而是制作这道菜比较费油，那时用的是猪油，连猪肉都难得一见，猪油就可想而知了。最念念不能忘的是咸鱼生蒜脯肉煲。肉因为难得，往往只有薄薄的几片。母亲说，肥肉能逼出鱼香，提议（只是提议，她也不忍强逼）先吃咸鱼，后来大家就约定俗成似的，谁都不先去动那几块"压轴"的肉片，咸鱼吃完，加咸鱼再煮，仍是香——肉也香，鱼也香，有鱼有肉的日子，吃饭是很令人期待的事情。

不过，我们家最常吃的是淡水咸鱼。

村前的大水库里鱼虾成群，可是买得起渔网、渔船（那时水库里只有一条摆渡船，每渡只能搭载三五人，破船屁股漏水，必须有人拿着水瓢不停往外舀水）的没有几户。有人装备了竹筏，也不是谁都敢动借的念头，所以，大部分人只能望水兴叹。父亲是有名的游泳好手，以我的眼力望不到边的水库他一口气游一个来回完全不在话下。当我还在村里上小学时，他花一个月工资买了几张网，隔三岔五"下水""搞副业"补贴家用。通常是下午下班后，随便扒拉几口饭，换一身破衣裳，手电筒绑在头上当头灯用，把网兜系在自行车后座上就出发了，半夜才回来，撒网、收网，至少要在水里待三四个小时。等待收网的间隙，他就睡在水库旁的甘蔗园或香蕉园里，夏天脱下上衣当被盖，冬天则是一条已经难辨真面目的破毯子，遇到下雨，就只有淋雨的份。母亲常说，"有鱼回光（早），无鱼回暗（晚）"，收成好，父亲就早回家，还能睡几个小时，收成不好，他会守到天亮，回来后匆忙洗漱干净，换套干净衣服就直接去上班。父亲下水撒网捕鱼，母亲称之为"下海"，每次他"下海"，我就不敢侧身睡，怕压住一只耳朵影响听力，不管多晚，一定要等到巷尾传来熟悉的"哗……铃铃……"才放心入睡。那辆自行车是父亲单位配给他的，像他一样牛高马大，已有些年头，总是大老远就"通知"驾到，夜深人静时，更显得嗓门之大。

父亲捕鱼，经常满载而归，有鲫鱼、鲤鱼、鳊鱼、鲩鱼、鳞多（其实是刺多）、笔鱼（黑鳢鱼）等，最常见的是巴掌大的罗非鱼（又叫腊鱼或非洲鲫鱼），多了，母亲就拿到集市上卖，或腌晒成咸鱼以备不时之需。我喜欢看母亲腌晒咸鱼。将鱼从背脊处切开成两半，除掉鱼鳃和内脏，用粗盐腌制几个小时，太阳出来后，抖掉粗盐铺摆在"篮盆"（竹篾筛）里暴晒。晒咸鱼最怕苍蝇，苍蝇叮一口，不出两个小时，蛆虫就孵出来了，我便经常被安排头戴斗笠、手拿苍蝇拍坐在"篮盆"边赶苍蝇。罗非鱼肉多刺少，肥得流油，腌晒成咸鱼后，直接水煮，无须油盐已鱼香醇浓，冬天，用泛着油光的汤汁拌饭，极香，鱼因为是捕来的，一般不会"限量"，可以任意吃。偶尔父亲还会煎几条下酒，并允许我们当零食取食，肉香骨脆，回味无穷。

如今身居闹市，有时逛超级市场，我会到干货区看看咸鱼，与记忆中的咸鱼比对一番，这算一个怪癖，因我是不会买的。我只吃老家捎来的咸鱼，那仍是母亲腌制，不同的是头戴斗笠、手拿苍蝇拍坐在"篮盆"边赶苍蝇的换成了父亲。有一次，电话里无意间提及罗非鱼，隔天母亲竟然喜滋滋地说，父亲找人借了几张网，下水库捕了好多罗非鱼，已经腌了，晒干就寄过来。一年四季，冰箱里的咸鱼总不间断，光是想想，就感觉离家乡很近。

期约黑乙鸟

胡保卫[①]

　　没有人告诉我岁月能走多远，走远的岁月中思念又如何变得苍老。似乎日子就像一匹风驰电掣的骏马，转瞬便去得无踪，而每一个我秋夜思量的人，都是栖息在马头的一只黑乙鸟，马跑得快了，他们便也飞走，停在我望也望不到的枝头，但当我一入梦乡，只需扯一呼哨，他们便扑地离了枝头，悄无声息地向我飞来。

　　我迷恋黄昏，就像我迷恋忧郁一样。每到黄昏，那沉沉暮霭，阵阵秋凉，便要浸染我的心房。凭栏极目，高楼倚望，在一片旷野的萧索中，无法拒绝的记忆如潮而至。你曾经含泪听我讲述故事——

　　"圣凯文将手臂伸出窗外祈祷，一只黑乙鸟落在他手臂上搭窝，停留了两三个星期。而他静止不动，耐心地等待小鸟从蛋中孵化出来，竟至站立而死。"

　　我们从这个故事中获得的岂仅是一种真情的激发与感动？它就像一只酵母，嵌入我们全部的生活，即使是一堆沙砾，也注定要酿出酒来。不幸的是，我在这醇酒一般的生活中浸泡得太久，以致宿醉醒迟，到如今我仍痛彻肝肠。

　　那个秋意正浓的黄昏，我百无聊赖地迈步在湿湿的石板路上，目光迷蒙地投向远处。你带着惯常的笑意与飘逸，义无反顾地向我走来。我顷刻间发现，秋神，这萦损愁肠的天仙，竟赐予你如此令人感伤的风韵。不然何以一见到你，我便倏地想起寂寞的嫦娥舒袖长舞，善吹的弄玉抚管幽歌呢？

　　一种莫可名状而又揩擦不去的情绪包裹着我，似乎我在这世间经历百事，只为了这一刻与你相遇。秋雨淅淅沥沥，秋凉点点滴滴，我一怀不知如何安派的秋思越发浓酽，双眼竟也无端地潮起来。你就像一只翩然而来的黑乙鸟，落

[①] 胡保卫：中学语文科组长、深圳市盐田区作家协会会员。

在这湿湿的石板路面，望着我的秋愁停下你的翼翅，我却无言。想到此生再也无法轻松地走开，泪水不觉湿了眉睫。

多少次咀嚼这些凄美的回想，多少次在一个个清冷的黄昏苦渡泅游。不用告诉你今天的泪如何滴在昨天的秋风里，也不用告诉你在再度错饮鸩酒后我如何细数悲苦和苍凉。只因你说你是我梦中的黑乙鸟，我便走上了一条没有尽头的漫漫长途。我以圣凯文一样的真诚与奉献守候在这条长路的每一处驿站，用生命为你点一束灵光，却不知何时会燃成灰烬。

耳畔依旧缭绕着你"分手在雨天"的惋叹，和着一阵阵愁怨的秋声，穿过一个又一个季节，叩响我紧闭的心门，等待，相遇，相遇又等待，这是一种怎样浪漫而伤心的体验！在时间的长河里，昨天不再走远，今天于焉停滞，而明天，仍遥遥地不可企及。

也许每个黄昏的故事有了一个美丽的开头，就只能有一个缺憾的结尾，也许这个故事本来就不可能结尾。当我伫立在孤独的阴影里，守望着次第而过的喧嚣纷乱，想到那需要用生命去祭奠的旅程，一颗心泛起的是怎样的甜蜜和苦涩。拈一茎秋风中瑟瑟颤动的枯草，招一招天空低垂的暮云，抹得去眼前的烟雨朦胧，抹不去心底刻骨的记忆。很想在秋风中粲然一笑，却早已忘记嘴角该如何变形。就将这人生最初的体验当作一种永远不会尘封的约定，注满我一生的春愁秋怨，而几十年时光流逝，当我再度在某一个黄昏拄着拐杖踽踽而行的时候，偶一回头，仍然会看到一只黑乙鸟，双翅荷载着深挚和关爱，向我翩然飞来。

但愿曾经荒芜，开出繁花一片

——《心术》歌词赏析与解读

程振兴①

　　"心术"是一个词，基本解释为：心计、心思、主意、计策等。

　　《心术》是一本小说。据称是六六卧底上海数家知名医院六个多月，亲身体验医院中的千姿百态、医生患者的酸甜苦辣而成。这几年网络和智能手机发展太快，多数时候都是看些片片段段的东西，想看点书，却又沉不下心。半年前的一天看到这本书，随意翻了翻，没想竟然一口气看完了。

　　《心术》是一部电视剧。是由同名小说《心术》改编，六六本人编剧，杨阳执导，吴秀波、海清、张嘉译等主演的医疗剧。这几年偶尔看看电影，很少看电视剧，因为电视剧太费时间，不敢追。可是看完小说后，忍不住把电视也一口气看完了。

　　《心术》是一首歌。是同名电视剧《心术》的主题曲，十一郎作词，张宇作曲、演唱。本文的标题是歌曲中的一句歌词。看电视剧的时候总是把主题曲快进掉。半年后的现在，小说和电视里的精彩，已经忘得七零八落，倒是这首歌的歌词和旋律还在耳中反复回响。说实话，这首歌不流行，也算不上特别好听。但是看了小说和电视剧之后再听这首歌，感觉很不一样，可能是因为太贴近剧情和主题，听得次数越多，小说和电视里的人物形象和很多故事情节反而越来越清晰。细想张宇的老搭档十一郎老师一定是把小说和剧本都参透了，才写了这么首词，再由张宇精彩的作曲和演绎，将小说和剧本完美升华。

　　除了叫好，不敢妄自评论六六老师的大作；除了叫好，不敢妄自评论吴

---

　　①　程振兴：深圳市盐田区作家协会会员。

秀波、海清、张嘉译等演员的精彩呈现。对于作品中涉及的医疗政策、医院管理、医生的技术和职业理想、病患与医护间的观念和立场差异、重病患家属在治与不治的选择上的道德伦理等，大大小小的问题，作为小老百姓，都无从说起。

可是我又想，一定要做点什么，才对得起《心术》系列作品带来的感动。所以，在这里简单介绍作品，介绍下作品中的几个主要人物形象和怎么都忘不了的故事情节，最后分享张宇演绎的主题曲《心术》和作品中的精彩句子。

《心术》

作词：十一郎；作曲、演唱：张宇

模糊的泪眼之中，他还有最后的梦。
后来又为了什么，所以落空，已说不清始末。
怕失去最爱的人，他曾经固执地等。
谁知道浮浮沉沉，只剩一个受损的人生。
他一直往前追溯，忘了命运的残酷，
那些幸福片段牵牵绊绊，怕一点一点被遗忘。
今生的约，欠一个再见，伤痕从此不肯复原，
如果思念能回收眼泪，时间会不会治愈从前？
但愿曾经荒芜的心田，还能开出繁花一片。

（重复以上部分）
啦啦啦……
记忆会慢慢指认，生命里爱的刻痕，
然后为悲欢离合，留下一个美丽的转身。
今生的约说了再见，怎样的挥别都是纪念，
如果思念让心温暖甘甜，时间已经治愈从前。

（重复）
今生的约说了再见，怎样的挥别都是纪念，
因为思念让心温暖甘甜，时间已经治愈从前。

是谁泪眼模糊？是谁梦想落空？是谁苦苦地等？是谁浮浮沉沉？

是霍思邈？是刘晨曦？是谷超华？还是每一个有梦想的医生？每一个有梦想的人？都不是，都是。

当理想在现实面前支离破碎，当满腔热情被误会，被侮辱，被伤害，谁都会迷茫，谁都会动摇，谁都会心灰意冷。但是，即使是在"伤痕不肯复原"的时候，即使在"不知道时间会不会治愈从前"的时候，仍有希望在："但愿曾经荒芜的心田，开出繁花一片。"

回唱一遍的时候，感觉还是失望，还是迷茫，就像俗话说的福无双至、祸不单行，苦难不会那么快就过去，人在低谷徘徊的时候，不顺的事情总是应接不暇。

但苦难是一所大学，时间仿如万能良药。回唱一遍之后那简短的哼唱，是茫然，是无助，是感叹，是领悟，是升华。也许记忆是有选择性的，所有的"悲欢离合"，最后只剩"爱的刻痕"，历经磨难，只"留下一个美丽的转身"。

由此，第二遍回唱的时候有了些许的改变，"欠一个再见"变成了"说了再见"，"伤痕从此不肯复原"变成了"怎样的挥别都是纪念"，"时间会不会治愈从前"变成了"时间已经治愈从前"。

些许改变的积累加上时间的沉淀，心智趋于成熟，变得平淡，变得豁达，变得包容，变得超然。唯一不变的，是"幸福片段"，是"牵牵绊绊"的思念带来的甘甜，是最初的梦想带来的感动，是继续追求梦想的执着和淡定，有了这样的心境和格局之后，看什么都顺眼，听什么都顺耳，只因为心中有爱。

下面是作品中的精彩语言，让我们一睹为快：

1. 要是每个人对治疗稍有不满，都带人过来打砸抢，那我们医生的人身安全怎么保证？什么是和谐，和谐不能以牺牲我们的安全为代价。他们农民的命是命，我们的命不是命吗？如果每次都以我们的退让告终，以后医院就是一个没有公信力的地方了，每个人都可以随意质疑我们的诊断。我们的每一步诊断，无论再怎么清晰，再怎么备至，都不能保护我们自己，那这个职业，不做也罢！

2. 我无语，冷场很久，吐一句："如果他爹是干部，而不是农民，如果他本人是干部而不是农民，他就忠孝都有了。你是鄙视他，还是鄙视农民？"那些底气十足要求用最好的药的，都是因为有人为他的健康埋单。

3. 把坏的往好里拉，把死的往活里拉，这是每一位医生被训练的第一反应。所以给不给红包是一样的。唯一的区别就是手术以后，或者是出院以后，家属问起相关的情况，医生会更加耐心地给你建议。

4. 你知道这江山是怎样打下来的吗？就是这些有着坚定信仰的人打下来的。你知道这个江山为什么到现在还是风景如画吗？就是因为这些人还依旧坚守着他们的信仰。

5. 手术本身就是风险，这一刀开下去，意味着一路的破坏，任何一个正常人都不可能平白无故地在脑袋上动刀，一定是病灶的风险大过了手术的风险。

6. 人的一生有三个信仰，信、望、爱。

愿你有一个丰满的秋天

李　洁①

　　冰雪融化，河水在春天缓缓流淌，初始涓涓，逐渐湍急，流过物产丰美的田原，流过茂林修竹的山野，流过城市，流过乡村，流向海洋。

　　生命如河流。初始时，清澈见底，昂扬着春的气息。一段未知的旅程，等待着你去体验，去冒险。也许你还脆弱，也许你还惴惴不安，也许你有很多很多的梦想。生命如此美好，所有的事物都会激发你的好奇，日月星辰，倒映在你浅浅的小溪，一草一木，柔美着你的两岸，蛙鸣悠扬，三五小鸟时时令你开怀。

　　你沿着生命的曲线，蜿蜒前进，在奔流中，你见识了花开满地的原野，见识了茂林修竹，见识了名山大川，同时你也开始见识风云突变，见识风雷激荡，见识荆棘丛生，见识弱肉强食。这些见识令你苦恼，令你难过，生命不仅仅有春天的甜美和舒畅。在见识了崇山峻岭之后，在越过了高山峡谷之后，在风雷激荡之后，在吸纳百川之后，你不断壮大着自己，生命在丰硕的滋养里，逐渐有了自己的风景：有的在披荆斩棘之后，终成世界上流量最大、流域面积最广的亚马逊河，声名赫赫；有的在不断开拓之后孕育了世界上古老文明，如尼罗河、底格里斯河、幼发拉底河、我国的黄河；有的流出了一篇美景，如密西西比河、伏尔加河、勒拿河、尼日尔河、湄公河；也有的虽籍籍无名，却在山野快乐地享受生命，享受着那一份宁静和安详。

　　哪一条河流不是经过了那么多的沟沟坎坎，哪一条河流不是在荆棘丛中冲波逆折，哪一条河流不是饱经磨难？你的曾经驿动、狂躁的心，也曾愤怒咆哮，也曾快乐吟唱，在每日每日、每月每月、每年每年这么千篇一律的流逝中逐渐

---

① 李洁：深圳市作家协会会员。

归于平淡、归于和缓。前路也许仍是有急有缓，但是你决定不再愤怒、不再焦躁、不再怠惰，也不再迷茫，你想通了，生命就是一个过程，急急奔入大海和缓缓流入大海，都是一样的。你甚至会想着就这么停下了也不错，入海的那一刻，也许会激动而热烈，但也许会是平静，无论精彩还是平庸，你都不觉得太过吃惊。回想这一路旅程，你终于明白，没有永恒，没有瞬间，期望中的欢乐延长着生命的长度。

你会对另一条小河说：你有多努力，你的河道就有多宽阔；你有多无畏无惧，你沿途的风景就有多精彩；你有多挣扎，你的水域就有多丰富。你的生命就是你通向大海的距离。

生命像河流，各有各的精彩。尽情流淌吧，按着自己的轨迹。

愿你有一个勤奋耕耘播种奋斗的春天。

愿你有一个丰满的秋天。

父 亲

陈 筑[1]

18 岁以前觉得时间过得太慢，我们憧憬着未来；35 岁之后觉得时间过来太快，我们回味着过去。高晓松说：只有老到一定年龄才有资格谈未来。因此，18 岁时憧憬的未来是多么的虚幻，但是现在回味的过去却那么真实。

我是一个念旧的人。

大学毕业时，室友送我的钱包我一直放着；大学毕业之后很长一段时间我就住在上海路口，很多朋友来了又走，走了又来，直到换了新工作我才被迫挪地。梦中出现最多的是幼时玩耍上学的场景，很希望有时间把这些场景记录下来。

念旧的人太难改变，但是念旧的人的改变是发自灵魂深处的。小时候读朱自清的《背影》，很难理解，认为这篇文章过于晦涩，很不能理解父子的举动。直到现在，上课时与学生谈起，心中不免有所触动。"我身体平安，唯膀子疼痛厉害，举箸提笔，诸多不便，大约大去之期不远矣。"每读到此处，竟不能自已，与作者一样，"在晶莹的泪光中，又看见那肥胖的、青布棉袍黑布马褂的背影。"

不得不感慨，有些文章是要到一定年龄才读得懂，现在我认为《背影》是写父亲的千古绝唱。

我的父亲是一个冷峻的人。在我的记忆里，他与我开玩笑的次数屈指可数，甚至笑脸相迎的机会也少之又少。他的传统与守旧让幼年的我敬而远之，但是我的骨子里有他的影子，我也守旧着、冷峻着。虽然我讨厌这种冷峻与守旧，他甚至于对我说："教孩子，不能太过亲近。"

---

[1] 陈筑：中学语文科组长、深圳市盐田区作家协会会员。

直到有一天，我的孩子会走路，听得懂我的话了，我才意识到我的父亲的守旧与冷峻让他失去了什么。

周末照常带小朋友去壹海城玩滑滑梯，也带他去海边骑自行车，或者带他去健身房看看那些铁砣砣……在他忘我的玩耍中，我偶尔叫他两声，听到我叫他，他摇摇晃晃地跑到我跟前，我赶忙蹲下，离我半步远他就停下，整个身子倒向我怀里，撞在我胸前。我说不出话来，只是伸出手，轻轻地搂着他，这时，他总是整个嘴、鼻子啄在我的脸上，口水涂了我一脸。这时，我总是笑，发自内心的，为了掩饰，或者是因为内在的守旧与冷峻，我连忙一擦脸，对他说："哎呀，脏死了。"他又不言不语，拿着自己的玩具，继续玩耍。

我不知道我和我父亲有过这样的场景与故事没，抑或所有的父亲与儿子都有过这样的场景与故事，随着时间的推移故事被渐渐淡忘？

有时候，一个拥抱，一句亲切的问候，就是一味药。

我在想，这么神奇的药，我小时候为什么没人教我？父子间其实没必要那样剑拔弩张或者泾渭分明，一个问候，足以消弭所有的距离。工作了，家乡变成了异乡，和父亲的沟通交流更多的是每周的那个电话，更多的时候电话通了的第一句话，父亲总是说，我叫你妈妈来听电话……

去年父亲生病住院，在进手术室的那个瞬间，我发现他看我的眼神就像我小时候生病时看他的眼神一样。父亲老了，已经不再是以前那个高大有力、无所不能的父亲。更多的时候，很多的事情他已经开始向我询问处理方法。唯一不变的是每次电话他总说他很好，家里一切都很好。

如今，我儿子四岁了，我认为我彻底理解朱自清了，也理解了我父亲，那个冷峻、传统而守旧的父亲，他和绝大多数中国的父亲一样，都是那么默默地看着儿子在微笑。

但是我不想做这样的父亲，我更喜欢与儿子相视而笑……

山之邀约

阎　翔①

　　迎着朝阳出门，披着夕阳归家，把身影交给路途，上班下班，经年累月，去去来来。每天，几乎不用去想，闭上眼睛就能默数自己穿过的一切，做过的一切。渐渐地，走了，没有波澜；到了，没有激动。日复一日，机械地按照条条框框走来走去。

　　感谢有个假期，能赴山之邀约，来个山里之行。那路边流动的溪水，芬芳的野花，也许会唤醒沉睡的激情、退却的活力！

　　早听说那山的深处有股泉，泉下有潭清澈的水，美丽得就如人的眼睛，摄人心魄。

　　炎热的暑期，与一群朋友顶着下午两三点钟的太阳出发，奔向山的怀抱，只想与那清亮的山泉亲密接触。

　　这条路很少有人走，有点曲径通幽的味道。一走进山体，浓荫密枝就遮盖了酷暑。虽然身子还在冒汗，但一丝丝阴凉渐渐透过来，让人决不后悔这次与山的邂逅。

　　心高兴起来了，思想活起来了，人的话多起来了。

　　再矜持、再腼腆的人也会放开自己，像小孩子一样无拘无束。人们欢跳于山石间，有的蹦起来去够上面的树枝，有的一脚踏空引起一声尖叫，有的伸出手拉一把需要帮助的同伴，说不出的欢愉，道不出的温馨。一路上颠簸的小曲，这个唱，那个接，传递得虽不完整，但那美妙却流过每个人的心田，就像那一路陪伴我们的山泉。

　　我们一路上是沿着溪水向上攀登的。刚开始，山路平稳，溪水也平静，越

---

　　①　阎翔：深圳市盐田区作家协会会员，盐田区实验学校语文教师。

向上山势越陡，泉水也越有声色，直到那潭水就在我们面前，才知道她真的美得惊心动魄。她周身秀丽通透，上下有清越的水声伴鸣，美好神奇绊住你的脚步，让你觉得你要寻找的就是她了。

赤脚走进水中，清凉就漫过了全身，刚才的灼热渐渐消失了踪影，浑身上下，从里到外清爽无比。在这夏日炎炎的酷暑，有什么比这清凉更像一场盛宴？如果说夏日的清凉总像梦一样模糊，那么此时你的梦却这样清晰、这样具体！

感受山的同时也请你感受水吧，因这清泉来自山的深处，她是山的心，她用独特的方式让你触摸到了梦的美丽。山以最纯洁的心迎接人们，用最真挚的情来款待人们，这是饥渴的我们的盛宴，你能不醉倒在这里，把快乐毫无保留地留在这里吗？

山泉源自山的深处，穿过丛林，越过岩石，一路欢歌，一路叮咚奔下山去了。她是山的心，是山的歌，生命不绝，歌不断。山以她坚毅的精神和宽厚的仁慈吸引着一批又一批爱她的人们。

这一路，高高的山峰，她耸立在那里，让你想与她比试一下热情，哪怕是一次跳跃，一次攀登；茫远的雾霭，缥缈地浮现，你想尝试抵达，哪怕是一次呼喊，一声歌唱。

大汗淋漓又何妨？大口喘气又有何妨？任何一阵山风，都会为你把扇；任何一块山石，都是你的板凳。山，慈祥地、安静地任你大喊大叫，大哭大笑，她宽容地视这为正常，只要你高兴，只要你开心！

山里之行，不要束缚人的高跟鞋、一步裙！不要束缚心灵的察言观色、轻声细语！因为山里，是放风场，是放飞地，是张扬个性、显示本心的好去处。在这里，不觉得云朵低得让人透不过气；不觉得太阳亮得让人睁不开眼。我们工作劳累之余，就背上行囊，穿上宽松的运动服，清爽地去赴山之邀约吧！

你可以想象自己就是这里的山，敞开胸怀迎接这雾霭雨露。或者，就是那股清泉，涓涓地流在这葱郁的山间……

穿越海景栈道的黑夜与白天

叶蓁蓁①

盐田区沙头角的海边，有一条蜿蜒悠长的海景栈道。

很喜欢晚上去海景栈道散步，在这里散步有一种很奇妙的感觉。

两公里左右的路，由一条条的木板铺就而成。左边是青黛色的远山，是灯火闪烁的高楼，是充满温情的人间烟火。而右边呢，则是沉默在自身巨大阴影中沧桑悲壮的明斯克航母和那一望无际的广袤大海。

海景栈道就是连接着这边的人间烟火和那边的一色海天，所以，它让我感到奇妙。

它是宁静的、诗意的。走在栈道上，可以看见海水冲上岸边，绽放成白色的浪花，然后又退去，化成一道道弯曲的波纹。天空中有海鸥和其他飞鸟的痕迹，它们会发出很单调的叫声和涛声相互应和。穿行在蜿蜒的栈道，看山、看海，在微醺的风里，呼吸着山海之间独有的湿润而又清新的空气，就会感觉心在慢慢地安静下来，清静下来，多少的心事烦恼都可以暂时放在一边，先享受片刻当下的美好自在。

可是，它又是奔放的，鲜活的。一路上，不同的人群利用着每一个小圆形观景台将栈道分割成了若干的板块，不同的行为将板块之间涂抹成各异的风景。

最西边的尽头，每天晚上都有一小群阿姨大叔打太极。一色的白绸衣裤在夜风中浮动，行如流水的古琴声配合着老人们舒展延绵又和顺轻灵的韵律，很有点禅的意味。

往前走，是孩子们的天地。一群初中生模样的孩子们，常常会在这里玩命

① 叶蓁蓁：音乐副教授、深圳市盐田区音乐家协会副主席。

地练习着街舞。多数是男孩子，也有个别很男孩气的女生混迹其中。简单的 T 恤、波鞋、头盔，却掩饰不住青春独有的那份酷劲。他们没有音乐，也没有人喊口令，只有规律的击掌为各种新发明的动作进行伴奏。表演者不断失败的滑稽动作，会引来小伙伴们夸张的哄笑，自己也笑，然后满不在乎地又帅气地开始投入新的挑战。

离孩子们不远，快到明斯克航海的地方，那儿是垂钓者的天堂。好几位孤独的姜太公如同磐石一样端坐岸边，互相也不说话，只有彼此手中微弱的烟火一明一灭地进行着交流。我曾经很质疑，他们躲在航母巨大阴影后面那样暗黑的海湾里，能钓到鱼吗？可是，后来看到他们的鱼桶才惊觉，原来一晚上的收获是很丰饶的，石九公、乌头、海鲢、小蟹……运气好的时候或许还会有一只可怜的大石斑被骗上钩。

走过航母，会有一队人马在热闹喜庆的音乐中扭着秧歌。再往前远一点的地方，几个年轻女孩在练瑜伽。更远的地方，似乎还有人舞剑和拉二胡。

而穿梭在这些场景之间的，就是各色散步的闲人了。他们大多和我一样，穿着舒服的家居服、跑鞋，或两人一对、三人一组细细私语，或独自漫步沉思。时不时地，一阵欢愉的铃声会在你身后响起，还来不及回头，一个艳丽的自行车骑士就从你的身边飞了过去。这些散步的路人甲乙丙丁和骑士们，把整个海景栈道的风景串联起来，如同旁边的海水一样，在夜色中荡漾流动。

而白天，这条栈道的风景又是完全不一样的图画。

工作日的白天，这里似乎不怎么热闹。大家都在为着生活奔波，只有老人和幼小的孩童偶尔会在这里玩耍。曾经威风凛凛的明斯克航母现在虽然辉煌不再，但依然还是会吸引着小众的旅游者。他们的到来，会让周边那些卖零食、照相的小摊子显得没那么寂寞。周末的时候，海景栈道又会开始生动起来，附近的居民都喜欢到这里闲庭信步，吹吹夏天的海风，晒晒冬日的暖阳。春天的时候相遇一次簕杜鹃的缤纷，秋日的天空下放飞一枚手里的风筝。

已经不记得没有这条栈道的海边是什么样的风景了，只是感觉，有了栈道，旁边的海似乎就有了依靠，有了生命。

听说，以后的栈道将会沿着海岸线一直通到大梅沙。没有进行过考证，也觉得自己不太有那样的体力这么一直走过去。但我还真是蛮希望这样的想法会成为现实。想想看，沿着栈道，从最西边的中英街开始，绕过明斯克，穿过盐田港，越过海鲜街，一直到达大梅沙的那片海滩。黄金海岸的一路上，走过历史，走过沧桑，走过繁华，走过岁月，最终抵达的仍旧还是自然。

是不是有点意思，就像我们的人生，一切的繁华散尽，最终尘归尘、土归土。所以，在这样的过程里，我们就尽情地享受当下吧，如同漫步在这条海景栈道，带着从容和平静的心，在不同的时间、不同的路段，去看不同的风景。

构想和现在的样子

唐朝晖①

整体来说，很简单，我只希望建一栋四合院平房，青砖青瓦就行。说到细节，窗户开大点，离地面低点，走廊宽一点，可以搬把椅子，坐在外面的走廊里，看着瓢泼大雨，聊天说话喝茶。

上面说的是希望，希望是希望，而现实就是现实，旧时的砖和瓦现在已生产不出来，自己烧制，也已经没有那样的窑和师傅。

真正动工的日子，理想如混凝土般掺和在沙、土、水泥之中，在水的渗透下逐渐凝固。好在大的窗户、宽的走廊都实现了。

与一排小平房垂直的是一栋两层楼的房子，二楼是书房，我在湘乡和长沙工作期间买的三分之一的书都留在这里。外国文学，包括那套20世纪外国文学丛书系列，还有漓江版的诺贝尔文学奖系列，以及那套哲学、美学的学术文库，就在临院的房间里。

上次在北京，与张炜先生见面，他强烈地推荐我看他手中的一本《海明威与海》，封面是海明威一大头象，我在20世纪90年代初就看过这书，但看得很马虎，我对他说，我有这么一本一模一样的书。我在北京的两间书房里就是找不到，这次回来，凭模糊的记忆，不到一分钟，我就从第二排的最上面书柜里把《海明威与海》抽了出来。

我把中国古典、现当代文学、诗歌以及一些艺术书籍放在一个书房里。

里面有几套宝贝书，其中之一是《三苏文集》，"中华民国"十四年六月出版，总发行所为上海会文堂书局，其中《子由文集》全四册、《苏老泉文集》全二册、《苏东坡文集》全八册，共计14本，每册书上标明的定价大洋一元或

---

① 唐朝晖：中国作家协会会员、资深媒体人、《青年文学》杂志执行副主编。

大洋八角不等，译注者为萧山谢。整套书品相完好，纸张基本无破损，每次打开，那如蚕丝般轻细的纸张令人心疼，清晰的字迹每一笔都铭刻于心。三苏与中国古代文人志士一样，正一点点被我们所遗忘或淡化，高级的营养，任由山河岁月的古老而遗弃。我们都是营养断代的人，我在梦的门槛上一次次努力跌倒，为的是倒在中国传统文化的河流里。

另一套书是《古文释义》四册八卷，是长开本，书中标注出版时间为：民国己未孟夏，为义和书局校刊。

还有那本让我疯狂痴迷的程颢程颐兄弟所著的《河南程氏遗书》部分，每日读，如他所写：

每中夜以思，不知手之舞之，足之蹈之。

理想才开始上路，以此为理想的开篇。